「……少し離れていてくれる？」
そう言うと、ソフィアは魔力で作り出した
透明な板に魔術式を書きこんでいく。
最後の文字を書き終えると、
円がくるくると回り始め
青白く光った魔術式が浮かび上がった。

クリスとカイルに手を引かれるように
石床のうえをゆっくり進んでいく。
カイル
「私は、今も幸せです。二人が、
お祖父様が、みんながそばにいてくれます」
クリス
ソフィア

婚姻が結ばれ、みんなから祝福を受ける。
それぞれの決意を衣装にまとって臨んだ婚姻式だった。
デイビット
ダグラス
エディ
エミリア
ディアナ

characters

ソフィア・ユーギニス

ユーギニス国王太子の一人娘で第一王女。「ハズレ姫」と呼ばれ虐げられていたが、魔女だった前世を思い出し人生が一変する。

カイル・アーレンス

辺境伯アーレンス家の三男。学園に首席入学するほどの能力の持ち主。
ソフィアの護衛騎士となり少々過保護な一面も。

クリス・バルテン

バルテン公爵家の長男。カイルと共にソフィアの護衛騎士となる。
中性的な美貌と優秀さを兼ね備えたクールな人物。

イライザ・ハンベル（モーリア）

従妹であるソフィアを疎み虐げていた。

一家でハンベル領送りになったが、ハイネス王子との結婚騒動により魔力封じのうえココディアに国外追放となる。

ヘリング・ユーギニス

ユーギニス国王。
ソフィアとイライザの祖父。

ハイネス・ココディア

隣国ココディアの第三王子。
ソフィアにとっては母方の従兄にあたる。

クラウス・アーレンス

カイルの二番目の兄。次期国王として異母妹のアンナによって独立国になったアーレンスを立て直すべく奔走している。

ダグラス・テイラー

テイラー侯爵家の一人息子でソフィアの同級生。
非常に優秀で誠実な人物。

上巻のあらすじ

ユーギニス国の第一王女ソフィアは、九歳になったある日、自分の前世が二百年前に亡くなった魔女だったことを思い出すと同時に、不当な扱いを受けていることに気づく。王太子唯一の子であるはずが、自分の娘を女王にしたい叔父エドガーの策略で「ハズレ姫」と呼ばれ虐《しいた》げられていたのだ。このまま王宮で虐げられるくらいなら逃げ出そうと考えたが、一度祖父である国王に窮状を打ち明けてみることに。意外にも孫娘の訴えを信じた国王へリングは、すぐさま手を打ち監視と護衛をつけてくれる。その結果、エドガーの企《たくら》みは暴かれ、ソフィアはようやく王女としての生活を取り戻したのだった。

ソフィアの専属護衛騎士となったクリスとカイルに守られながら王女としての生活を始めたソフィア。すぐさま王太子候補としての才能を発揮し、両親の離縁を期に、ソフィアは十二歳にして王太子代理を任されることに。

十五歳となって学園へ入学すると、そこには親友となる侯爵令息のダグラス、侍女見習いのルリとの出会いが待っていた。ココディアのハイネス王子による王位簒奪《さんだつ》騒動や、女官のいじめ問題、カイルの異母妹アンナによるアーレンス独立騒動など次々と起こる問題も、クリスとカイルと協力し乗り越えてきたソフィア。頼もしい味方が増え、クリスとカイルがなくてはならない存在へと変化していく中、ソフィアの三年目の学園生活が始まろうとしていた――。

第一章

新しい日常のはじまり

三学年開始の日、午前だけの授業が終わりルリとダグラスと馬車置き場へと向かう。クリスとカイルはもちろん専属護衛騎士としてついているのにもかかわらず、たくさんの近衛《このえ》騎士が遠巻きに護衛している。私と従弟《いとこ》のエディ、エディの婚約者になったディアナがいることで、学園内の警備はますます厳重になっていた。

私たちが通り過ぎるまでは学生たちも待たされているらしく、少し離れたところに学生たちが立ち止まっているのが見えた。新入生だと思われる令嬢たちがキラキラした目でこちらを見ている。令嬢たちに人気のクリスとカイル、それにダグラス。その三人の誰かを見ているのかと思えば、なぜか視線が合う。どうやら私を見ていたらしい。視線が合ったと思ったら恥ずかしそうに礼をされた。

二年前、自分が入学した当時とはまったく違うなと感じる。あの時はわがままでどうしようもないハズレ姫だと信じられていた。馬車から下りた途端に周りから蔑《さげす》むような目で見られ、クリスが舌打ちしていたのを思い出す。

「姫さん、どうかしたのか？　急に笑うなんて」

「ううん。ちょっと懐かしくなったの。入学した時はすごい目で見られてたのになぁって。あの時、クリスが舌打ちしたでしょう？　それを思い出してたの」

「あぁ、あれか。ソフィアに注意されてたな」

言われて思い出したのか、カイルも笑う。クリスは笑われたのが嫌なのか、カイルから顔をそむけてしまった。

「あの時はみんな私のことをハズレ姫だと思って、嫌な顔してた。最近はそんなことないから忘れていたけど」

王宮でも学園でもそんな風に言われることはなくなった。デイビットやセリーヌとクロエ、文官と女官の力も借りて王太子としての仕事も問題なくやれている。九歳で保護されるまでは誰からも蔑まれていた私が、今は優しい人ばかりが周りにいて、毎日があっという間に過ぎていく。

「それはソフィア様が王太子として頑張っているのを知ったからだよ。病気になった父親の代わりに十六歳で王太子になるなんて、相当大変だったはずだ。しかも、王太子の仕事自体は十二歳からしていたんだろう？　もう六年目だよ。みんなが認めて当然だ」

「ありがとう。そう言ってくれるとうれしいし、頑張ってきて良かったと思うわ」

本当はお父様は病気ではなく、お母様を殺そうとした愛人と共に幽閉されているのだが、ダグラスが知るわけもない。あれから六年も幽閉されたままだと思えばかわいそうなのかもしれない。けれど、同情できるほどお父様のことは知らなかった。お父様とも、ココディアに帰ってしまったお母様とも、一度も話した記憶がない。このまま死ぬまで両親に会うことはないだろうと思っても、それをさみしいとも思えなかった。

「俺は学園だけでも大変なのにな。ソフィア様を見てたら、もっと頑張らないとって思うよ」

そうは言うけれど、ダグラスは入学から今まで一度も首席を譲っていない。学園の試験は勉強だけしていればいいというものではないため、それだけダグラスが努力しているということでもある。一度くらいは私も首席を取ってみたいと思っても、ダグラスが満点を取り続けているために勝てない。だが、ダグラスが間違えるのを望むというのもおかしいので、私は私で全力で頑張るしかないと結論づけた。

「残りの試験もあと一回だけ。卒業試験だけかぁ。ダグラスに勝てるかな」

「いや、それだけ忙しいソフィア様に負けたら嫌だよ。でも、卒業試験か……もう最終学年なんだな」

「そうね。あと一年しかないのね。ダグラスは侯爵家を継ぐから、王宮の試験は受けないのでしょう？」

「ああ。しばらくは領地に行って仕事を覚えるのが優先だな」

侯爵家の一人息子のダグラスは就職先を探す必要がない。同じように就職先を探すことのない私や、もうすでに私の専属侍女として就職先が決まっているルリ、この三人はA教室の中で雰囲気が違っている。

もう半年もすれば王宮の文官と女官の採用試験が始まる。A教室のほとんどがその試験を受ける予定のようで、顔つきが変わってきている。……採用する側とすれば、少し気まずい。

もちろん同じ教室だからといって優遇したりすることはないし、誰かからお願いされることもない。ただなんとなく圧を感じ、教室内でおしゃべりをするのがためらわれる。

「二人とも婚約の話はでないの？　ダグラスはよく令嬢から手紙を渡されてるわよね？」

「あぁ、サロンでのお茶会の誘いだよ。今のところは全部断っている。ソフィア様を紹介してほしいという場合もあるし、両親も無理に急いで探す必要はないって言っている。卒業して、領主の仕事を覚えてからでも遅くないかな」

「そっか。学生のうちに探す人が多いのかと思ったけど、そういうこともあるのね」

どうやら私の学友だということが婚約者を探すのに障害になっているらしい。迷惑をかけてしまっているのに、ダグラスは自然な感じで話すから、まったく問題ないように聞こえる。私が気にしないようにそんな風に軽く話してくれているのかもしれない。

「ソフィア様！　私は結婚しませんから！」

一瞬、この場が微妙な雰囲気になりそうになったが、それを一掃するようにルリが元気よく宣言する。ルリらしいといえばそうだけど、今から決めてしまって大丈夫なのだろうか。

「どうして結婚しないの？」

「それはもう、リサ姉様やユナ姉様のように、生涯かけてソフィア様にお仕えするためです！」

「……ルリ？　あなたのお祖母様《ばあさま》のように、専属侍女として勤めたまま結婚して乳母になるっていう手もあるのよ？」

「あっ……忘れてました。でも、いいんです。結婚には興味ありませんから！」

「ええ？　そうなの？　興味ないって言うのなら、無理にしなくてもいいけど」

「はは。ルリらしいよ」

元気よく結婚しない宣言をするルリにダグラスもこらえきれずに笑い出した。王配三人と結婚しなければいけない私と誰か一人だけと結婚して家を継ぐダグラス、そして生涯結婚しないというルリ。まったく違うわけだけど、それぞれが選んだことならそれでいいと思う。

「じゃあ、また明日ね」

「ああ、また明日」

いつものようにダグラスに見送られ、馬車に乗って王宮へと帰る。帰ったら昼食をとって、午後は王太子室で仕事をする予定だ。

馬車の中くらいはのんびりしたいなと思ったら、隣の席がルリからカイルに変わった。

「初日だから、少し疲れただろう。王宮に着くまでくらい休め」

何も言っていないのに横抱きにされ、膝の上に座らされる。これは少し寝なさいってことかな。おとなしくカイルの胸に頭を寄せると、温かさですぐに眠くなる。

誰も会話しない静かな空間。カタコト揺れる馬車の振動が心地よくなって、目を閉じた。ちょっと目を閉じただけだったのに、次に目を開けた時には王宮に着いていた。

「着いたよ。歩けるか？」

「ん。大丈夫。目を覚ましたいから自分で歩く」

「わかった」

カイルの手を借りて馬車から降りたら、リサとユナが迎えに出ていた。リサとユナが馬車着き場まで迎えに来るなんてめずらしい。何かあったのだろうか。

「どうかした？」

「陛下がお呼びです。すぐに謁見室に向かってください」

「え？　お祖父様《じいさま》が？　そう、わかったわ」

何かあったらしい。謁見室に来いというのはそういうことだ。不安になってクリスとカイルを見ると、二人も真剣な顔つきになっている。……この時期、呼び出されるとしたらココディアだろうか。もしかしたら開戦する……？

謁見室に入ると、侍従長で医師のレンキン先生と近衛騎士隊長のオイゲンの他にも執務室長のパトリス、女官長ミランと次期女官長セリーヌ。デイビットと次期近衛騎士隊長のヨルダンも呼ばれたのか同室している。これだけの者を集めているというのなら、やはり開戦したのだろうか。

「ただ今、戻りました」

「……おかえり。着替える時間もなく呼び出してしまったな」

「いいえ、これだけの者を集めたとなれば緊急のことでしょう。何が起きたのですか？」

「……ダニエルが、お前の父が亡くなった」

「…………え？」

「今朝、起きてこなかったらしい。それで影に確認させたら、寝台の上で亡くなっていた。夜中に亡くなったらしいが、原因はわかっていない。心臓が弱いという報告はなかったのだが」

「……お父様が。そうですか」

その後、お祖父様と何を話したのか覚えていない。いつの間にか私室に戻って、ソファに深く座り込んでいた。右手はクリスに、左手はカイルにつながれていた。

なぜかその状態のままクリスに頭を撫《な》でられ、カイルに頬を撫でられている。あれ、いつも温かいはずのカイルの手が冷たい。違う、私の頬が濡《ぬ》れているんだ。私、泣いてる？

「大丈夫じゃないよな」

「無理はしなくていい。泣けるなら、泣いたほうがいい」

両側から二人が慰めてくれる。だけど、それに何も答えられない。

お父様が亡くなって、泣くなんて思わなかった。ほとんど会話も交わしたこともない父親。私が虐げられていても関わろうとしてこなかった父親。お母様よりも愛人を選んで塔に幽閉されていた父親。

どれ一つとっても、悲しくて泣けるような父親には思えない。

なのに、どうして私は泣いているんだろう。


目を開けたら朝になっていた。閉められたカーテンの隙間から日が差し込んでいるのが見える。あのままの状態で寝てしまっていたらしい。まだ右手はクリスに、左手はカイルにつながれたままだった。その上で、カイルにもたれかかるようにして寝ていたようだ。

「姫さん、起きたか？」

私が起きたことに気がついたクリスに声をかけられる。

「うん」

「ちょっと待ってろ。今、目を何とかする」

泣きすぎて腫れているのか、クリスが私の目に手を当てる。冷たくて気持ちいいクリスの手から、魔力が流れてくる。手は冷たいのに、魔力は温かい。いつも不思議に思うけれど、それが心地いい。

「今日は何もしなくていい。俺とカイルはずっとそばにいる。だから、このまま好きにしてていい」

「うん。ありがとう」

話していたらカイルも目を覚ましたようだ。起きてすぐに私の顔を覗《のぞ》き込んできた。

「あぁ、クリスが治したのか」

「うん、治してもらったとこ」

「そっか。まだ泣きたいなら、いくらでも泣いていい。だけど、その前に水分は取ろうな」

テーブルに置いてあった水差しからグラスに注いで渡してくれる。柑橘《かんきつ》が搾《しぼ》ってある水は冷えていた。いつ私が起きて水を飲んでもいいようにリサとユナが用意してくれていたんだろう。一口飲んで、のどがカラカラだったのに気がつく。昨日は水も飲まないで泣いていたのかもしれない。

「どうしてあんなに泣いたのかな。お父様とはほとんど話したこともないのに。亡くなったとしても悲しまないと思っていたのに」

「まぁ、そうだろうな。俺から見てもひどい父親だと思う。だけど、だからといって泣いちゃいけないわけじゃない」

「そうかな」

「そうだよ。娘が父親の死を悲しんで何が悪い。好きなだけ悲しんで泣けばいい。それに理由なんていらない」

「……そっか。悲しんでいいんだ」

理由なんていらないんだ。たとえ私のことを見てくれない父親だったとしても、どんなにひどい父親だったとしても、私が悲しむのには理由はいらないんだ。

泣いても、いいんだ。

何も言わず、またクリスが頭を撫でてくれる。カイルが左手を包み込むように握ってくれる。はらはらと涙が頬を伝って落ちていく。無理に止めなくてもいいんだと思うと、尽きることなく泣けるような気がした。

その日、本当に一日中泣いて、泣いて、悲しんで、お父様にお別れをした。

病気で療養中だったお父様が亡くなっても、大きな葬儀はしない。もうすでに王太子から降りて、王族からも籍を抜いている。それでもお祖父様と私は身内として一年間、喪に服すことになる。

貴族へは通達だけ行われ、お父様はひっそりと埋葬された。塔に一緒に幽閉されていた愛人と侍従たちは離れた場所にある王領に送られ、離宮で幽閉され続けるそうだ。

愛人のお腹《なか》の中にいた子は死産だったと、その時初めて知った。お父様とも愛人とも髪色がまったく違う男の子だったらしい。それをお父様がどう受け止めたのかはわからない。

結果的にお父様の子は私だけだったけれど、お父様は私を娘だと思ってくれていたのだろうか。もう答えを聞くことはできない。それだけが少しだけ苦しく思えた。

第二章　ダグラスの恋

三学年も残り半年となった頃、食堂の専用個室でエディとディアナ、アルノーとルリ、クリスとカイルと昼食を取っていた。いつも通りの光景とは違い、皆の顔は曇っていた。たまに話しても会話が続かず、黙々と食事をしている。いつもならここにいるはずのダグラスがいないせいだった。

「今日もダグラス先輩は来ていないんだね。こんなに休むなんて、どうしたんだろう」

「それがわからないのよね。急に休んだと思ったら、もう十日も来ていないの。これまで一日だって休んだりしなかったのに。いったい何があったのかしら」

それまで休むことなく毎日来ていたダグラスが十日前から急に学園に来なくなってしまった。休むようなことがあれば学園に連絡が来ていておかしくないのだが、学園に聞いてみてもダグラスからは何も連絡が来ていないらしい。

休む前日まで変わった様子はなかった。体調が悪そうだとか、そういったことはなく元気に見えていた。事故だとかケガしたとか、そういったことなら届け出が出ているはずだ。

ダグラスの両親、テイラー侯爵夫妻はずっと領地にいるため、王都の屋敷《やしき》にはダグラスが使用人たちと暮らしていると聞いていた。領地に急ぎ戻るようなことでもあったのだろうか。

「屋敷に問い合わせてみようかな……」

「うん、それが良《い》いと思う。こんなに休み続けているのなら、何か理由があるんだろうし。何かあったとしてもダグラス先輩はソフィア姉様に頼れなくて困っているかもしれないよ？」

「そうかもしれない」

たとえ困ったことがあったとしても、ダグラスが私を頼るとは思えない。そういう意味で仲良くしていたわけじゃないとか言いそう。私にできることなら頼ってくれてもいいと思うけれど、潔癖なダグラスだからこそ仲良くなれたともいえる。

まぁ、頼られたとしても貴族家の問題に口を出すのは難しいけれど。それがわかっているから、問い合わせするかどうか迷って十日もたっている。それに、学園にも届け出がないのに侯爵家に問い合わせてわかるのだろうか。ダグラスなら私たちに理由を言ってから休むと思うのに。

問い合わせていいのかどうか迷っていたら、クリスに意外なことを提案される。

「そんなに悩むくらいなら、影に調べさせるか？」

「影に？　そんなことできるの？」

いつも私の護衛としてそばにいる影の三人に調べさせる？　必ず二人はそばにいるし、交代で休憩をとっている。いつ調べるような時間があるのだろうか。

「イル、ユン、ダナにはそれぞれ部下がいる。姫さんの護衛はその三人じゃなきゃ陛下の許可がおりないが、他の任務なら部下たちで十分」

「そうなんだ。影さんって多かったんだね」

そんなにいるなんて知らなかった。お祖父様の護衛にもいるはずだから、他にもいると思っていたけれど。それぞれに部下がいるほど多いとは思っていなかった。

「じゃあ、調べさせるぞ」

「うん。でも、いいのかな。調べちゃって」

「今さらだな。姫さんの学友となった時点でいろいろ調べられているし、そのことはダグラスにも伝えられているはずだ。王太子と一緒にいるのだから、そのくらいは当然だ」

「え？　あぁ、そうなんだね。……私のことで巻き込まれているかもしれないってことだよね」

「王太子の学友になったからには卒業まである程度守られることになる。ダグラスを利用して姫さんに何かされることのないようにな。だから、影を使って調べることができるんだ。いくらなんでも理由もなく調べたりしないぞ」

「わかった。じゃあ、ちゃんと調べてほしい」

もし休んでいる理由に私が関わっているのなら、どうにかしてあげたい。このまま学園に来なくなってしまったら卒業できないかもしれない。最後までダグラスと試験の成績を争って、ルリと三人で卒業したい。……本当に何があったんだろう。


それから三日後。

私とクリスとカイルは王都のはずれにある家の前に立っていた。

貴族の屋敷とは違い、小さな煉瓦《れんが》造りの家。この小さな家は王都の平民が暮らすのに標準的なものだそうだ。家族で住むにはこの大きさでちょうどいいという。だが、侯爵家の一人息子であるダグラスが住むとしたら話は別だ。

「本当にダグラスがここにいるの？」

「姫さんも影からの報告は読んだだろう？」

「うん、そうなんだけど……」

呼び鈴を鳴らすと、家の中で人が動く気配がした。だが、こちらが誰なのか探るような気配がするだけで出てくることはない。……やっぱり隠れているんだ。

「ダグラス、私よ。ソフィアよ。出てきてもらえないかしら」

少し大きい声で呼びかけると、家の中にいる気配が近づいてくるのがわかる。あぁ、この魔力はダグラスだ。

扉が開けられると、どうしてここにと言いたそうな顔があった。聞きたいことがあるのはこちらもだ。二週間ぶりに会うダグラスは少し疲れているように見えた。

「久しぶりね、ダグラス。話があってきたの。中に入れてもらえない？」

「ソフィア様とクリス様とカイル様だけなのか……わかった。入って」

家の中に入ると玄関ホールなどはなく、すぐ部屋になっていた。部屋の壁際に暖炉やかまどがあるのが見える。ここは居間であり調理場でもあるらしい。寝る場所は別らしく寝台は置かれていない。奥に部屋があるようで、壁に扉が二つついていた。部屋の中央にはテーブルと椅子が二脚あり、その一つに女性が座っていた。

美しい薄茶色の髪とはっきりとした緑目。顔立ちはパッと見て美人というわけではないが、穏やかそうな感じに見える。目じりが少しだけ下がっているのが可愛《かわい》らしい。

女性は突然の訪問に驚いた顔をしていたが、私が入ってきたのを見て慌てて立ち上がり臣下の礼をとる。……とても綺麗《きれい》な貴族女性の礼の仕方だった。

「顔を上げてくれる？　楽にしていいわ。押しかけて来たのはこちらだもの。ごめんね、突然来て驚いたでしょう。ダグラスが休み続けているのが気になって来てしまったの。ねぇ、ダグラス。事情があるなら聞かせてもらえないかな」

「……ソフィア様はもうすでにわかっているんじゃないのか？　この家の場所を知っているんだし」

「うん、それでもダグラスからちゃんと聞きたくて。勝手に調べてしまってごめんなさい」

この家を知っているということは、この女性のことも知っているだろう。ダグラスはそう言いたかったようだが、私はダグラスから事情を聞きたかった。事実だけではなく、どうしてこうなっているのかを。

「調べられたのは仕方ない。ソフィア様の学友になった時に説明は受けている。確かに学友としての立場を利用しようとする者もいるだろうし、学友をそそのかしてソフィア様に何かしようとする者もいるだろう。そのこと自体は仕方ないと思っている」

「ある程度の事情はわかっているけれど、どうしてこうなったのか教えてくれない？」

「わかった。とりあえず座ってくれる？」

テーブルの椅子を示して座るように勧められると、女性は奥の部屋に下がっているという。私たちの話し合いに立ち会うつもりはないようだ。

女性が奥の部屋に消えた後で椅子に座ると、お茶が出せないことをダグラスに謝られる。

「すまない。まだここに来て二週間ほどなんだ。荷物をそろえるような時間もなくて」

「それほど急にここに来たの。……彼女は侯爵家の侍女よね？」

「そうだ。エマ・ピエルネ。ピエルネ伯爵家の三女で、一度ポネット伯爵家に嫁いでいる」

「ピエルネ伯爵家の。一度嫁いだということは離縁して戻ってきたということ？　どうして伯爵家に戻らずにダグラスの家で侍女をしているの？」

嫁ぎ先から離縁されたというのなら、何も問題なければ家に戻り、もう一度嫁ぎ先を探すというのが普通だ。それが家に戻らずに侍女として働きに出るというのはめずらしい。

「ピエルネ伯爵家はうちの分家なんだよ。エマとはたいして交流があったわけではないが、伯爵夫妻は知っている。ピエルネ伯爵家は子だくさんで、エマの他に兄弟が五人いる」

「他に五人！　じゃあ、六人兄弟だってこと？」

「そう。しかも母親は一人だ。伯爵に後妻や妾《めかけ》がいるというわけではない」

「それはすごいわね」

家の存続のために子をたくさん産んでおきたいという家は多い。そのため後妻や妾に産ませる家もある。ただ、妻が一人で六人も産んだ貴族家というのはなかなかめずらしい。

「エマはその子だくさんの家系ということで妻にと望まれたらしい。エマ自身は女官になるために勉強をしていたが、採用試験の少し前、同じ伯爵家でも資産力が上のポネット家に求婚された。ポネット家は一人息子しかいなかったから、子どもを多く産んでもらうために。逆に子だくさんのせいで持参金が出せないピエルネ家は、支度金を渡すというポネット家からの申し出を受け、多額の支度金を受け取った。エマには断る理由がなかったらしい」

「……そう」

それは確かに断る理由はないだろう。一人息子の妻として来てほしい、そのために多額の支度金も用意する。そこまでされたら断れないだろうし、普通は喜んで嫁ぐのではないだろうか。女官の採用試験前というのが気にかかるが、女官に採用されてしまったら申し出を断られるかもしれないと思い、先に手を打ったということか。それだけエマが高く評価されて嫁いだとも言える。

「だけど、嫁いでから三年たっても子ができなかった。結婚する時に契約していたそうなんだ。三年たっても子が産まれない時は離縁すると。ただし離縁したとしても支度金の返済は求めない。離縁するとポネット家が決めた時にはおとなしく従うようにと」

「そう、子どもが産まれなかったから離縁させられたの」

それはお気の毒にとしか言いようがない。一人息子の妻として嫁いだのだから、子が産まれなくては困る。そのために子だくさんのピエルネ家に支度金を渡してまで嫁がせたのだから。

離縁される側はかわいそうだと思うが、貴族というのはそういうものだと思う。結婚は家を存続させるためにするものだから。だけど、エマは。

「ああ。それでポネット家からは追い出されたけれど、ピエルネ家は金銭的に余裕がない。もう一度嫁がせるにしても持参金がなければ無理だし、家に置いておくのも難しかったらしい。それでエマは去年からうちの侍女になったんだ」

「それで、どうしてエマが身ごもるようなことに？」

じれったくなって、はっきり聞いてしまった。ここにダグラスとエマがいるのは、きっとそれが原因だと思うから。さっき挨拶した時には身ごもっているようには見えなかったけれど。

報告では五か月目になる頃だという。私は妊婦に会った経験がないからまったく詳しくないのだが、いつからお腹がふくらんでくるものなのだろうか。

私にはっきり聞かれると思わなかったのか、ダグラスは目に見えて動揺した。真っ赤な顔で口をパクパクさせているのに話そうとしない。そして、なぜかクリスとカイルに助けを求めるような目で見る。クリスとカイルはダグラスに対して、同情するような顔で答えた。

「ダグラス。姫さんははっきり言わないとわからない。好きなように説明していい」

「そうだな。話してもわからなければ、後で俺たちがソフィアに説明しておくから。ダグラスが話しやすいように説明してくれ」

……なんでだろう。私がものわかりが悪いみたいに言われている。そりゃダグラスのほうが知識が豊富だと思うけど。私だってそれなりに頑張って勉強しているのに。

「……ソフィア様、閨《ねや》教育についてはどこまで知っている？」

「え？　ねや、きょういく？」

閨教育って、あれだよね。子どもをつくるために受ける教育？　カイルと一緒に寝る時にするようなことだよね。あれ以上のことがあるとは言われたけど、まだちょっとしか知らない。どう答えていいか困っていると、ダグラスが大きくため息をついた。

「うん、閨教育について簡単に説明するね。閨教育が子どもをつくるためにする教育っていうのはわかるよね？　俺は侯爵家の一人息子だろう？　妻《めと》を娶った時に失敗しないように、結婚前に閨事《ねやごと》について学ぶわけ。でも、娼館《しょうかん》とかは信用できないから、こういう時は貴族の未亡人とかに教えてくれるようにお願いするんだ」

「娼館が信用できないってどうして？　娼館ってそういう時のためにあるものじゃないの？」

「あーそうではあるんだけど。貴族が利用するとなるとね、あとから子ができたから責任取れとか言われかねないんだ。本当の子じゃなくても、それなりに面倒見なきゃいけなくなるだろう？　だから口が堅くて、身持ちも固い、信用できる人にお願いすることが多い。練習として何度か閨を共にしてくれるように。……俺の閨教育の相手はエマだった」

「あぁ、そういうことなんだ。エマは閨教育の相手だったんだね」

どうしてエマがダグラスの子を身ごもっているのか、それが知りたかった。ダグラスに恋人がいるという話も婚約話があるとも聞いていなかった。それが急に子どもがいるということになって、どうしてなんだろうと思っていた。閨教育の練習相手でも子ができることがあるんだ。

「……いや、閨教育の相手だからというわけじゃないな。俺はエマが侍女として侯爵家に来た時から気になっていたんだ。他の侍女と違ってうるさくないし、化粧もほとんどしてないし。そのうち、他の侍女たちに嫌味を言われても笑顔で返していたり、誰も見ていないところでもさぼらずに仕事をしているところを見て、真面目で一生懸命な人だって思っていた。そのうち話すようになると好きな本が一緒だったりして。閨教育の相手がエマだとわかった時は、申し訳ないとは思ったけどうれしかった」

「申し訳ない？」

「エマは優しいんだ。最初の結婚の時も本当は女官になりたかったのに、多額の支度金があれば家が助かると思って受けたんだ。その当時まだ下に妹弟《きょうだい》が三人もいるから、学園に通う費用が払えないかもしれなかったそうだ。それにうちの侍女になっても、俺の閨の相手を引き受けるかどうかは別だ。だけど、侍女として引き取ってくれた俺の両親に頼まれて、恩があると思って断れなかったんだと思う……。だから、申し訳ないと思った」

「そっか。ダグラスはエマが好きなんだね？」

「ああ。気がついたら好きになっていた。だから、閨教育の練習相手としてじゃなく、恋人になってくれるようにお願いして。エマは悩んでいたようだったけれど、最終的にはうなずいてくれた」

少しだけ照れながらでも堂々と話すダグラスに、それだけエマは誇れるような相手なのだろう。エマを好きだと言って何も恥ずかしくない。ダグラスにそう思わせるエマと話してみたいと思った。

「でも、それならどうしてここに？　侯爵家から逃げているのよね？」

「それが……エマが身ごもったことを知った家令《かれい》が、エマを連れ出して子どもを流す医術をさせようとしたんだ」

「え？」

子どもを流す医術？　平民の間でそういう医術があるのは知っているけれど、女性の身体《からだ》に負担がかかる危険なものではなかっただろうか。貴族の中でもこっそり受ける者がいるというのも知っているが、家令が判断して勝手に受けさせようとするなんて……。

「エマを説得しようとしているところを見つけて、慌てて止めたために無事だったのだが……。どうしてそんな真似《まね》をしたのか家令に聞けば、エマは侯爵夫人にふさわしくないと。一度離縁しているし、俺よりも四歳上だし、ピエルネ伯爵家の力もないと」

「……そういう条件だけ並べられてしまうとつらいわね」

「そんなエマに子どもを産ませるわけにはいかないと。家令の言っていることもわかる。俺の婚姻相手は侯爵家以上のどこかから探してくるべきなんだ。そうでなければ、相手もつらい思いをする。理解はしているが、それでも納得はできなかった。エマのお腹の中にいるのは俺の子だ。殺したくはない。だからエマを連れ出して、ここに逃げてきた」

ダグラスのテイラー家は侯爵家の中でも力を持っている名家だ。三代前に王女が降嫁したこともあり、王家の血筋でもある。その家に嫁ぐからには血筋、品格、教養、覚悟、多くのことを求められる。

釣り合わない結婚をして、困るのはエマのほうだ。テイラー家の分家とはいえ、ピエルネ伯爵家に王家の血は流れていない。目立つ特産品もない、平凡な伯爵家では重荷になるだろう。

「子を殺されないように逃げたのはわかったけど、この先どうするつもりでいるの？　ずっと逃げ続けるの？」

「とりあえず、領地にいる両親に連絡をしたいと思っている。まだ何も連絡できていないが、できるなら説得したい。ただ、手紙を出すにも人を使うにもここが見つかってしまう危険があって。エマのお腹にいる子が無事に産まれるまでは安心できない。俺が離れたら、その隙に家の者たちに連れ出されてしまいそうなんだ」

ああ、家令はまだあきらめていないんだ。エマが一人でいたら勝手に連れて行かれる危険があるほど。

「ここに隠れていたのはそういう理由だったの。産まれるまでダグラスが一緒にって、それじゃあ学園はどうするの？」

「このままなら学園は留年するしかないな。幸い、俺は王宮に勤めるわけじゃない。一年くらい遅れて卒業しても問題ない」

領地を継ぐダグラスが留年したところで影響は少ない。一年遅れて卒業しても、継ぐのが一年遅れるだけだ。私たちと一緒に卒業はできなくなるけれど。エマと子を守るためには仕方ないことかもしれない。ダグラスにはもう覚悟ができているんだろう。

「子が産まれるまで隠れて、その後はどうするの？」

「エマは妾の立場になってしまうかもしれないけど、産まれる子どもは俺の子としてちゃんと迎えたい。両親は頑張って説得する。きっと孫が産まれたら認めてくれると思うから。俺以外に継ぐ者はいないし、あきらめてくれるだろう」

ダグラスにできるのはそれが限界かな。産まれたのなら侯爵も子どもを認めるしかないし、母親のエマも追い出されないと思う。おそらくダグラスは他に妻を娶ることになるだろうし、そのことでつらい思いをするかもしれないけれど。うん、ダグラスの考えはわかった。

「ねぇ、エマと話をしてもいい？　少しだけ二人で話してみたいのだけど」

「エマと？　……何をするつもりなんだ？」

「ここで少し話すだけよ。女性同士の話し合い。身体のこととか心配だし、ダグラスには言いにくいこともあるかもしれないでしょう？」

「……わかった。ちょっと待ってて」

奥の部屋にいるエマを呼んできてくれるのか、ダグラスが立ち上がる。そのまま扉を開けて向こうに行くのを確認してから、クリスが小声で私に話しかけてくる。

「なぁ、エマを呼んで何を話す気なんだ？　身ごもっている女性の身体についてなんて、姫さんはよくわからないだろう？」

「ん？　エマの気持ちも確認しようと思って」

「エマの気持ち？」

「さっきダグラスも言ってたでしょう？　エマは侯爵夫人にふさわしくないと言われたって。エマが本当に優秀で控えめなのだとしたら、そんな人がこの状況に耐えられるのかな」

「……本当に優秀で控えめな性格なら、自分のせいだって責めてそうだな」

「ね？　それに恋人と言ってたけど、それだって身分が違うのよ。ダグラスに好きだって言われたら断れないわ。本当に一緒にいたいのか、ダグラスには悪いけど確認しなきゃ」

「はぁぁ。そういうことか。確かにダグラスが初恋で舞い上がっていて、周りが見えていない可能性もあるよな」

クリスがため息をついたら、ダグラスがエマを連れて戻ってきた。少しだけ顔色が悪い。もしかして体調が悪いのだろうか。

「エマ、ごめんね。椅子に座ってくれる？」

遠慮したエマに、もう一度座るようにお願いすると、おそるおそるといった感じで座った。王太子である私と同席するのは恐れ多いといった感じだ。学園でA教室の同級生と話すのには慣れたが、下級生と話す時に相手がこういう感じによくなるからわかる。やっぱりエマが身分差を気にしない性格には見えない。この後二人のことを手助けするかは決めていないが、まずはエマ自身がどう思っているのか聞き出しておかなければいけない。

もちろん無条件で助けることはできない。身分制度や貴族の常識について、私が否定してはいけない。それに恩恵を受けているのは王族だからだ。この国を背負う私がそれを否定することは許されない。

わがままを言えば、たいていのことが叶《かな》えられるのは知っている。今回のことだって、テイラー侯爵に認めるようにと命令すればいい。だけど、できるからといって、していいわけではない。身勝手な命令は王太子だからこそ、してはいけないのだから。

「ダグラス、ちょっとだけ結界を張るわ。すぐ終わるから三人で話でもして待っていて」

「あ、え？　ソフィア様!?」

焦ったようなダグラスの承諾を取らないまま、私とエマがいる周りに四角い箱のような結界を張る。音だけでなく景色も遮断すると、真っ白い空間の中に閉じ込められる。初めて結界の中に入ったのだろう。驚いたエマが立ち上がりそうになる。それを大丈夫だと座らせ、結界について説明をする。

「これは結界よ。向こうにいる人には音が聞こえないし、見えないようになっているだけ。話が終わったらすぐに解除するから」

「………申し訳ありませんでした」

「ん？」

「このような事態になってしまったのは、すべて私のせいです。ダグラス様をそそのかしたのは私です。責任はすべて……」

座ってと私が言ったからか、椅子に座った体勢のままで頭を下げる。テーブルに額がつきそうなほど深く頭を下げ、そのまま謝り続けるエマに焦ってしまい大きな声で止めた。

「ちょ、ちょっと待って。謝らなくていいから！　私、エマを責めたくて呼んだんじゃないわ！」

「え？」

「ダグラスから話は聞いたけれど、エマからも聞きたくて呼んだの。ほら、片方だけから事情を聞くのは良くないでしょう？　だから、エマからの話も聞こうと思っただけなの。エマが悪いとか思ってないから、落ち着いて？」

「……ダグラス様を連れ戻しに来たのでは？」

「違う違う。何か困ったことになっているなら助けられないかと思って来たの。だからエマからも話を聞こうとしただけよ」

「そう、でしたか……」

私がただエマの話を聞きたかっただけだとようやく理解してくれたらしい。予想外だったのか、エマの肩の力が抜けたのがわかった。顔色が悪かったのはこのせいか……どれだけ精神的に負担がかかっていたんだろう。

だが、ダグラスを連れ戻しに来たわけではないと聞いてもほっとした顔にはならなかった。青ざめたままなのは、何を思っているからなのか。

「私もダグラスも、エマのせいだなんて思ってない。貴族社会の考え方もわかっているけれど、それだけが正しいとは思えない。エマのお腹の中にいる子は、ダグラスの大事な子どもでしょう？ダグラスが守ろうと思う気持ちはわかるわ」

「……はい」

無意識なのかお腹を撫でるエマを見ると、エマも子ができたことを嫌がっているわけではなさそうに思える。

「ここでの生活は大変じゃない？　何か困っていることはない？」

「もともと貧乏な伯爵家の三女でしたから、お金がない生活には慣れています」

「そう。兄弟が六人ってすごいわよね。私は一人娘だから、少しうらやましいわ」

「母はどうしても男の子が欲しかったようです。女の子が五人産まれてもあきらめきれず、六人目でやっと弟が産まれました」

「あぁ、そういうことなの。だから六人兄弟なのね。三人目ということは、下の妹弟が三人もいるの……。じゃあ、子どもの面倒を見るのは得意？」

「ええ。特に弟はやんちゃなくせにすぐ熱を出す子で。十歳になるまで苦労しました」

その頃を思い出したのか、くすりと笑う。

初めて見たエマの笑顔が可愛らしくて、四歳上だということを忘れてしまいそうになる。

「そうなの。じゃあ、その子が産まれても安心ね。エマなら良い母親になるわね」

「…………」

「どうかした？」

「あの」

「ん？」

「王太子様にお願いがあります。ダグラス様をこのまま侯爵家に連れ戻していただけませんか？」

「え？」

悩み事があるのかと思ったら、そんなことを言い出すエマに、私の予想があっていたのかと思った。……やはり、身を引くつもりだったのかと。

「このままダグラス様がここにいたら、ダグラス様に傷がついてしまいます。私が産んだ子を跡継ぎにしたら、何を言われるか。貴族社会ではもちろんですけど、その……」

「もしかして、ポネット伯爵家にってこと？」

「そうです」

エマが身ごもったということは、嫁ぎ先の令息に何か問題あると言われても仕方ない。三年子どもができなくて離縁したのに、エマはそれから一年で子を身ごもっている。ポネット家の令息が再婚相手との間にすぐに子どもができれば、お互いに相性が悪かったのだとも言えるが、どうやらポネット家は再婚相手との間にも子ができていない。

そんな時にエマがダグラスの子を産んで跡継ぎにしたなんて知られたら。名誉を深く傷つけられたと、嫌がらせをされる可能性もある。もちろん、ダグラスはそれもわかった上で行動していると思うが、エマとしては自分のせいでテイラー家とダグラスに迷惑がかかるのは嫌なのだろう。

「ダグラスを連れて帰ったとして、エマはどうするの？　一緒にテイラー家に帰れるの？」

「いいえ。帰ればこの子の命が危ないでしょう」

「じゃあ、どうするの？」

「うちに帰ります。ピエルネ伯爵家に。その後は貴族籍から抜いてもらい、領地の教会にお世話になろうと思います。結婚した時の支度金も、侍女の給金もすべて家に渡してあります。領地の教会で面倒を見るくらいはしてもらえると思います」

「教会で面倒を見てもらうって、子どもはどうする気なの？」

「子どもを身ごもって教会にお世話になる女性は多いです。そのまま子どもが十二歳になるまでは一緒に住むことが許されています。貧乏生活には慣れていますから、なんとかなります」

にっこり笑ってそういうエマは、もう覚悟を決めているのだと思った。子どもを侯爵家の跡継ぎにはせず、母子二人だけで生きていこうと。

この国の教会や孤児院は手厚く保護されている。エマの言う通り子どもが十二歳になるまでは教会で面倒を見てもらえるし、侍女として働いた経験のあるエマならその後の働き口を探すのも難しくないだろう。

確かに、それが一番平和な解決なのかもしれない。エマが侯爵家に残るとしたら、戦うのはエマ自身なのだから。

「わかった。ダグラスは家に戻すわ」

「ありがとうございます！」

ほっとしたように息をはいたエマに、しっかりと目を合わす。

「ねぇ、最後に一つだけ聞かせてくれない？　ダグラスには言わないから。閨の相手に選ばれて嫌じゃなかった？　こうなって、ダグラスの子を身ごもったこと、後悔していない？」

「……ダグラス様には内緒ですか？」

「ええ。私からは絶対に話さない。約束は守るわ。だから、本当の気持ちを教えてくれない？　身分だとか、そういうの抜きで、本当のエマの気持ち」

「私は女官として働いて家に仕送りをするつもりでした。妹弟たちの学費が足りないことに気がついていましたので。それが、ポネット家へ嫁ぐという話が突然来て、断る理由がないからとすぐに嫁ぐことになってしまって。嫁ぎ先では優しくされましたが、いつまでたっても子どもができず、三年たって追い出されるように離縁されました。わざわざ支度金まで払って迎えた妻なのに、子ができなければ役立たずですから。夫にも手のひらを返したように冷たくされましたが、それも仕方ないことだとあきらめていました。期待に応えることができなかったのですもの。ただ……私は自信をなくし、この先どうしていいかわからなくなりました」

ダグラスはエマのことを優しいと話していたが、エマからしてみたら、仕方ないとあきらめていただけのことのようだ。

「テイラー家に侍女として働くことになって、慣れない仕事も楽しかったです。出戻りと嫌味を言われることもありましたが、子どもができない重圧の中で暮らすことに比べたら平気です。ダグラス様のお世話をするのもまったく苦じゃありませんでした。屋敷の図書室には本がたくさんあって、申告すれば侍女でも貸してもらえます。そのうちダグラス様の部屋にある本棚の本を見ていることに気がつかれて、読みたいのなら読んでもいいよと」

「あぁ、エマも本が好きなのね」

ダグラスは本の虫とからかわれていたくらい幼い頃から本を読んでいたらしい。その本は家の図書室だけではおさまりきらず、ダグラスの私室の壁一面が本棚になっていると聞いた。大量にある本のほこりを取るのも侍女の仕事だったのだろう。

「本が好きだと言うと、女のくせにと蔑まれることが多かったのですが、ダグラス様はどんな本が好きなの？　と。私が本を読むことを当たり前のように接してくれたのです」

「ダグラスからは好きな本が同じだったたって聞いたわ」

「ええ！　そうです。それも一冊だけではなく、何冊も。気がついたら本の話をしていて時間が過ぎていました。……閨の相手をと話が来た時、出戻りの私が侯爵家の侍女に採用された理由はこれだったのかと思いました。やはり私ではダグラス様に釣り合わない。それでも、練習相手でも、ダグラス様のおそばにいたかったのです」

「ダグラスのことが好きだから？」

「はい。お慕いしております」

「ダグラスと離れるのも、ダグラスのためね？」

「何も持たない私ではダグラス様にふさわしくありません。ここにいた二週間、ただただ幸せでした。一生分の幸せをいただきました。ですから、もういいのです。ダグラス様をよろしくお願いいたします」

「うん、わかった」

パチンと結界が割れるように壊れ、光のかけらが降るように消えていく。私とエマが話しているのが心配だったのか、ダグラスがほっとした顔になる。さて、この後はどうやって説得しようか。

「待たせてごめんね、ダグラス。エマとの話は終わったんだけど、私の提案を聞いてくれる？」

「提案？　どういうこと？」

「ねぇ、ダグラス。このままこの家で二人だけで生活していけると思う？」

「え？」

「二週間ここにいて、生活するの大変じゃなかった？　お茶を買いに行く余裕がなかったのは、エマを一人にできないからでしょう？」

「それは……大変じゃなかったとは言えないな。この家にエマが一人でいる時に、家令に連れ出されたらと思うと外出するのも難しくて」

「でも、二人で外出するのも難しいわよね？　目立ってしまえば侯爵家に見つかる可能性が高くなるし、エマのお腹が大きくなれば外出そのものが難しくなる。それに、産む時はどうする気なの？　おそらく王都内の医院には先に手が回っていると思うわよ」

「そんな……」

ダグラスは出産のことまで考えていなかったのか絶句している。王都内の医院は限られている。侯爵家の力があれば、そのすべてに手を回すことだって可能だ。

エマの緑目はどう見ても貴族の血筋だとわかる。それが平民しか行かないような医院では目立ってしまうことになる。一度でも医院に行けば、侯爵家に情報が伝わると思っていたほうがいい。

「エマを、子どもを安全に産ませたいんだ。なんとかならないだろうか」

さすがに自分の力だけでは無理だと思ったのか、やっとダグラスから私の力を貸してほしいと言ってもらえた。

「だから、提案って言ったのよ。エマは私が預かるわ」

「ソフィア様が預かるって、どういうこと？　まさか王宮にいさせるわけじゃないだろう？」

「私が個人的な理由でエマを王宮に匿《かくま》うことはできないわ」

「それはそうだよ。だったら、預かるなんて無理なんじゃないのか？」

ダグラスが言うように私の個人的な理由で匿うことはできない。だけど、個人的な理由じゃなければ預かることはできる。

「ねぇ、エマ。私の専属侍女にならない？」

「「え？」」

その言葉が意外だったのか、ダグラスだけじゃなくエマもぽかんとした顔になっている。エマは私がダグラスを侯爵家に連れ帰るために話をしていると思っていたはずだ。それがなぜかエマが王太子の専属侍女になるという話になって、いったいどういうことなんだと思っているだろう。

エマは自分が身を引いて伯爵領に逃げれば何とかなると思っている。ダグラスから離れれば侯爵家とは関係なくなる、一人で子どもを産んで育てていけばいい、そう考えている。

だけど、そううまくはいかない。エマを伯爵領の教会に行かせるわけにいかない理由もあった。

「ねぇ、エマはわかっていると思うけど、そのお腹の中の子を守るのは難しいの。ダグラスはエマを妾にして、子どもだけでも実子として引き取ろうと思っているみたい。でもね、それって危険なことよね。ダグラスの妻になる人から見たら、邪魔な子だもの。もしその子が家を継ぐようなことになったら、嫁いできた意味がなくなるよね。妻になる令嬢の生家だって、そんなことは許せない。娘や娘の子を蔑《ないがし》ろにされるようなこと、許すはずがないのよ」

「……それはわかっています」

そうだよね。だからこそ侯爵家に頼らずに平民として伯爵領に行こうとしているんだもの。だけど、それだけじゃ甘いんだよね。

「もし、あなたが身を引いたとしても、ダメなのよ」

「え？」

「あなたの子が産まれてしまったら、その子にいつダグラスの子だと名乗り出されるかわからない。いつ侯爵家の争いの種になるかわからないのよ。家令が侯爵家に忠実なのだとしたら、どんなことをしても見つけ出され、殺されてしまうでしょう」

「そんな……」

エマは驚いて、ダグラスを見る。ダグラスはその可能性に気づいて、青ざめたままうなずいた。侯爵家に忠実な家令。だからこそ、ダグラスは逃げるしかなかったのだと思う。家令が言っていることのほうが貴族として正しいと知っているから、ダグラスが次期侯爵だとしても家令を説得できなかったのだ。

「どこに逃げても無理よ。必ず見つかると思ったほうがいいわ。その時、あなたの力で子どもを守り切れると思う？」

「……無理です」

エマは伯爵家の籍を抜くつもりだと言っていた。平民になってしまえば、なおさら立場は弱くなる。侯爵家が本気でエマと子どもをどうにかしようと思ったら逃げるのは不可能だ。生家の伯爵家では、平民となった娘と孫を守り切る力はない。

だからこそ、この提案だった。私の専属侍女になれば、私の後見下に入ることになる。女官と違い、専属侍女は王太子の信用がなければ就くことができない。専属侍女になれたということは、それなりの地位になる。

「だけど、私の専属侍女だとしたら。専属侍女とその家族は私の保護下に入ることになる。王太子の専属侍女に手を出せる貴族家はないわ。侯爵家の家令が侯爵家の未来のためだとしても、専属侍女の家族を殺して王太子に敵対するようなことはしない」

「だからエマをソフィア様の専属侍女に？」

「ええ、そうよ。あぁ、名前だけじゃないわ。本当に専属侍女になってほしいのよ。エマ、いいえ。エメリーヌ・ピエルネ。ここに来る前にあなたのことは調べてあるの。学園での成績も見たわ。三年間A

教室にいて、授業態度も人柄も問題なし。そのまま女官の試験を受けていたら合格していたでしょう」

「あ、ありがとうございます」

本名、エメリーヌ・ピエルネ。ダグラスが女性と一緒にいるという報告を受けた時、エメリーヌのことも一緒に報告がされていた。侯爵家で侍女として働くときにエマという名に変えていたが、これは侍女の名が長いと呼びにくいためであり、よくあることだ。

エマの学園時代の成績も問題なく、しかも侯爵家で侍女として働いていた実績もある。三代前に王女が降嫁しているテイラー侯爵家の作法は王宮内でも通用する。テイラー家で侍女をしていたということは、基本的なことは身についているはず。それでも足りないところはあるだろうけど。

「エマは専属侍女になるための指導を、クレメント侯爵家で受けてもらいます」

「あのクレメント侯爵家ですか？」

「ええ、そうよ。私の専属侍女たちは必ずそこで指導を受けてから採用されているの」

リサとユナの生家でもあるクレメント侯爵家はルリの伯父の家でもある。ルリも私の侍女見習いになる前、十二歳から学園の入学までクレメント侯爵家で指導を受けていた。

エマを王太子の専属侍女にするためには、一度クレメント侯爵家でしっかりと指導を受けてもらう必要がある。だけど基本ができているエマなら、それほど長い期間ではないと思う。実際に指導を受けるのは一年くらいになるだろう。

「クレメント侯爵家で、そうね。三年くらいはかかるかしら。その間に子どもを産んで、その子を人に預けられるくらいにはなるでしょう？　そうしたら私の専属侍女として王宮で働いてくれる？

あなたと子どもの安全は守ってあげられるわ」

「……よろしいのでしょうか。こんなに、こんなにも良くしていただけるなんて……」

泣き崩れたエマをダグラスが両腕で支える。子どもの安全が守られると聞いて、緊張の糸が切れたのかもしれない。さっきまではどこに逃げても無駄だと感じていただろうから。

「ありがとう、ソフィア様。良かった……これでエマも子どもも守られる。エマ、待っていてくれ。俺は何年かかってでも、両親にエマのことを認めさせる。俺にはエマが必要だ。お腹の子どもと三人で生きたいんだ」

「ダグラス様……ですが……」

「頼む。俺を信じてくれ」

ダグラスは本気でそう思っているのだろう。だが、そんなに簡単な話ではない。私の専属侍女としてエマと子どもを守るという話と、侯爵家の妻と子として迎え入れるという話はまったく意味が違うのだから。

このままでは何年かかったとしても侯爵家に受け入れられることはない。それがわかっているからか、エマはダグラスの求婚を喜べず、困ったような顔をして私を見る。

これはダグラスをあきらめさせて連れて帰ってほしいと思っているのかな。侯爵家に連れ戻してほしいって言ってたしね。エマ自身のことはもう大丈夫だから、私たちのことは忘れて……とか言いたそう。

「ねぇ、ダグラス。本気でそんなことできると思っているの？」

「ああ。何年かかっても説得する」

「このままだと何年もたたずに、ダグラスは他の令嬢と結婚することになると思うけど」

「え？」

「ダグラス、家を出てから二週間もたっているの忘れていない？　きっと領地にいる侯爵夫妻にも連絡が行っているわ。家令が報告しているだろうし、学園からも連絡が行くはずよ。簡単に問題解決、なんていうのは無理よ」

テイラー侯爵夫妻は厳格な方だと聞いている。領地経営のためにずっと領地にいるほど真面目な侯爵が、ダグラスが女性のために逃げたと知ったらどう思うだろうか。

きっとその女性はダグラスのためにならないと考えるだろう。子どもがいる、私の専属侍女になる予定だ、だけでは説得に応じないと思う。

「そ、それはそうかもしれないけど、でも」

「こんなことになって、侯爵夫妻はこう思うでしょうね。ダグラスを早く婚約させておけばよかった、と。ダグラスに婚約者がいたとしたら、エマが身ごもったとしても、同じ行動はできなかったでしょう」

「それは……」

真面目なダグラスだから、自分に婚約者がいたとしたら、その婚約者をないがしろにするようなことはできなかったはずだ。エマのことを愛していたとしても、侯爵家や婚約者の家のことを考え、どれだけつらい思いをしたとしても離れることを選んだだろう。

だからこそ、この件が侯爵夫妻に知られたら。説得に応じる前に婚約者を決められてしまうはずだ。

「ダグラスの婚約には、あなたの意思は必要ないの。侯爵と相手の父親の署名があれば成立してしまうわ。そして、ダグラスと婚約者が学園を卒業したと同時に結婚させられるでしょう。三年後、エマが私の専属侍女になって侯爵を説得できたとして、ダグラスは、結婚相手を捨ててまでエマを選べるの？　もしかしたら、その時には結婚相手との子どもがいるかもしれないのよ？　妻と子を捨てて、エマたちを侯爵家に迎え入れる？　無理よ」

「…………。だけど……俺は……」

理解したのか、何かを言いかけてはやめる。どうやっても無理だと気がついただろう。ダグラスは侯爵家を捨てられないし、侯爵夫妻に歯向かうことはできない。自分にできることはない。エマをあきらめるしかない。だけど、あきらめたくない。ダグラスの葛藤《かっとう》が目に見えるようだった。

さて、そろそろいいかな。ダグラスの説得を始めよう。

「もし、すべてがうまくいく方法があるとしたら、どうする？」

「すべてがうまく？」

「ええ。ダグラスはエマを妻として娶り、産まれてくる子どもを侯爵家の跡継ぎにできる」

「そんなことできるわけないだろう？」

「私の力でそうすることができると言ったら？」

「……それは無理だ。いくらソフィア様が王太子だからといっても、侯爵家に無理やり命じるような真似はできないし、そんなことはお願いしたくない。ソフィア様がこれまでどれだけ努力してきたか知っている。俺のためにそんなことをしてしまえば、貴族たちから反感を買うことになる。そんな真似はさせられない……」

やっぱりダグラスはダグラスだなと笑いそうになる。どれだけつらくて助けてほしくても、私の立場を考えてくれる。そんなダグラスだからこそ、助けられる方法がある。

「無理に命じることがなければいいのよね？　侯爵夫妻も家令も説得できて、貴族社会も納得するようにすれば」

「だから、無理だよ」

「いいえ。無理じゃないわ。ねぇ、ダグラス。私の王配になる気はない？」

「「は？」」

ダグラスだけじゃなく、クリスとカイルまで驚いている。クリスとカイルは護衛のためにここについてきている。私たちの話に口を挟む気はなかったようで、ずっと黙って聞いていた。

だけど、これに関しては黙っていられなかったようだ。

「どういうことだよ。姫さん、何を考えているんだ。侯爵家の嫡男を王配にするのは無理だろう？」

「無理じゃないはずよ。ほら、国法を思い出して？　貴族家の嫡男を王配にする時は、家を存続させるために妻を娶ることができるでしょ？」

私の言葉にクリスも思い出したのか、驚いた顔になる。

「あぁ！　そうだ！　そういえばそうじゃないか。公妾《こうしょう》となってしまうが、正式な妻として娶ることができる！」

「でしょ？　しかも、王配候補になった時点でダグラスは準王族になる。そうなればダグラスの結

婚相手を侯爵夫妻が決めることはできない。王配の公妾を承認できるのは女王だけだもの。ほら、私の許可があればいいの。ダグラスを王配にするのは私が女王に即位する時でいい。その時、私の専属侍女であるエマを公妾にするとすれば誰も文句を言えないわ。王配の妻は私が信用できる者にしたい。だから専属侍女のエマを、と。おかしなことではないでしょう？」

「いや、全然おかしくない。むしろ正しい。王配の公妾は信用できる者じゃないと任せられない。王配に変な影響があっては困るからな。……完璧じゃないか。よく気がついたな、ソフィア」

「あぁ、ダグラスは王配候補には無理だと最初に決めつけてしまったから、こんなことは考えもしなかった」

私の提案が現実に可能だとわかり、カイルとクリスも感心したようにうなずいている。どうやっても別れるしかないと思っていた二人を何の問題もなく夫婦にすることができる唯一の方法だ。私もこれを思いついた時は踊り出したいくらいの気持ちだった。

「ふふふ。ダグラスのおかげかもしれないわ」

「え？　俺のおかげ？」

「エディに言われたことがあるのよ。クリスとカイルの二人と一緒にいて、平気でいられるようじゃなきゃ王配になれないって」

「それはそうだろう。だって、この二人だぞ」

「でも、ダグラスはいつも一緒にいるじゃない。平気でしょ？　私を含めて四人でいても気にならないでしょ」

「え、あ、そうか。よく考えたらそうだな」

「ほら。考えたら他にいなかったのよ。ダグラスなら学園でずっと一緒にいても平気だったでしょう？　クリスとカイルと普通に話せるし、私に意見も言える。ルリとも仲良しだし、エディたちにも慕われている。ほら、完璧じゃない」

「本当だな。ダグラスしかいないじゃないか」

「でも、ダグラスは侯爵家を継ぐために領地に行くって言ってたから、無理だなって思っていたんだよね。公妾だって、正式な妻とはいえ社交界には出てこられないし、普通の令嬢だったら嫌がるだろうなぁって。だけど、エマは事情もあるし、もしかしたらと思って」

王配の公妾は戸籍としては正式な妻として扱われる。財産を共有し、産まれてきた子どもも正式に貴族として認定される。ただし、公の場では王配は女王の夫であるため、公妾は夜会などに出席することができない。

でもエマは夜会に出る機会がないほうがいい事情がある。侯爵家の妻になった後、ポネット伯爵家の者と顔を合わせたら揉《も》める可能性があるからだ。エマがダグラスの公妾になるのは私が女王になる時期だと思うから、それまでにポネット伯爵家に子どもが産まれればいいが、こればかりは祈るしかない。社交界に出る機会がなければエマに危害が加えられる心配も少ないし、王配の公妾に何かすれば伯爵家がつぶされると思うはず。ダグラスが私の王配になれば、そういう意味でもエマと子どもを守ってあげられることになる。

「……だけど、俺が王配に？　ソフィア様と結婚することになるのか？」

エマのことは解決できるけど、私と結婚するとなると複雑な気持ちになるらしい。ダグラスが見たこともない微妙な顔をしている。うん、わかる。私もまったく同じ気持ちだから。

ダグラスに言われてみて初めて気がついたのか、クリスとカイルも嫌そうな顔をする。今までダグラスが王配候補になるなんて思いもしなかったから、二人も動揺しているのかもしれない。

ダグラスとはあくまでも友人。とても親しい友人で、信頼している。だけど、夫として考えられるかというと、無理だなって思う。

「ダグラスは王配……という名の参謀になってくれない？」

「は？」

「だって、ダグラスのこと、どうしても夫だと思えないのよ。ダグラスだってそうでしょう？　私のこと妻だって思える？」

「……難しいな。いや、ソフィア様に魅力がないとか思ってないからな。ただ、純粋な友人だと思っているのに、妻となると……ちょっと」

「わかる。私もまったく同じ気持ちだから。だから、ダグラスは王配の一人ではあるけど、夫にならなくていい。表向きは夫の一人ではあるけど、実際には側近として働いてほしいの。残念ながら領地に帰してあげることはできないから、侯爵家は領主代理に任せることになってしまうけど。エマが専属侍女になれば、エマも王宮に住むことになるわ。その時、ダグラスとエマと子どもを一緒に住まわせることもできると思う」

「いいのか？　俺にとっては願ってもないことだが」

「いいの。私が子どもを産まなければいけないとは思ってないの。だから夫としての役目は求めていないのよ。将来的にはエディとディアナの子どもを養子にしてもいいと考えているし。だから、ダグラスは友人として側近としてそばにいてくれるとうれしい。この国を守るために手を貸してくれないかな」

「あぁ、ああ！　もちろんだ！」

「良かった。エマ、もういいんだよ。ダグラスの手を取っても大丈夫。受けいれてもいいんだよ」

話の流れについていけていないのか、まだちゃんと理解できていないのか、エマだけが呆然《ぼうぜん》としている。そんなエマにダグラスが跪《ひざまず》くようにして優しく声をかける。

これから母子だけで生きていく、ダグラスとは離れなければいけないと思っていた。そんな覚悟を決めていたのを覆《くつがえ》させるのは悪いと思うけど、あきらめて幸せになってくれないかな。目の前で必死になってエマを説得しようとしているダグラスのためにも。

「エマ、もう一度言うよ。俺の妻になってほしい。俺はエマも子どもも大事なんだ。俺一人の手では守れなかったのが悔しいけれど、愛している。俺と一緒に生きていってくれないだろうか？」

「……ダグラス様。いいのですか……本当に？」

本当に手を取っていいのか、私のほうを見て確認してくるエマに、思わず苦笑いしてしまう。

さっきあんなに脅しちゃったから安心できないのかも。

「安心して大丈夫だよ。話したように、ダグラスは王配になるけれど、妻はエマ一人だけだよ。夜会とかは王配として出席することになるけれど、それは形だけ。夫として役目を果たしてもらうことはないから。……もういいんだよ、我慢しなくても」

「……ありがとうございます。ダグラス様、こんなわたくしでよければ……おそばにいさせてください」

「っ！　ああ！　よかった。エマ、ずっとそばにいてくれ」

「はい」

「ふふ。うまくいって良かった。二人ともこれからよろしくね」

さっきまで悲愴《ひそう》な顔をしていた二人が手を取り合って笑っている。エマはぽろぽろと涙をこぼしているけれど、うれし涙だからかとても綺麗だ。頬を伝う涙をダグラスが優しくぬぐってあげている。

……落ち着くまで、もう少し時間が必要かな。

「二人が落ち着いたらさっそく準備しなきゃね」

「クレメント侯爵家に連絡は？」

「大丈夫。ルリに行ってもらってる」

「あぁ、だから今日いないのか。いつから決めてたんだ？」

「報告書を読んだ時からかな。でも、ちゃんと会ってから決めようと思っていたの。大事な友人のことだからね。変な女性だったら困る。エマがダグラスをどう思っているのかもわからなかったし。エマと二人で話をしてみて、エマなら大丈夫だって思えたから」

「そっか。そういう意味でエマと話したかったのか」

「うまくいって良かった〜。これで三人目の王配候補も決まったし、もう探さなくていいね」

「あぁ、そうだな」

アルノーも断ってしまっていたし、どうしようかと思っていた。最終的には奥さんに先立たれているレンキン先生にお願いして、名前を貸してもらえないかとまで思っていたが、ダグラスならお祖父様も周りも認めてくれるだろうし安心だ。学園を卒業する前に決まりそうでほっとした。

私が悩んでいたのを知っていたのか、クリスとカイルがお疲れさんと両側から頭を撫でてくれた。これまでずっと悩みの種だったことを片づけられて気持ちが軽くなる。

「…………一番ほっとしたのはカイルだろうな」

「ん？　クリス、何か言った？」

「いや、なんでもない。ほら、ダグラスとエマが落ち着いたようだし、ここを出る準備をしよう。テイラー侯爵家にも説明しなきゃいけないんだろう？」

「あぁ、そうだった。急がないと」

二人が落ち着いた後、先にエマをクレメント侯爵家に送り届けた。テイラー侯爵家にエマを連れて行って、家令たちに非難されるのを恐れたためだ。

クレメント侯爵家に着くと、ルリが前侯爵夫人と出迎えてくれた。前侯爵夫人はお祖父様の専属侍女でお父様たちの乳母もつとめていた。今は専属侍女を引退し、侯爵家で後輩の指導にあたってもらっている。さすがに妊婦を引き受けるのは初めてのようだが、前侯爵夫人は働きながら四人の子どもを産んで育てた経験を持っている。エマのことも体調を見つつ指導してもらえるはずだ。

ダグラスはエマと離れるのはさみしそうだったが、また学園の休みに顔を出すと約束をして別れた。

心配していたテイラー侯爵家だが、屋敷に着いたら侯爵夫妻が待ち構えていた。やはり家令から報告が行っていたらしい。私たちの行動があと数日遅かったら間に合わなかったかもしれない。

渋い顔をして出迎えた侯爵だったが、私の王配になることを説明すると、一転してエマのことも認めてくれた。どうやら侯爵としてはダグラスが私の王配に選ばれるのではないかと思い、学園の卒業までは婚約者を作らないつもりだったそうだ。

どうりで優秀なダグラスに婚約者がいなかったわけだ。学園の入学時からずっと学友としてそばにいさせたわけだから、侯爵としては王配に選ばれると考えていてもおかしくはない。私たちの間は友人であって、そんなつもりはなかったのだけど、周りからどう思われるかなんて考えもしなかった。

もしかしてエマのことがなかったとしたら、卒業して離れた時にダグラスに不名誉な噂《うわさ》が流れていたかもしれない。三年もそばに置いていたのに王配にならなかったのは、ダグラスに何か欠点があるに違いないと。結果としてすべてうまくいったから良かったものの、やっぱり私は王族としてまだまだ考えが足りないと反省した。

◇◇

「お祖父様、あっさりと許可だしてくれたね」

「そりゃそうだろ。姫さんの近くにいる男は全員調べられていた。ダグラスなら問題ないって知ってるからだろう」

「まぁ、エマのことを欠点と扱うかどうかは、陛下次第だっただろうけどね」

「ん？　どういうこと？」

「ほら。ダグラスには夫として役目を求めないって言っただろう。あれが夫の役目も求めるとなると、問題があったかもしれないってことだよ。ソフィアが産む子は次の国王になるかもしれないだろう？　その国王と腹違いの兄弟になるわけだから。厳しく審査される可能性だってあったんだよ」

「……そっか。異母兄弟になるんだ。もし私がダグラスと子どもを作ろうとしていたら、そういう障害があったんだ」

お祖父様にもダグラスには夫としての役割を求めないと説明してある。クリスのことは報告していないが、ダグラスについてはエマのこともあるのであらかじめ報告しておいたほうがいいと思ったからだ。お祖父様からは王配としての役割さえできていれば問題ないだろうと判断され、三人目の王配候補として認められた。

私がダグラスと子を作ると決めたとしたら、エマの産む子は厳しく審査されていたかもしれない。今の状況でも血のつながりはなくても義理の兄弟になるかもしれない以上、エマの子は成人するまで王宮内で育てられることになる。その後は侯爵家を継ぐために領地に行くことになるだろうけど。そういうことも考えなきゃいけなかったんだと、あらためて考えが足りなかったなぁと思う。

「ん？　何か気になることでもあるのか？」

「カイル、何かしたのか？」

「いや、わかんないけど。ソフィアがチラチラ見てくる。俺だけ何か疑われているような目で見られてないか？」

「なんだろうな。まぁ、二人で話しなよ。俺はもう眠いから、部屋に戻るよ」

「え？　クリス？」

ちょっと気になったことがあってカイルを見ていただけなのに、すぐに気がつかれてしまった。クリスは関係ないだろうと思って見てなかったけど、それもわかるんだ。どれだけ私は顔に出ているんだろうと反省する。

「で、どうした？」

「……うう」

「何か気になるから俺だけ見てたんだろう？」

ひょいと抱きかかえられて寝室まで連れて行かれる。もう寝る時間だから連れて行かれるのはいいんだけど、二人きりで聞くのも気まずい。クリスには聞いちゃダメだけど、カイルに聞くのはどうなんだろう。いいのかなぁ。

「ほら、言ってみな？」

「……怒らない？」

「……うーん。わかった。怒らない。何が気になるんだ？」

「カイルも閨教育ってしたの？」

「は？」

「だって、閨教育を知ってるってことは受けたから知ってるんじゃないの？　私が知らなくても、二人は知ってるみたいだったもん！」

ダグラスが閨教育の話をしている時、わからないのは私だけだった。私の閨に関する知識は下級使用人が話していた会話から得たもので、具体的にどういう教育をするのかはよくわかっていない。

クリスの話は以前に少しだけ聞いている。閨教育を受けられなくて当主候補から外されたと。だから、クリスには聞いちゃいけないことなんだと思う。

じゃあ、カイルはどうなんだろう。受けたことあるのかな。そしたら、もしかしたら、カイルにも子どもがいたりするんだろうか。

「あーうん。そうだな。受けたことはある」

「やっぱりそうなんだ」

「王宮で影の下について訓練するようになってすぐの頃だったかな。連れて行かれたんだ。高級娼館に……俺とクリスが」

「え？　二人とも？」

「クリスはどうしたのか聞いてないけど、仕事だって言われて連れて行かれた先が娼館だった。そこで、女を抱いてこいと言われて……」

「…………」

ううう。やっぱりそういうことあったんだ。どうしよう。カイルに子どもがいるって言われたら。カイルが私よりも自分の子どもを優先しちゃうかもしれない。その時、カイルの子どもを大事にしてって言えるかな……。エマとダグラスを祝福するみたいに幸せにねって言えるのかな……。

「おい……ソフィア。誤解するなよ。俺は何もしてないぞ」

「え？　何もしてない？」

「いや、女性がいる部屋に押し込まれて、抱いてこいって言われて、やっと仕事じゃなく閨教育で娼館に連れてこられたんだって気がついた。仕方ないから、その部屋にいた女性に謝って帰ろうとしたんだ。馬鹿正直に、好きな女性以外とそういうことをする気はないと言って。そしたら女性に怒られたんだ。お前は馬鹿なのかと」

「えええ？」

「閨教育のために来たのなら、抱かなくていいから覚えて帰れと。本当に好きな人ができた時に後悔するぞと言われた。お前は初めて抱くことで満足するかもしれないが、失敗した時に傷つくのは相手の女性の身体なんだと。……そう言われたらそうかと思い、素直にやり方を教えてもらった」

「……やり方？」

「……その娼館には男娼《だんしょう》もいて、二人に教えてもらって……帰った」

「……だんしょう……？」

　なんだか想像できなくなってきた。閨教育をしないと傷つくのは女性で、だからカイルは教えてもらって帰ってきた？　何もしてないって言ってたのはなんだったのだろう。

「何もしてないって言った。教えてもらったのに？」

「あぁ、うん。どういえばいいのかな。エマとダグラスのようなことはしてないと言えばいいか？　話を聞いて、見ただけで帰ってきたんだ」

「カイルに……子どもはいない？」

「あぁ、それが気になっていたのか。いないよ。大丈夫」

やっとわかったという風にカイルに笑われ、くしゃりと頭を撫でられた。そっか。カイルに子どもはいないいんだ……よかった。

「本当なら閨教育で子どもを身ごもるようなことはないんだがな」

「え？　そうなの？」

「できないように薬を飲んだりするもんなんだ。おそらくエマも飲まされていたはずだ。だけど、ダグラスは言ってただろ？　閨教育じゃなくて恋人になったって。子どもができたのはそのせいだろうな。閨教育とは別に隠れて会っていたんだろう」

「恋人なら子どもができるんだ」

結局どうしたら子どもができるのかはわからないままだ。恋人になれば閨教育じゃなくても子どもができる？　いちいち首をかしげていたからか、カイルには呆《あき》れられてしまったようだ。

「…………ソフィアへの閨教育は卒業したら本格的にするから」

「卒業したら？　あと半年？」

「ああ、卒業前はソフィアに負担が大きいからって止められている」

「誰に？」

「レンキン医師だよ。ソフィアの成長が遅れているのが気になるんだろう。そろそろ大丈夫だろうとは言ってたけどな」

九歳までまともな食事をしていなかったせいで身体の成長は遅かった。それでもかなり大きくなったけれど、身体は小柄なままだ。そろそろ大丈夫ってことは、これ以上大きくならないのかな。

「早く大人になりたいなぁ」

「……………頼むから、もうちょっと待って。俺の心の準備が……」

「んん？　私じゃなくてカイルの？」

「あぁ、卒業するの楽しみにしているから、まだこのままでいいよ」

「ふうん」

抱え込まれるように横抱きにされ、背中をぽんぽんとされると眠くなる。もう少しでまぶたが開かなくなりそうと思ったら、頬と額にくちづけされた。あたたかくて気持ちいい……。

「まだ知らないままでいい。……俺が耐えられなくなりそうだから」

何のことだろうと思ったけれど、眠くてそのまま意識を手放した。

◇　◇

今日はもう戻ってこないかもしれないなと思っていたら、意外と早くにカイルは戻ってきた。

「あれ。戻ってきたんだ？」

聞かれたカイルは意味がわからなかったようで、不思議そうに聞き返してくる。

「戻ってきたってどういうことだ？」

「いや、そのまま姫さんと一緒に寝るのかと思ってたよ」

「………………そんなわけないだろう」

俺が言ったことを想像したのか、耳まで真っ赤になってしまったカイルに、これは当分はなさそうだと判断する。万が一のことが起きたら姫さんを看病しなくちゃなと思っていたけれど、いらない心配だったようだ。

「そうか？　婚約しているんだし、もう卒業まで半年もない。別に一緒に寝ても何も言われないと思うぞ？」

「レンキン医師に言われてるんだよ。学生の間は負担が大きいからやめておけと」

「ふうん。なるほどね～。まぁ、次の日休ませるのも難しいから仕方ないな。初めてしたせいで身体が痛いので休みますとは言えないもんな」

焦ったのか飲みかけていたお茶を吹き出したカイルに、その辺にあった布を投げつけてやる。そのまま空中で布を受け取ってこぼしたお茶を拭きながらも、にらみつけてくるから思わず笑ってしまった。俺も同じことをレンキン医師から言われていてわかっているけど、あれを馬鹿正直に守ろうとしているとは。カイルらしいといえばカイルらしいか。

「で、姫さんに何を聞かれてたんだ？」

「ああ。あれだよ。俺が閨教育したことあるのかって」

「ああ。閨教育の話か、なるほどな。ダグラスの件でカイルがしたことがあるのか気になったってところか」

「そんな感じだった。なぁ、覚えているか？　影について修行し始めた頃に娼館に連れて行かれた時があっただろう。あの時、クリスはどうしたんだ？」

娼館に連れて行かれた？　言われるまで忘れていたが、そんなこともあったな。あれは女癖が悪くないか、王配として機能するかなどを試されていたのかもしれないが、あの時は王配に選ばれる前に逃げてやろうと思っていたからな。まともに相手する気なんてまったくなかった。後で怒られてもいいかと思ったが、何も言われなかったし。

「そんなこともあったなぁ。あの時は娼婦《しょうふ》に金を渡してソファで寝たよ。疲れているから寝かしてくれって言って。お前は？」

「……馬鹿正直に好きな女しか抱きたくないって言ったら説教された」

その時のことを思い出したのか、カイルが嫌そうに話す。娼婦に説教されるって面白過ぎるだろう。真面目な娼婦に当たったのか、カイルだから真面目に相手してやろうという気になったのかはわからないが。普通は怒って追い出されるに決まっている。

「ぶっ。そんなこと言ったら娼婦は怒るに決まっているだろう。何を馬鹿正直に話しているんだ」

あっちも商売だから適当なことを言っておけば納得してくれるというのに。シュンとしてしまっているカイルに、あぁ、こんな態度を見せられたんじゃ説教したくもなるかと思い直した。なんというか、カイルは根がまっすぐすぎて心配になってしまうのだろう。娼婦のように見たくないものばかり見ている商売だとなおさら、純粋なカイルに世話を焼きたくなるものなのかもしれない。

「急に娼館なんて連れて行かれるから動揺してたんだよ。結果として説教された後、男娼と二人がかりで教育されたよ。俺は見学してただけだけど。金を渡してソファで寝るって、なんでお前はそんなに冷静なんだ」

へぇ、男娼と二人がかりで教育か。それはカイルにとっていい経験だったかもしれないな。正直言って、姫さん以外の女とはほとんど話したこともないカイルが、姫さんと閨を共にするって大丈夫かと心配していた。最悪、医師として俺が指導しなくちゃいけないのかもしれないなんて、さすがにそれは嫌すぎる。その娼婦に俺からもお礼を言いたいくらいだな。

「そんなの慣れてたからに決まってるだろう。これでも公爵家の嫡男だったんだ。学園に入る前から女は用意されてたよ。あの両親だぞ。そういうの押しつけてくるに決まってんだろ」

「そういうことか。それは災難だったな」

あの両親のおかげでその手のことは余裕で対処できるようにはなった。公爵家だというのに、よくわからない男女が出入りしていたからな。そのどちらにも襲われそうになってからは、襲われる前に逃げる癖がついている。めんどうなことは避けて通る癖はその辺からだろうな。まぁ、そのおかげでたいていの毒にも媚薬《びやく》にも耐性がついたわけだから、悪いことばかりでもなかったのか。

「それにしても姫さんも可愛いもんだな。カイルに閨教育の経験があるかどうか知りたくて、あんなにそわそわしてたのか」

「ソフィアは俺に経験がないって知って、ほっとしてたよ。というよりも、俺に子どもがいないとわかって安心していた。大人びてて閨教育とか抱くとか、そういうことは言うくせに、性交そのものは何も知らないようだし、知識が偏りすぎてるんだよな」

「普通は女官が教えるんだろうけど、女官はそばにいなかっただろう？　母親も乳母もそばにいないし、専属侍女の二人は結婚していない。姫さんの知識は虐待されていた頃の洗濯女の噂話《うわさばなし》から得たもんだろう。そりゃあんな場所で具体的な話なんてさすがに言わないだろうし、ちゃんと学んだことがないんじゃ仕方ない。王宮の図書室にもその手の本は置いてないしな。過保護すぎるんだよ。俺も含めてだけど。でもまぁ、知らなくてもいいんじゃないか？　どうせカイルが教えるんだろう？」

「……」

なんで黙るんだよ。娼婦と男娼に教えてもらって来たんだろう？　頼むから俺に教えてくれというのだけは勘弁してくれよ。なんとなく俺に頼りたいって雰囲気でこっちを見て来るけど、閨の世話までは断る。さすがにそこまで面倒は見たくない。

「何でそんなに他人事《ひとごと》なんだよ。クリスだって関係することだろうに」

「俺のことはいいんだよ、姫さんにはカイルがいればそれで」

「一年後にはお前も王配になるのにか？」

「そうだなぁ。俺も姫さんと寝るだろうけど。って、なんで怒るんだよ」

「……怒ってないよ」

本人的には怒った自覚はないんだろうけど、一瞬殺気を飛ばされて目が覚めた。おいおい、勘弁してくれよ。

「表向きは三人とも王配で夫である必要がある。ダグラスはともかく、俺が一緒に寝ないわけにはいかないだろう。そんなことしてたら、すぐにばれてしまうぞ」

「……わかってるよ」

「だったら、くだらない嫉妬はするな」

「…………」

俺が言ったことで反省したのか、カイルはソファに座ったまま下を向いて動かない。頭では理解しているんだろうけど、嫉妬してしまうものは仕方ないってところなんだろうな。気持ちがわかるとは言ってやれない分、どうしようもないのだが。一度ちゃんとわからせないとダメかもしれないな。

「一度しか説明しないからよく聞けよ？　ダグラスに言う気はない。俺は性的な興味が一切持てない。そういう意味では男性として成長しなかった」

「は？」

「姫さんのことは愛しているが、お前とは違う。自分の分身のように大事に思っている」

「……それって。どういうことだ？」

「だから前にも言っただろう。俺は閨を共にしないと。姫さんには王配になってほしいと言われた時に説明している。それでも一緒にこの国を守ってほしいと言われ、王配候補になった」

「それは性的に興奮しないから閨ができないということか？　薬を使えばできないのか？」

「媚薬とかか？　残念ながら俺は公爵家の嫡男として育っているから、毒やその手の薬には耐性がつけられている。使ったとしてもたいして効果はないだろうし、それにそこまでして閨を求められているわけでもない。姫さんが俺に求めているのはそういうことではないだろう」

試したことのない媚薬を使えば一度くらいは何とかなるのかもしれないが、そうまでして俺がする必要を感じない。姫さんも求めていない。カイルだって、俺がしなくて済むならそのほうがいいと思っているはずだ。なら、わざわざ苦痛を伴うようなことを誰がやるか。

「……悪い」

「何に謝ってるんだ？」

「……いや、いろんなことに。多分、俺のせいでイラつくこと多かっただろう。俺はいつも自分のことで精一杯だから」

「それは否定しないが」

カイルの能天気なところにイラつくことはないとは言えない。だが、俺のような人間が二人いても姫さんは疲れるだけだろうし。俺とカイルはまったく違う。違うからこそ、姫さんを両側から支えられるんだとも思う。

「まぁ、そんなことはどうでもいい。今、この説明をしたのは理由がある。俺はもう少ししたらレンキン医師の代わりに姫さんの医師になる」

「あ、ああ。そういえばソフィアの専属医師になるって言ってたな。もう修行が終わりそうなのか」

本当はもうとっくに医師としての修行は終わっていたが、陛下の許可が下りなかっただけだ。下りなかった理由もカイルが心配しているのと同類だろう。なるべく孫娘の身体に近づけたくないとか思っているんだろうけど、その点ではレンキン医師は心配していないようだった。もうそろそろ陛下の許可も下りるだろうと言ってたから、その準備も始めなくてはいけないか。

「専属医師になれば姫さんの身体を見てさわることもある。あくまでも診察としてだが。そのたびに嫉妬されるとめんどくさいんだ。俺にとって姫さんは服を着ていようが裸だろうが関係ない。欲情することがないんだ。それをわかっていてほしい」

「いつ交代するんだ？」

「陛下の体調があまり良くないらしい。だから、あとは姫さん次第か」

「そうか。他の男が近づくのは許せないしな。クリスが診れるのならそれが一番いいだろう」

「俺が姫さんと一緒に寝るのもそれと似たようなものだと思ってくれ。毎日お前と寝てたんじゃ姫さんの体力がもたないだろう？　日中はずっと仕事しているんだからな。俺と寝る日は休養日だと思えばいい」

「う……」

「どうせ一度抱いてしまったら歯止めがきかなそうで怖いんだろ。安心しろ。俺が医師として止めてやる」

「わかった。……ソフィアがつらくならないように俺を止めてくれ。頼む」

ようやくカイルの気持ちが落ち着いたようで、魔力の流れが静かなものに変わる。わかりやすくていいけれど、隣で寝るのに悩まれたままだと俺のほうが眠れない。これで今日も安眠できるだろう。

「良かったな。お前だけの姫さんを手に入れられる」

「……ありがとう」

色々悩んでいたのが恥ずかしくなったのか、小さい声でお礼を言うカイルに笑ってしまう。本当に手がかかるやつだが、これも俺の仕事なんだろうな。

第三章

変わり始めたアーレンス

まだ春と言ってもあちこちに雪が残る中、アーレンス国の領主の屋敷の前にはたくさんの領民が集まっていた。アーレンスがユーギニスから独立を宣言して、一年が過ぎようとしている。ユーギニス国からの支援がないまま越えた冬は悲惨だった。

アーレンスは元チュルニア国の領地であったが、二代前の領主の時に国替えをしてユーギニスに加わり、五十年以上もの間平和に暮らしていた。だが、領主の娘アンナの暴走による独立宣言のせいでユーギニス国から離脱し、アーレンス国となってしまった。

アーレンスがユーギニス国に属していた頃は優遇ともいえる支援を受けていた。アーレンスは金銭的な負担も無く国境騎士団が配備され、国境騎士団が訓練がわりに討伐していた魔獣の肉は領民たちに配付されていた。そして冬ごもり前には王領から小麦を運んできてまで与えられていたのだ。それをアーレンスの人々はアーレンスが特別な土地だからだと思い込んでいた。そう思い込まされていた。

だが、独立したことで国境騎士団は隣の侯爵領地ミレッカーに移り、魔獣は自分たち辺境騎士団で討伐しなくてはいけなくなり、どこからも小麦を手に入れられなくなってしまった。幸い、こうなることを見越して昨年は王都で大量の小麦を買いつけて運んでいた。それでも食料は足りず領民は飢えに苦しみ、魔獣に襲われて怪我《けが》をするものが後をたたなかった。

今、領主の屋敷の前に集まっている領民たちはこうした暗いできごとを吹き飛ばしてくれることを期待し、目を輝かせて待っている。新しい領主となったクラウスの登場を。

「本当に娘も連れて行くのか？」

「ああ。当然だろう。子どものお披露目によって俺は領主となるのだから」

「だが……いや、領主であるお前に従おう。いや、領主様に従います」

「……人前ではそうしてもらえると助かるが、二人の時は今まで通りで。兄様」

「そうか。だが、これだけはわかっていてくれ。俺はお前なら領主にふさわしいと思って従うのだから、兄だと思って遠慮はするなよ」

「あぁ、ありがとう」

心配そうな一《いち》の兄様《にいさま》の気持ちはわかる。俺の腕の中には何もわからずに抱かれている娘がいる。昨年末に生まれた娘はまだ首がすわったばかりだ。これから何が起こるかなんて想像もしていないだろう。

一度だけ大きく息を吐いてから屋敷の外に出ると、領民たちが出迎えてくれる。わぁっという歓声が、次第にざわめいてくる。

「あ、あれ」「え？　あの腕の中にいるのが？」「あれは本当に本家の娘なのか？」

娘を見た領民たちが怪しむ気持ちはわかる。日を浴びた娘の髪は銀色に輝いている。集まっている領民たちは誰を見ても黒髪黒目なのに、俺の娘は銀髪青目だった。そう、弟のカイルと同じだ。本家に近いものは知っているだろうが、領民たちは俺の娘が銀髪青目で生まれたことを初めて知ったはずだ。

「皆、集まってくれてありがとう。この子が俺の娘だ」

アーレンスの掟《おきて》では、領主の言うことは絶対だ。これは領主に逆らったら人として扱われなくなるからだ。アーレンスで収穫されたものはすべて一度集められ、領主の名によって領民に配分されるために、逆らった家には何も配付されない。たとえ火事で家を失おうと誰も助けようとしない。もし助けてしまったら、その者も人として扱われなくなるからだ。

だから、領主である俺が娘だと言えば、違ったとしても娘として扱われる。怪しんでいた領民たちも、俺の言葉を聞いて喜びの声をあげ始める。

「な、なんて可愛らしいの！」「やっと領主が決まった。これでアーレンスも安泰だ！」「祝《いわ》いだな！」

領主が決まってお披露目が終われば、通常は領民にごちそうと酒がふるまわれるのだが、今回は用意していない。そのことも含めて、これから皆に説明しなくてはいけない。

その前に後ろを向いて、娘を妻に渡す。春になったといっても高地のアーレンスは気温が低い。あまり長い間外に出させていたら風邪をひいてしまう。それに、これからする醜い話を聞かせたくなかった。妻と娘が屋敷の中に入ったのを待ってから、話を続ける。

「さて、昨年の冬はつらかった。途中で食べるものがなくなり、魔獣に襲われて怪我をしたものが治り切れずに亡くなった。産まれた子どもは何人生きられただろうか」

お祝いのはずなのに、嫌なことを思い出させると思っただろう。亡くなった子どもを思い出したのか、こらえきれずに泣きだすものが出始める。

「本来ならお祝いだからと、ごちそうと酒を配るのだが、それも用意できない」

ええという落胆の声が聞こえる。皆、飢えているから、この日なら腹いっぱい食べられると期待していただろう。その気持ちに答えられない申し訳なさはあるが、それもすべてアーレンスのせいだ。

「どうしてこうなったと思う？」

誰からも返事が聞こえないのは、わからないからだ。突然、何もかもが変わったけれど、前領主である父様《とうさま》は一切説明しなかった。俺は何も知らんと言って逃げて、自分たちだけ食料を確保して、屋敷から一歩も出なかったのだから。

「チュルニアからユーギニスに国替えをした時、アーレンスは卑怯者《ひきょうもの》だと言われた。有事の際には辺境騎士団を送ると約束して食料をもらっていながら、裏切ってユーギニスについた。それでもチュルニアがアーレンスに報復しなかったのは、このアーレンスが金ばかりかかって役に立たない土地だとわかっていたからだ」

「そんなはずはない！」

どこからか老人の声がしたが、それには返事をしない。老人たちの妄想につき合わされるのはもう飽き飽きだ。言うだけ言って責任を取るつもりもないくせに。

「ユーギニスで五十年もの間、優遇されていたのは、父様がユーギニスの王弟の息子だったからだ」

はぁ？　という驚く声があちこちから聞こえる。一部の者は知っていたのか渋い顔をしているのが見えた。黙っていればいいのにとでも思っているのだろう。

「お祖母様は騎士団長をしていたお祖父様とではなく、恋人であったユーギニスの王弟との子を産んでいる。それが父様だ。俺たちはユーギニスの王族の血をひいている。さっき俺の娘の髪色を見ただろう。見事な銀色だ。ユーギニス王家の色。そう、弟のカイルもそうだった」

領民の中にはカイルの名を知らないものも当然いる。カイルがアーレンスにいたのはたったの十五年。ずっと離れに閉じ込められていた。何の罪もない母様が罵られて死んだ後も、カイルは不貞の子だと責められ続けていた。そのことが間違いだとわかってからも父様や分家の者たちは隠し続けてきたのだから、領民たちが知らないのも無理はない。だが、本当のアーレンスを知ってもらうためにもすべてを話さなくてはいけない。

「これからも本家では銀色の髪、青目の子が産まれるだろう。それはユーギニスの王族の血をひいているからだ。だが、そのおかげで国境騎士団は無償でアーレンスを守り、魔獣を狩り、ユーギニスはアーレンスに小麦を送り続けてくれた。五十年以上もだ！　アーレンスが平和に暮らせていたのはユーギニスのおかげだった」

「何がユーギニスのおかげよ！」

そろそろ来るとは思っていたが、あいかわらず考えが足りない。こんな時だというのにアンナは綺麗で暖かそうな服を着て、手入れの行き届いた髪には赤いレースのリボンをつけている。ずっと屋敷にこもっていたせいか、少しぽっちゃりしたようだ。皆が飢えて苦しんでいる間、どれだけの食料を無駄食いしてきたのかがよくわかる。

これまでも人目なんて気にしてこなかったアンナは、領民たちから冷たい目で見られているのにも気がつかずに甲高い声で叫ぶ。後ろから慌てて父様と義母が走って来るけれど、興奮しているアンナの勢いは止まらない。

「ユーギニスがアーレンスに貢物《みつぎもの》を送るのは当然じゃない！　だって、アーレンスなのだもの！」

貢物……誰がそんな風に教えたのだろう。猫のように釣りあがった目と紅を塗った真っ赤なくちびる。自分がアーレンスの姫だと疑いもしていない。もう十七になる年だというのに、常識というものを何一つ知らないまま育ってしまった。こうなってしまえば何度説得しても無理だったのだろう。だから幼いうちになんとかしておけと言ったのに。

「アーレンスが優遇される理由はさっき言った通りだが、それは打ち切られた。独立宣言をしたからだ。ここはアーレンス国になった以上、ユーギニスが支援する理由は失ってしまった」

「何よ！　私が独立宣言したのが悪いって、まだ言い足りないの!?」

本当に馬鹿な奴だ。父様が領民に何も言わなかったから、独立宣言したのがアンナだとは知られていなかったというのに。自分から言い出してくれたのだから、領民にも説明しても問題はないだろう。

「アンナは勝手な思い込みで、アンナこそが一番身分の高い令嬢だと勘違いしていた。アーレンスはチュルニアにとってもユーギニスにとってもお荷物な土地だと言われ、ココディアには存在すら知られていない田舎だというのに。アンナは王太子ソフィア様の婚約者でもある公爵令息を金で買おうとし、ソフィア様をふしだらな女だと侮辱した。その上、エディ王子の婚約者候補にすら選ばれなかったというのに、アーレンスの姫である私が結婚してあげると追いかけ回し、当然のごとく断られた」

「……!!」

何か言い返したかったのだろうが、義母がアンナの口をふさいだ。今さら遅いと思うけどな。

「アンナはユーギニス王家を侮辱するだけ侮辱し、謝罪することなく、父様の許しも得ずに独立宣言してしまった。もう昔のように支援してもらえることは二度とない。次に国王になる王太子を侮辱して謝罪もしないような無礼者がいる土地を、誰が無償で支援してくれるというのだ。戦争になったとしてもおかしくないほどのことをしでかしたのに、咎《とが》められることなく独立を認められたのはアーレンスがいらない土地だからだ。だから、今後も苦しい生活は続く」

しーんとあたりが静まり返った。領民たちは俺が新しい領主となって、これから生活は上向きになっていくと思っていただろう。だが、このままではユーギニスに戻ることはできない。

「支援が期待できない以上、これからはアーレンスだけでやっていくしかない。そのためには今のままの体制では無理だ。食料も無くなり、魔獣に襲われて領民はすべて死ぬことになる。昨年の冬を何とか乗り越えて、わかっただろう。次の冬はこのままでは乗り越えられないと」

誰もがこれが深刻な状況なのだと理解し始めた。昨年は王都で小麦を買いつけることができたが、今年は金銭的にそんな余裕がない。その分も豆の収穫や魔獣の肉で補わなくてはならないのだが、このままでは全員でゆっくりと滅んでいくのを待つだけになる。

「まず、辺境騎士団は解散して、新しい組織を作る。名前を魔獣討伐隊とする」

「坊ちゃん、それはあんまりです！」

「魔獣討伐隊の隊長はヘルマンに命じる。魔獣討伐隊は隊長の指示のもと、全員で魔獣の討伐にあたってもらう。ヘルマン以外の指揮官はいらない。魔獣の肉の配付は魔獣討伐隊に加わった者だけにする」

「そんな！　俺たちはどうしろというんだ！」

辺境騎士団はほとんどが老人で、チュルニア時代を知っているような者が口うるさい。今も叫んだのは古参の者だった。もう戦いには参加できないのに、権利だけは認めろと言う。それではもう魔獣からアーレンスを守ることはできない。

「戦えない者が討伐隊にいるのは邪魔だ。即刻やめてもらう。そして、小麦の配付は無くなる代わりに、豆の作付け面積を増やそうと思う。管理している畑以外の場所に豆の作付面積を増やした分は集めなくてもいいことにする。その分の収穫はそのまま家の物としていい」

「やった！　がんばろう！」「本当に!?」

喜んでいるのは若い者ばかり。今まで自分たちがどんなに頑張っても中央に全部集められてしまう。動いた分だけ腹が減っても、取り分は皆同じ。何もしていない者と同じというのは不公平だと思っていただろう。

「領主様！　そんなことをしたらアーレンスは終わるぞ！」

我慢できなくなったのか、分家の当主が割り込んできた。この男も古参の一人だ。チュルニア時代を知っている生き残りで、アーレンスから追い出したい一人だ。

「リゴー、では、何かいい案があるというのか？　アーレンスが飢えずに済む方法が」

「隣から取って来ればいいだろうに」

「隣とはどこだ？　まさかミレッカーじゃないだろうな」

「ミレッカーに決まっている」

やっぱりこういうことを言いだすのか。リゴーは酔っぱらうと武勇伝を語りたがることで有名だった。あまりの質《たち》の悪さに誰も聞きたくないような話を嬉々《きき》として話す。もう高齢だというのに口だけは達者で、一番厄介な部類の男だ。自分の物は他人に渡さないくせに、他人の物はいらない物でも奪おうとする。領内で何か問題を起こせば追放される可能性があるから、見える場所では何もしない。大っぴらに何かしてくれたらすぐにでも追い出せるのに。

「ミレッカーから盗んできた場合、アーレンスはすぐに攻め込まれるだろう。国境騎士団はミレッカーにいる。おそらく山賊対策と戦争の備えだ。どうあがいてもアーレンスは負けるぞ」

昨年までアーレンスにいた国境騎士団の連中を思い出したのか、リゴーは舌打ちした。

「なんだよ、新しい領主は腑抜《ふぬ》けだな。俺が若い頃は食料も馬も女もさらって来たもんだが」

「そうやって奪って来たからミレッカーから警戒されているのだろう。小麦を売ってくれと頼んだところで売ってくれないだろうよ。あんたたち老人がミレッカーで強奪してきたこと、恨まれているのがわからないのか？」

「なんだよ、そんぐらい。たいしたことじゃないだろう」

たいしたことじゃない、か。それならば、同じことをするまでだ。

「そうか、たいしたことじゃないのか。では、同じことをされても文句は言わないだろう。リゴーの家と家族に関しては自由に奪っていいぞ。食料も物も女もだ。領主の名のもとに許す」

「なんだと⁉　あんた、何を考えているんだ！　そんなことされていいわけないだろう！」

遠巻きにして話を聞いていた領民たちの目つきが変わる。今までさんざんな目にあった者もいる。それが、今ならば領主の名のもとに許されるとなれば復讐《ふくしゅう》を考える者もいるだろう。

「ミレッカーでさらわれた娘の親もそう思っていただろうな。結婚前の娘をさらってやったってよく言っていたもんなぁ」

「……っ。こんな領主に変わるなら、チュルニアに行ったほうがマシだ！　チュルニアはアーレンスの者を大事にしてくれたんだ！　ユーギニスなんかにすり寄るからこんなことになるんだ！」

その叫びに賛同するものがいるのか、何人かが頷いている。リゴーの弟のゴビもうなずいているようだ。そういえば、この弟と二人で山賊行為をしていたと自慢していたな。

「では、リゴーとゴビ、このままアーレンスに居続けるか、チュルニアに行くか選べ。アーレンスに残る場合は何も保障されないと思え。チュルニアに行くのであれば、屋敷を買うくらいはしてやろう」

「よし！　買ってくれるんだな！」

「おう、兄様、こんな領主についていてられるか！　みんな、チュルニアに行くぞ！」

「おう！　行くか！」

妻と娘、孫と思う女性たちは暗い顔をしていたが、仕方なくうなずいている。アーレンスに残れば自分たちがどうなるかわからないのだから、チュルニアに行くことを選ぶしかないだろう。

かわいそうだとは思うが、ミレッカーから盗んで来ようと提案しているのは女性たちだと知っている。他人の物を奪うのは平気でも、さすがに自分たちに何かされるのは嫌なようだ。

「それでは今後に関わる話はまた落ち着いてから集会場で行う。リゴーとゴビは旅の支度が終わり次第、屋敷の金を受け取りに来い。以上だ、解散」

あれだけいた領民があっという間に家に帰って行く。がっかりしている者、喜んでいる者、逃げるように急ぐ者、さまざまだ。見送っていたら、父様と後妻が近づいてきていた。

「クラウス、あんなことを言って、大丈夫なのか？」

「大丈夫じゃないでしょう。だが、これ以上は一度壊さないことにはどうにもならない」

「壊すか……」

「ところで、父様たちもすぐに本邸から出て行ってくださいね」

「は？　出て行く？」

領主が交代になれば本邸から出て行くのが習わしだ。出て行くのがわかっている父様たちに代わって、聞き返したのはアンナだった。後妻がアンナの口を手で押さえるのをやめた途端にこれだ。

「本邸に住めるのは領主一家だけだ。アンナが出て行くのは当然だろう。知らなかったのか？」

「知らないわよ！　私は嫌よ。ずっと本邸にいるんだから！」

「そんなこと言っても、もう荷物は全部運び出されていると思うぞ」

「はぁ？　どこに!?」

ずっと本邸にこもり続けているから追い出す隙もなかったが、こうしてうまいこと出てきてくれた。俺が独立宣言のことをアンナのせいだと発表するらしいと、一の兄様に頼んで弟のイリアに吹き込んでもらった。口の軽いイリアなら絶対にアンナに話すだろうし、アンナなら止めようとして出てくるだろうと思っていた。

もうすでに部下に命じてアンナの部屋の荷物は離れに運んである。と言っても、離れに住まわせる気はなかった。アンナを本邸に戻さないために荷物を一時的に離れに置いただけだ。本邸には二度と足を踏み入れさせることはない。

本邸に住むことをあきらめられないアンナは、父様にどういうことなのかと食って掛かる。娘のわがままを抑えようと父様はいろいろと言い訳をしているが、アンナは納得せずに不満そうな顔のままだ。どれだけアンナが文句を言おうとも引っ越しさせることに変更はない。俺がアンナのわがままを聞く理由はないし、あれだけのことをしでかした父様たちを養う義務もない。

もう何が起きても父様たちを助ける気はなかった。自分たちがどれだけのことをしたのかわからせるためにも、これからは自分たちの力だけで暮らしていってもらう。

しばらく父様たちが騒いでいるのをながめていたが、言い合いは決着がつきそうになかった。アンナが不貞腐《ふてくさ》れて黙ったが、あの顔はまたすぐに騒ぎ出しそうだ。父様はアンナが黙っているうちに話を終わらせたかったのか、俺に引っ越し先を尋ねてくる。

「クラウス、俺たちをどこに行かせるつもりだ？」

「ちょうどリゴーの家が空くじゃないですか。そこに荷物を運ばせますよ」

「ふむ……リゴーの家か」

リゴーの家があるのはアーレンスの集落でも端にある。人目につきにくく、ミレッカーに近い場所だ。そこに家を構えたのが先か、ミレッカーを襲うためにそこに家を建てたのかはわからないが、領主の屋敷からは離れている。屋敷の規模としてはそれなりに広いはずだから、元領主家族が住むにはちょうどいい。

「ええ？　新しく建ててくれないの!?」

まだ何も考えていないらしい後妻が拗《す》ね始めたが、さすがに父様は黙っていた。

元領主になった時点で、父様には何の権限もないのだ。アーレンスから追い出したり、責任を取って処罰させることも可能なのに、家から追い出すだけにしているんだ。感謝してほしいくらいなのに、後妻はわかっていない。父様がなんとか宥《なだ》め、引っ越しの準備を始めようとしている。

「引っ越しの作業はこちらで終わらせますよ。あぁ、リゴー一家が準備を終えて金を取りに来たようです。さすがに早いなぁ」

笑い事ではないのだが、必死さに笑ってしまいそうになる。俺が何の保障もしないと言ったということは、今すぐに領民たちに荷物を奪われても助けないということだ。さっさと金を受け取ってチュルニアに逃げないと何をされるかわからない。また、されるかもしれないと怯《おび》える程度には悪いことをしてきた自覚があるのだろう。

「リナス、金は渡しておいて」

侍従のリナスに頼むと、うなずいてリゴーとゴビへ金を渡しに行く。たいした金額ではない。一家がひと月分の小麦を買えるくらいだ。だが、アーレンスでは金銭の取引をしないから、リゴーとゴビは何十年前のチュルニアの価値でしか判断できない。革袋の中身を確認した二人は、喜んで受け取るとアーレンスから出て行った。

「引っ越し先も空いたようなので、夕方には終わるでしょう。もう本邸の中には入らせませんので」

後妻とアンナは文句を言いたそうだったが、父様が止めていた。少し離れた木の陰からイリアが覗《のぞ》いているのを見て、イリアにも話すことがあったのを思い出す。

「イリア！」

「え。な、なに？」

「今後はお前たちの家も、魔獣討伐隊に参加しない限り肉の配付はないから」

「はぁ？　どうやって生きていけっていうんだよ！」

「お前が参加すればいいだろう。若くて働けるんだ。何もしない家には何もやらないから」

「嘘《うそ》だろう！　ねぇ、二の兄様！　ねぇって！」

甘ったれな性格は直らないのか縋《すが》るような声で叫んでいたけれど、無視して本邸の中に入る。

兄様もあれらを相手にする気がないのか、俺の後に続くように本邸へと入ってきた。本邸の中は許可した者しか入れないようにしているから静かだ。

終わったと思ったら目の前が暗くなって、ふらっと倒れそうになる。すぐさま兄様が駆け寄ってきて俺を支えてくれた。あと一秒でも遅かったら崩れ落ちていたところだった。

「大丈夫か？」

「悪い……兄様」

「よくやった、よくやったよ。とりあえず休め」

「ああ」

怖かった。自分の命令で人が死ぬとわかっていて言うのは怖かった。俺はあの時と何も変わっていない。母様を殺したのは自分たちだってわかっていて、認めたくなくて、幼かったカイルに石を投げつけた。綺麗な銀髪の隙間から血が流れ落ちるのが見えて、怖くて逃げた。

これからアーレンスが落ち着くまで、何人死ぬかわからない。だけど、このままだとアーレンスは全滅する。生き残る者だけでも守らなくてはいけない。

リゴーとゴビをチュルニア側に追い出さなかったら、そう遅くないうちにミレッカーに襲いに行っていたはずだ。そうなればアーレンスは攻め落とされる。ミレッカーにいる国境騎士団のエクトル隊長が見逃してくれるとは思えない。これが最善だったのかどうかはわからないけれど、やれるだけのことはやった。そう思うしかなかった。

◇　◇

領主交代からしばらくは何かと落ち着かなかったが、夏になる頃には領民たちの暮らしは少しずつ安定し始めた。男性が魔獣討伐隊に出て、女性が畑仕事をするようになるだろうと予測していたが、そうではなかった。魔獣を討伐した後は肉を解体して配付しなくてはいけない。豆の作付面積を増やすためには山を切り開いて畑にしなくてはいけない。その時々によって、男性も女性もどちらの仕事もこなすようになっていった。働けない老人たちや病人、けが人は無理しなくていいと言っておいたために、それほど混乱しなかったこともある。

これなら食料の確保ができそうだとなって、ようやく領民の教育を開始することができた。順番に集会場に集まってもらって、アーレンスの歴史から教える。もともと少数民族だったアーレンスの民が戦いに敗れ、この地に逃げてきたことから歴史は始まる。チュルニアに負けて属国になり、チュルニアを裏切ってユーギニスについた。

そして母様が不貞などしたわけはなく、どれだけ理不尽な目にあって亡くなったのかも包み隠さずに話した。王族なんてこんな辺境の地に理由なく来るわけないし、その時期に来たという記録もない。王族がアーレンスに来るようなことがあればすぐにわかる。というよりも、アーレンスにくる者が来たとしたら騒ぎになっていたはずだ。母様はアーレンスから一歩も外に出たことがないというのに、父様と生家は不貞したと決めつけた。

カイルは何一つ悪いことをしていないのに、銀髪青目で生まれたというだけで離れに閉じ込められて育った。アーレンスの男だというのに、剣技を教えられたことすらなかったと聞いて、憐《あわ》れんだ領民は多かった。

知らなかったから、では済まないのだ。アーレンスがカイルにどれだけひどいことをしたのか、領民たちは知らなくてはいけない。今後ユーギニスに戻ったとしても、王配となったカイルに頼ることはできないとわからせるために。

秋が深まってきた頃、冬ごもりの準備が始まる。

それなりに食料は確保できたが、十分というほどでもない。今年の冬はどれだけつらい思いをすることになるだろうか。領民たちが一番不安を抱えるころだ。

領主が管理している畑で取れたものは保存庫に集め、個人で収穫した豆はそのまま各家で保存していいことにした。魔獣の肉も乾燥させて保存庫にしまう。できる限り食料は温存して、餓死するものがいないように配分していかなくてはいけない。

「領主様！　大変です！」

「リナス、どうした？」

配分の計画表を作っていたところで、リナスが血相を変えて部屋に飛び込んでくる。何が起きた？

「保存庫から豆と肉が盗まれました」

「なんだと！　誰だ！　そんなことをしたのは！」

保存庫から食料を盗んだ奴は袋叩《ふくろだた》きにあうのが掟だ。死んだとしても誰も同情しない。保存庫の食料が少なくなるということは、そのせいで誰かが死ぬのだ。

「あの……アンナ様です」

「は？」

「アンナ様が保存庫の番を脅して、食料を持って行ってしまったと」

はぁぁぁぁ。ため息しか出ない。結局イリアは魔獣討伐隊に出てこなかったし、父様たちが新しく畑を作ったという話も聞かなかった。配付される豆だけで冬を越せるのかとは思っていたが、まさか保存庫から盗んでいくとは思わなかった。

「あの馬鹿が。本邸の食料庫ならまだ見逃してやったというのに」

「クラウス様、それもう三度も見逃したじゃないですか。前回、さすがに次はないって言ったから保存庫の食料に手を出したんじゃないですか？」

「そうか。そういえば言ったな」

イリアとアンナが本邸の食料庫から盗んでいったのを、三度ほど叱るだけで終わらせていた。あれがまずかったのか。もう二度と食料を盗まないと約束させたが、そのせいで保存庫に手を出すとは。

俺が甘かったのだろう。もう領主としての覚悟を決めないといけないか。

「リナス、アンナが保存庫から盗んだことを公表していい」

「いいんですか？」

「いい。どうせ、すぐに知られる」

その言葉通り、公表する間もなく、アンナは領民たちに捕まって殴られていた。一人で盗みに来たわけじゃないだろうが、イリアはアンナを置いて逃げたのか。

俺がその場に駆けつけた時には、盗まれた豆と肉はもう保存庫に戻されていたが、怒りがおさまらない領民たちがアンナを蹴り飛ばしているところだった。

「何を考えているんだ！」

「ただでさえ、お前のせいで！　苦労しているというのに！」

「こんな服着やがって！」

蹴り飛ばしていたのは女性たちだったが、アンナの綺麗な服が気にくわなかったのか、ボロボロになって脱がされかかっていた。アーレンスの掟では盗人《ぬすびと》はまず利き腕を折られる。アンナもそうされたのか、右腕が赤く腫れあがっていた。髪は短く切られ、顔も目が開けられないほどに腫れあがって、誰なのかわからないほどになっている。

「そろそろいいか？」

「いいえ、気が済みません」

「アンナ、お前ひとりで盗みに来たのか？」

「……い」

「イリアが場所を教えたんだろう？　アンナが保存庫の場所を知っているわけはないからな。というわけで、盗人はもう一人いる。そっちに行ってくれ」

「わかりました」

「あぁ、どうせイリアは家にいるだろうから、アンナを連れて行ってくれないか？　ここに放置されても困るだろうから」

「あぁ、このままでは道の邪魔になりますね。わかりました。みんな、引きずっていくよ！」

「はいよ！　誰か、そっち持ち上げて！」

女性たちはアンナの手足を持って、引きずるようにして連れて行く。イリアは逃げられる場所もないから、家で震えあがって隠れているだろう。盗人は未遂でも制裁を受けなくてはいけない。貧しい土地で共同生活する者たちにとって、盗みは死と直結する。簡単に許すことはできない。


冬を告げる雪が降った日、魔獣討伐隊から一報が入った。チュルニアに行った者たちが戻って来ていると。どうやらリゴーとゴビ家族はアーレンスに戻って来てしまったらしい。

話だけは聞こうと屋敷の前に連れて来させたが、人数が足りない。女性は見当たらず、リゴーもいない。戻りたい者だけが戻ってきたという雰囲気ではないのは、ガリガリに痩せてしまった身体とボロボロの服でわかる。荷物はほとんど持っていなかった。

「何をしに戻ってきたんだ？　お前たちはチュルニアのほうがいいと言って出て行ったんだろう？」

「申し訳ありませんでした……領主様が言ったことは本当でした」

「俺が言ったこと？」

「……アーレンスがお荷物だと」

「あぁ、言ったな」

「……チュルニアに着いたら、誰も相手にしてくれず、食料もなかなか売ってもらえず、アーレンスから来たと言えば馬鹿にされ……」

チュルニアに行っても良い扱いはされないだろうと思っていたが、予想以上だったな。チュルニア側から見たら、国の一大事に裏切って他国についたわけだから、嫌われるのもわかるけれど。

「女性がいないのは、どうした」

「……売りました。リゴーが」

「へぇ。家族を売って、金にして、お前たちだけは生き延びたと？」

「仕方なかったんです、売れるものがそれだけで……男はいらないと言われて」

男は売り物にならないって、それは雇っても金を盗まれるだけだってわかっているからだろうな。

「で、リゴーは？」

「先日、病気になって、亡くなりました……」

「なるほど。それで戻って来たと？」

「はい」

全員が期待に満ちた目で見ているけど、こいつらを受け入れる気はない。一度裏切った者をそう簡単に許すわけにはいかない。

「そうか。大変だったな。これからも力を合わせて頑張るがよい。こいつらをチュルニア側に連れて行ってやれ」

「え？　あの！　その！　助けてくれないんですか？」

「どうして助ける必要があるんだ？　好きで出て行ったんだろう？」

「お願いします！　チュルニアでは生きていけません！」

「チュルニアがいいと言って出て行ったのはお前らじゃないか？」

「お願いします！　何でもします！」

何でもと言うけれど、魔獣討伐の先鋒《せんぽう》に立てと言ったら嫌だとか言うんだろうし。置いといて治安が悪くなるのも困る。連れてきた魔獣討伐隊の連中もごみを見るような目でゴビたちを見ている。妻や娘や孫を売ってでも自分たちは助かろうとしたんだからごみで間違いないと思うけど、さてどうしようか。

「こいつらはチュルニア側の柵の外にある小屋に置いといて」

「こ、小屋？」

「その近くなら畑を作ったり、魔獣を捕まえて食べてもいいが、集落の柵の中に入ってくることは許さない。もし、領民に何かした場合は即刻殺す」

「そ、そんな……」

「小屋を与えるだけマシだろう？　これ以上騒ぐなら、チュルニアに放り出してこさせるぞ？」

「は、はい……わかりました」

渋々といった感じで男たちは歩いていく。領内の雰囲気が変わったのはわかるだろう。魔獣に襲われないように、集落の周りはぐるりと柵で囲んである。領民たちは魔獣討伐隊に参加している者ばかりだから、女性でも筋肉がついている。ガリガリにやせ細ったこいつらが何かしようと思っても敵《かな》わないはずだ。

とはいえ、油断しないように領民たちは知らせておかないと。

「アーレンスを捨てて出て行った者が柵の外の小屋に住むことになった。何もしてやらなくていい。関わるな。食料を盗まれないように各自注意しておくように」

「はーい、領主様。わかりました」

「女性や子どもはチュルニア側に出さないように言ってくれ」

「伝えます！」

これで一応は大丈夫かな。あと二時間もすれば日は落ちる。夜の間に、雪はどれだけ降るだろうか。

領民たちの意識は変わってきている。この冬はユーギニスに戻るためにはどうしたらいいかを一緒に考えてもらう予定だ。お金の価値も税という仕組みも、アーレンスの者は知らなかった。

学ばせないのは領主の罪だ。この冬ごもりが終わる頃、アーレンスそのものが変わっていればいいが。

第四章

アーレンスからの使者

三人目の王配候補にダグラスが決まり、正式に婚約者となった。

お披露目は収穫祭の夜会で行われたが、学友でもあったダグラスが王配になると貴族たちが予想していたこともあり、すんなりと受け入れられることになった。

「意外と騒がれないもんだな」

「本当にダグラスが王配になると思われていたのね」

「A教室のみんなはそう思っていたかもしれませんね。昼の食事も王族用の専用個室で一緒にしていましたし」

「あぁ、そういえばそうね。それもそう思われるわよね」

「まぁ、否定されなくてほっとしているけど。ソフィア様が良くても陛下に認められなかったらダメだっただろうし」

「ダグラスは否定するところがなかったもの。お祖父様だってダグラスが王配候補だと思っていたんじゃないかな。報告したらあっさりとわかったって返事だったわよ。あんなに悩んだのにね」

「いや、いいよ。あれも無駄なことじゃなかったから」

「それはそうだけど。早くエマと一緒に住めるといいね」

「ああ」
ダグラスの公妾にエマを推薦するのは、エマが私の専属侍女になってからだ。それまではエマは一度離縁されて侯爵家の侍女になった、元伯爵令嬢でしかない。学園を卒業すればダグラスを王配にすることに問題はない。クリスとカイルは私が学園を卒業して半年後に王配になることが決定されている。

だが、ダグラスを同時に王配にすれば、ダグラスの公妾になりたいという令嬢が出てくることが予想された。それをいちいち断るのも大変になるし、エマのことを公表することもできない。そのためダグラスを王配にするのはエマが専属侍女になってからということになった。

ダグラスの卒業後は王太子室ではなく、国王の執務室に入ってもらうことにした。王太子と王太子妃《ひ》の仕事はエディとディアナに引き継いでいる最中で、今の時点でダグラスに覚えてもらっても、すぐに引き継ぐことになる。それでは意味がないので、最初から国王の仕事を覚えてもらうことにした。

私も卒業後はお祖父様から国王の仕事を少しずつ引き継いでいくことになる。王妃の仕事はもうすでに引継ぎが終わっているが、これはセリーヌとクロエのおかげでたいした負担にはなっていない。

数年後に王位を引き継ぐことは決まっているが、その前にお祖父様の負担を少しでも軽くしたい。高齢のお祖父様は疲れやすくなっていて、無理しないようにとレンキン先生から注意を受けている。できるだけ早くお祖父様を休ませてあげたいと思っていた矢先のことだった。

あと一か月で学園を卒業するという頃になって、お祖父様が倒れた。冬の寒さで風邪をひいたのかと思っていたが、肺の炎症と身体のしびれがあり、レンキン先生には過労だと診断された。

知らせを受けて学園から早退しお祖父様の私室にかけつけると、すぐにレンキン先生に声をかけられる。

「姫様、陛下はついさきほど薬を飲んで、眠ったところです。熱が下がらずに、体力が落ちています」

寝台で眠っているのに、苦しそうなままのお祖父様に心配が増す。眉間にしわを寄せて、目の下にはくまがはっきり見えている。

「……お祖父様は元気になるのよね？」

「大丈夫です。治りますとも。ですが……陛下は無理をしすぎました。姫様と同じです」

「え？」

「陛下も魔力が多いために、少々無茶をしてもなんとかなってしまうのです。身体が疲れて休みたいと思っても、魔力で補ってしまう。ですが、それは休んだことにはならないのです。疲れたという身体からの声を消しているだけなのですよ。それが続くと、こうしてごまかしきれない日が来るのです。陛下の身体は休養を求めています。そうですね……三か月から半年ほどは安静にしたほうがいいでしょう」

「そう……お祖父様はそんなに無茶を。そうよね、ずっと一人でこの国を守ってきたのだもの」

お祖母様が早くに亡くなり、お父様とお母様もいなくなった。ずっとお祖父様が一人でこの国を支えていた。こんなになるまで疲れるのも当たり前な話だった。

「陛下が即位したのは十五歳の時でした。前王弟が戦死し、その数年後に前国王は病死しました。だから智《ち》の国王と武《ぶ》の王弟と呼ばれていて、二人で国を治めていると言われるほど仲が良かった。だから王弟の死を知らされても受けいれられず、もとから身体が弱かった国王はますます弱っていって。亡くなった時、陛下はまだ十四歳だったのです。陛下がこの国を継いだ時は戦争中ということもあって、国内はめちゃくちゃな状況でした」

「チュルニアは他国と戦争中でこの国とは断絶していて、ココディアとは十年以上も戦争が続いたのよね？」

「そうです。長い戦争でした。陛下が即位しても戦争は続いて、数年後にココディアとの戦争を終えました。勝敗がついたからではありませんでした。どちらの国も人も疲弊して、これ以上戦ったら両方の国がつぶれる、そう判断したからです」

「……そんなにひどい状況だったのね」

史実ではわかっている。だけど、これほどまで豊かになったユーギニス国内を見ていると、嘘のように思える。それでもこの国は飢えて人が亡くなるほど食糧難だった時代がある。戦争で田畑を焼かれ、耕す人が減り、蓄えを略奪されたせいだ。

「陛下は智と武を兼ね備えた王子でした。それでも、十五歳で国王になった時、周りは敵ばかりでした。私も当時は十三歳のただの侍従で何も手助けできなかった。医師の知識もなく、そばで見ているだけでした」

「そういえばレンキン先生は侍従長だった。最初から医師じゃなかったのね」

「必死だったのですよ。陛下を助けたくて。禁書になっていた医術書を見せてくれるように医師たちに頼み込んで。私が医師として陛下を診れるようになった後、少しずつ弟子を増やしました。王宮に医師と薬師が常勤するようになったのは、ここ三十年ほどのことです」

「そうだったんだ……」

レンキン先生の指導のもと、医師や薬師の知識を得た者たちは、一人前になると自分の領地へと帰って行く。平民で優秀な者を幼い頃から教育し、学園へと通わせ王宮に弟子入りさせる。その費用は領主がまかなうことになっている。将来、領地に戻って来て診察してもらうための投資だ。当たり前のように受け止めていたが、レンキン先生が作り上げたものだったのか。

「そして、また同じように医術を学んだ弟子が増えましてね」

「え？」

「クリス様が、姫様の診察ができるようになりたいと」

「クリスが？　私の？」

そんなことは聞いていなかった。ずっとレンキン先生が私の診察をしていたのに、クリスが私の診察を？　どうしてと思ったのが顔に出たのか、レンキン先生はお祖父様を見た。

「……こういう状況を予想していたのでしょう。私は陛下の医師です。もちろん姫様も大事ですが、陛下の命がかかっている状況で離れることはできません」

「それはそうだわ。私だって、お祖父様を優先してほしいと思うもの」

「だからです。クリス様は、私の代わりにいつでもなれるようにと。教えて欲しいとお願いされてから、もう三年近くなるでしょうか」

「……そうなんだ。知らなかった」

「姫様には言わないでほしいと言われていましたから。ですが、こうなってしまえば私は陛下のそばを離れません。定期健診もクリス様に任せることになります」

「クリスが私の医師になるのね。わかったわ」

驚きはしたけれど、レンキン先生にはお祖父様を診ていてほしい。早く元気になってほしいし、万が一のことがあったら嫌だから。クリスが私の診察をできるのであれば信頼しているし問題ない。

話はこれで終わりかと思ったら、両肩に手を置かれた。レンキン先生はそのまま私の目を見つめて、まるで幼い子に言い聞かせるようにゆっくりと話す。

「いいですか、姫様。決して無理をしてはいけません。これから国王代理として姫様が忙しくなるのはわかっています。それでも、お一人で無理をすることのないようにお願いします。こんなふうに姫様まで倒れてしまったら、この国は終わります」

「……レンキン先生？」

「忘れないでください。あなたにはクリス様とカイル様がいます。一人で抱え込まないでください。何があっても、抱え込んでいるのがどんなに大変なことでも、あの二人なら受け止めて同じように苦しんでくれるでしょう。一緒に苦しんでほしくないなんて言わないでくださいね？　愛するものが苦しんでいる時に、何もできないことこそが苦しみなのですから」

その真剣なまなざしに、ただうなずくことしかできなかった。

抱え込んでいることがどんなに大変なことでも。同じように苦しんでくれる？　クリスとカイルに伝える……そんな日が来るのだろうか。

その答えを持たないまま、眠れぬ夜を過ごした朝。窓を開けたら、寒さの中に春の匂いがした。

「ソフィア様、アーレンス国の国王から書簡が届きました」

「アーレンス国から？」

それはアーレンス国国王になったカイルの兄、クラウス国王からの書簡だった。ユーギニス国に戻る前にアーレンスの価値観を壊したいと言っていたが、あれから一年音沙汰がなかった。

アーレンス国として独立して、もうすぐ二年になろうとしている。アーレンスは、領民たちはどうなっているのだろうか。書簡には簡潔にユーギニスに戻るための話し合いがしたいと、お祖父様への謁見の申し込みが書かれていた。

お祖父様が倒れてから私が国王代理として動いているが、他国に知られると危険だと、このことは公表していない。そのため、クラウス国王には私が会うことは知らせず、話し合いを承諾する旨だけを書いて送り届けた。

アーレンス国ではまだ雪が深いこの時期、王宮へと来たクラウス国王は、また馬で来たのか数人の護衛だけを連れていた。前回会った時は長男のヘルマンにつきそっていた印象のクラウス。少し痩せた感じだが、やつれたというよりは引き締まったように見える。こんなに堂々とした人だっただろうか。

「お久しぶりね、クラウス国王」

「お久しぶりです。ソフィア王太子様」

「あぁ、今は一時的に国王代理なの。だから、話し合いは陛下ではなく、私がすることになるわ。

それでもいいかしら？」

「ええ、かまいません。私は今の時点ではアーレンス国王ではありますが、これからユーギニス国の一員に戻りたいと懇願する立場です。ソフィア様が国王代理ではなく、王太子の立場であってもかまいませんでした」

「そう？　それなら、このまま話を続けるわね。アーレンスはユーギニスにもう一度併合されるということでいいの？」

「はい、お願いいたします」

「条件は以前に渡した通りだけど、それでかまわない？」

「そのことですが、一部の変更をお願いできないでしょうか？」

「一部の変更？」

前回の話し合いの時にアーレンスがユーギニスに戻る際の条件は説明してある。今までの優遇を無くすだけで他の領地と同じ条件だと。それなのに、一部の変更？　さすがにヘルマンのような甘いことは言わないとは思うが、どういう意味で言い出したのだろうか。

「今、国境騎士団はミレッカー侯爵領地にいますよね」

「ええ。アーレンスに戻すのには少し時間がかかると思うけど」

アーレンスがユーギニスに戻ったからといって、今すぐに国境騎士団をアーレンスに戻すことはできない。ミレッカーに移動させてからもう二年になるため、その間にミレッカーで新しい事業を始めてしまっている。その事業を維持するためにミレッカーにも騎士を残すことになるが、どの騎士をアーレンスに移動させるかを決めるだけでも時間がかかる。

「国境騎士団はそのままミレッカーにいてもらうことはできませんか？」

「え？　アーレンスには動かさずにってこと？」

チュルニアとの国境はアーレンスに移るのに、国境騎士団を動かさない？

「はい。国境騎士団を国境の領地に置く理由は、チュルニアから攻めてこられた時のためですよね。ですが、今の時点でチュルニアにはアーレンスを攻める理由がないと思うのです。ミレッカーほど豊かな土地であればチュルニアも欲しいと思うでしょう。ですので、アーレンスではなく、ミレッカーに置くだけで対チュルニアの効果はあると思います」

「それはそうかもしれないけれど、いいの？」

確かにアーレンスを攻めて落としたところでチュルニアに利益はない。その先にミレッカーがあるのならば攻める価値はあるかもしれないが、ミレッカーに国境騎士団が配置されているとわかっていれば攻めてこない。

……でも、それって。アーレンスはいらないって認めることになるんだけど。

「大丈夫です。アーレンス国になっても一度も攻めてこなかったんです。独立して戦力が落ちたこの時期こそ、攻めるのなら行動していたはずです。ユーギニスに戻ったら攻めにくくなるとわかっていても、この二年間何もありませんでした。国としてのつきあいをするということすらなかったのです」

「……そうなのね」

二年間何もなかったどころか、国としても認めてもらえなかったとは。チュルニアとしてはアーレンスが独立したところで早々に立ちいかなくなり、ユーギニスに戻ると予想していたのだろう。そんな場所を無理に落としたところで何もうまみはない。……わかるけれど、アーレンスとして受け入れられることなんだろうか。

「今後も必要のない土地をわざわざ苦労して攻めてくることはないでしょう。国境騎士団を戻してしまうと、アーレンスでは維持費を払えません。それに、また国境騎士団に魔獣を討伐させようと言い出すものが出てしまう。それでは教育し直した意味がないのです」

「教育し直した？」

「ええ、全領民に教育し直しました。アーレンスではもともと領民が通う学校がありまして、十歳から三年間そこで読み書きとアーレンスの地理と歴史、魔獣の危険性を学ぶことになっています。そこで教えるアーレンスの歴史を正しいものに変えました。それだけでなく領民を少人数ずつ集めて、私が知っている情報をすべて共有させました」

「全領民にそれをしたの？」

「そうです。チュルニアからいらないもの扱いされていたこと、ユーギニスでもお荷物扱いだったこと、優遇されていたのはアーレンス本家がユーギニスの王弟の子孫だからだと」

「それを教え直して、反発はなかったの？」

「もちろんありました。中でもひどかったのは、チュルニアだった時のほうが良かったという声でした。老人たちの昔話を信じているものたちがいたのです。その老人たちの妄想があまりにもひどかったので、ある程度のお金を渡してチュルニア側に送り出しました」

「え？」

「そんなにもアーレンスはチュルニアに歓迎されるというのなら、チュルニアに行って生活すればよいと。総勢で三十人ほどだったでしょうか」

あっさりと話すクラウス国王に、驚きすぎて何も返せない。

「半年ほどして、着の身着のままの状態で逃げ帰って来ました。アーレンスの者だとわかるとひどい田舎者扱いで、食べ物すらまともに売ってもらえなかったと。やっぱりアーレンスのほうがいいと言い出したので、もう一度住まわせることを許しましたが、以前の家ではなく集落の外れに住まわせています」

「……それは思い切ったことをしたわね」

チュルニアでどういう扱いをされるのかをわかっているうえで送り出し、戻ってくるのなら受け入れるけれど、見せしめのようにいい暮らしはさせない。一度でもアーレンスを裏切った者は許さないと言っているようなものだ。

確かにそんなことをすれば、チュルニア時代のほうが良かったと言う者はいなくなると思うが……。クラウス国王の評判は落ちたのではないだろうか。

「私はアーレンスを壊すつもりで改革をしました。他の国のほうがいいなどと言うのなら、出て行ってくれてかまいません。改革することすべてに反発はありましたが、アーレンスは領主の言うことは絶対ということもあり、私が決めたことに逆らえるものはいません」

クラウス国王はどうやら本気でアーレンスを壊すつもりで改革をしたようだ。一年前の話し合いでアーレンスの価値観を壊してからユーギニスに戻るとは言っていたが、私たちが予想していたよりもずっと厳しい。領主の言うことは絶対という領地だったから成し遂げられたのだとしても、反発を恐れずに改革するのは並大抵の気持ちでは成し遂げられなかっただろう。

「戦いもしない辺境騎士団は解体して、魔獣討伐隊を作りました。騎士団などと言っても、ほとんどは戦争を経験したことがない者で、戦争を知る老人たちは動きもしないくせに文句ばかりでした」

「魔獣討伐隊ね。魔獣の討伐を専門に？」

「ええ、魔獣は食料にもなります。一年目の冬ごもりはそれまでの蓄えもありなんとかなりましたが、二年目の冬ごもりはそうはいきません。それに討伐する魔獣が増えれば、魔獣の肉を他の領地に売り出すこともできます。アーレンスには特産と言えるものがありませんので、少しでも収入を増やさなければいけません。魔獣だけでは足りそうもなかったので、他にも畑について領民に通達を出しました。新しく作付面積を増やした分の収穫は、個人のものにしてもよいと」

「そう言えばアーレンスはすべての収穫した作物を一度集めてから分配するのよね？」

アーレンスで主に栽培されているのは寒い高地でもとれる豆だ。村意識が強いのか、アーレンスは個人のものという意識が薄い。全員で栽培し全員で所有するという考え方なので、食料は基本的に共有するものだったはずだ。その考えを変えて、新しく作った田畑の分は個人で受け取っていいと。

「独立して一年目の冬から食料不足で苦しみました。それなのに危機感を持つ者と持たない者がいる。二年目の冬は自助できる者を優遇することに決めました」

「自助できる者を優遇……確かに何もしない者を許していたら大変なことになるけど。そんなことをして死者は出なかったの？」

「正直な話、一つ前の冬はひどいものでしたが、この冬の死者はほとんど出ませんでした。何もしない者にもぎりぎり死なない分は配付しました。それ以上、満足に食べたかったら自分たちで食料を確保するようにと。もちろん、病人や動けない者は保護しています。そうではないのに働かない者たちの面倒は見られません。国がなんとかするだろうと人任せな者たちの意識を変えたかったのです」

「そう……変わりそう？」

「まだ始まったばかりですし、変われるかはわかりませんが、ユーギニスに戻るとしてもこの方針は変えません。貧富の差は出るでしょうが、このままでは全員が飢えるだけでしたから」

このままでは全員が飢えるだけ。その認識は正しい。クラウス国王がしたことは乱暴かもしれないが、今後アーレンスが生き残るためには必要な改革だっただろう。領主になって一年という短い時間で、よくここまで改革できたものだと感心する。

「そう、クラウス国王が変えようと努力したことはわかったわ。国境騎士団はミレッカー侯爵領に配置したままにしましょう。警戒の範囲にはアーレンスも加えるから、異常があればミレッカーからすぐに本隊を派遣できるようにするわ」

「ありがとうございます！」

ほっとした顔のクラウス国王にデイビットが書類を渡す。ユーギニスに戻る契約書だ。これからは辺境伯領ではなく、アーレンス侯爵領となる。

「条件が変わったようなので、新しい契約書を作成しました。国境騎士団の維持費については削除

してあります」

「ありがとう、デイビット。クラウス国王、条件に問題なければ署名してくれる？」

「……はい、問題ありません」

さらりと署名された書類をデイビットが受け取って確認する。うなずいて下がったのを見て、あらためて向き直る。

「それでは、クラウス侯爵。またユーギニスの一員としてよろしくね？」

「はい、ありがとうございます」

契約が終わったと、立ち上がり礼をしそうになるクラウスを止め、もう一度座ってもらう。まだ話し合いは終わっていない。契約が終わったのを見計らって、クリスとカイルにお願いしていたものを運んできてもらう。

「……これは何の苗ですか？」

「これは王宮で栽培している苗を持ってきてもらったの。今は苗を増やすために育てているのだけど、寒さに強い芋よ。冷害が多いハンベル公爵領で実験的に栽培したものなんだけど、うまくいったみたいだから、アーレンスでも栽培してもらえないかしら。この芋が高地でも育つかどうか実験してほしいの。もう少し暖かくなったころに苗を届けるわ。栽培した結果は報告してもらうけど、収穫した後の芋は食料にしてかまわないから」

「寒さに強い作物ですか！　それは願ってもないことですがよろしいのですか？」

「ええ、大事な実験なの。気温の低い高地でも育てられる作物を他国に輸出したいのよ」

「他国に輸出を？」

「チュルニアとココディアの食糧難を解決しないと、今後も戦争の危険が続くでしょう？　麦は無理でも、芋ならなんとかなるんじゃないかと思って」

「それは確かに食料さえ自国で確保できれば、攻めてくる可能性は少なくなると思います」

チュルニアとココディアがユーギニスの土地を欲しがる理由は、穀物を育てられる土地が欲しいだけだ。自国で育てられる作物があれば、わざわざ他国に攻めてくる必要もなくなる。特にココディアはいつ開戦してもおかしくない。少しでもできる対策はしておきたかった。

「あとね、ミレッカーで昨年から穀物の栽培量を増やして蓄えてあるの。蓄えはココディアとの戦争になった時の兵糧のためなんだけど、古くなるから一年ごとに入れ替えするのよ。その穀物は安く販売するそうだから、ミレッカー侯爵から声がかかると思うわ。ミレッカーは食料が豊富だから古い穀物はいらないんですって。隣の領のアーレンスが購入してくれたら助かると思うわ」

「古くなったとしても問題ないほど穀物はありがたいですが……本当ですか？」

「古い穀物を抱えていても仕方ないし、これも国の運営として必要なことだから遠慮なく利用して？」

「ありがとうございます！」

やはり作付面積を増やしたとしても穀物は足りていなかっただろう。魔獣を本格的に討伐して食料を増やすにしても、討伐隊がすぐに強くなるわけでもない。問題なく食料がいきわたるようになるには数年はかかる。その間だけでもなんとかできれば、アーレンスは自活できる。以前のように国として優遇することはできないけれど、このくらいの手は差し伸べられる。

「あぁ、そうだったわ。もう一つ、個人的なお願いがあるのよ。アーレンスの屋敷にはチュルニア時代の古い資料がたくさんあるのでしょう？」

「ええ、あります。ほこりをかぶったままですけど」

「ユーギニスには残っていない貴重な資料もあるの。すべて買い取らせてもらえないかしら？　最低でもこのくらいの値段になると思うけど」

カイルに覚えているだけの資料を書き出してもらい、デイビットに買取をお願いした。この国には残っていない資料だから欲しいというのもあるが……。買取金額が書かれた契約書を見て、クラウス侯爵が驚きの声をあげた。

「……っ！　こんなに！　いいのですか!?」

「貴重な資料だって言ったでしょう？　買い取らせてもらえる？」

「はい！　もちろんです！　お願いいたします！」

「ふふ。これくらいあれば、数年は穀物を買い取ることができるでしょう。その間にアーレンスは立ち直れるわよね？　クラウス侯爵なら計画的に使って領地を運営していけると思うわ」

「………………クラウス・アーレンスはユーギニス国に、ソフィア様に忠誠を誓うことをあらためて示します。このご恩はけっして忘れません」

片膝をついて忠誠を誓うクラウス侯爵に、この部屋にいるものたちが温かい視線を送る。

この話し合いで言い訳をしたり、まだ優遇を望むようなことを言うようであれば、資料の買取はしないつもりだった。

クラウス侯爵が退出した後、クリスから新たな話を聞いた。クリスは私が話している間に、クラウス侯爵についてきた護衛たちから話を聞きだしていた。

クラウス侯爵は父親の元辺境伯と後妻、イリアとアンナを屋敷から追い出し、前領主とは違うという姿勢を貫いたらしい。変わっていく領地に戸惑う領民もいなくはないが、食糧難という問題もあったことから、全員で乗り切ろうという気持ちでクラウスに従っているらしい。このまま問題なく乗り切れれば、アーレンスは生まれ変わるだろうとのことだった。

クラウス侯爵は自分を悪者にしてでもアーレンス領が生き残る道を選んだ。カイルのことはあるけれど、領主として評価することは別の話だと思う。これまでの過去は変えられないし、わだかまりが完全になくなることはない。それでも、今日のクラウス侯爵を見るカイルの目は優しかった。

これからの関係を作り出す、最初の一歩は踏み出せたのかもしれない。

第五章　開戦準備

学園を卒業して一か月、倒れたお祖父様の代わりに国王代理となってから二か月が過ぎた。急に国王代理となったために、学園の残り一か月は通うことができず、ダグラスとルリも卒業前に王宮にあがることになった。

卒業前の最終試験の結果、ダグラスと私は満点だったため、そのまま首席と次席で卒業している。ルリが懸命に三席を死守したが、A教室は王宮にあがることが決まっている文官と女官が多く、A教室の平均点は過去最高点数を記録したと教員からは驚かれた。

まだ学園に一年通うことになるエディとディアナとアルノーも、私が国王代理となったことで、急遽《きゅうきょ》王太子と王太子妃の仕事をすべて引き継ぐことになった。

この二か月王宮のどこに行っても慌ただしく、誰もが慣れない仕事をこなすのに精いっぱいだった。それもようやく落ち着いてきて、やっと休憩の時間を取れるようになった頃だった。

国王執務室の奥にある休憩室のソファに座り、クリスとカイル、ダグラスとセリーヌと午後のお茶をしていた時、まだ仕事があると執務室に残っていたデイビットが荒々しく部屋に入ってきた。

次期執務室長になった後も、いつも穏やかなデイビットがこんな風に焦っているのはめずらしい。何が起きたのだろうかと皆に緊張が走る。

「ソフィア様。ココディア国王から書簡が届きました！」

デイビットから手渡されたのは、ココディアの国王印が押された正式な書簡だった。ハイネス王子の一件以来、ココディア王家から連絡が来るようなことはなかったのに。開けて読んでみて、あまりのことに座っているのに倒れそうになる。それに気がついたクリスが、私を支えようと肩を抱いてくれる。

「姫さん、大丈夫か？　何があった」

「……クリス、どうしよう」

「いいから、落ち着いて。水、飲めるか？」

私の様子がおかしいと思ったのか、リサが水差しとグラスを運んできていた。カイルがそれを受け取り、グラスに注いで飲ませてくれる。冷たい水に柑橘が絞られてあった。さっぱりとして少し甘い水を飲んで、大きく息をはいた。

……落ち着いて、まずは皆に説明をしないと。

「皆を謁見室に集めて。緊急事態が起きたわ」

集合をかけると一瞬で皆が動き出す。それほどしないうちにデイビットから揃《そろ》いましたと声がかかった。謁見室に入ると、中にはこの国の主要なものが集まっていた。

謁見室に集合をかけるというのは、この国にとって重要なことが起きた時だけだ。私が国王代理になってから初めてのことだ。集まっている者たちも何事が起きたのかと緊張した顔持ちで待っている。

「集まってもらったのは、ココディアからきた書簡の内容を説明するためよ。……信じられないかもしれないけれど、説明するから聞いてくれる？」

感情的になってしまわないように気をつけながら、ゆっくりと話し始める。

「ココディアからユーギニスの王位を明け渡すようにと」

「「「「は？」」」」

「ユーギニスの王位は正当な者が継ぐべきだと書かれていたわ」

「正当な者って誰だよ」

イラついたのか、横にいるクリスが口をはさむ。

「……ハイネス王子とイライザの子よ」

「あぁ？　なんで今さらイライザの子が出てくるんだよ」

私もそう思う。書簡を読んだ時は理解できなくて頭が真っ白になりそうだったもの。

「……書簡にはこう書かれているわ。ユーギニスの王政は国王ただ一人で行われている。形だけの王太子だった第一王子に代わって、王宮を取り仕切っていたのはエドガー第三王子だった。だが、これを排除しようとした勢力の罠《わな》にはまり、エドガー王子は王位継承権を不当に奪われることになった。形だけの王太子や、国外に居続けた第二王子とは違い、実際に王宮で役目を果たしていたのは第三王子だったにもかかわらず、公爵となり国の外れに幽閉されている。形だけの王太子の後はエドガー王子の娘イライザが継ぐことになっていたが、この話もなかったことにされてしまった。結果、王宮に残るのは女王になるにはふさわしくないソフィア王女と、国王になるには消極的なエディ王子。現国王が倒れ、王政を続けるのが難しい以上、正しいものに王位を明け渡すのが最善だろう、と」

「……はぁ？　まったくの嘘じゃないか。どういうことだ？」

「つまり、正当な跡継ぎはイライザなのだから、イライザがハイネス王子と結婚して産んだ子、マーチス王子に継がせるべきだと。ココディアではユーギニスのイライザ王女こそが正当な血筋だと認めている。まだマーチス王子は幼いから、マーチス王子が国王になるまでは、後見としてハイネス王子とイライザが国王代理と王妃代理を務めると」

「イライザが正当な血筋って……イライザはハンベル公爵の子どもじゃないだろう？」

それはそうなのだが。だけど、これはそういう問題じゃない。

「それは理由にならないのよ……」

「なんでだよ」

「イライザの戸籍はそのままになっているの」

「……そういうことか」

「しまったな……」

イライザがエドガー叔父様の子ではないというのは、この国の貴族ならばほぼ全員が知っている。国中の貴族が集まった夜会でお祖父様がそう話したからだ。

あの夜会でハイネス王子はイライザと結婚し、この国の王位を継ごうとした。ハイネス王子の勘違いから起きたことではあるが、この国の王位を簒奪しようとしたことに違いはない。結果として二人は捕縛され、イライザが侯爵夫人の不貞の子だと公表された。その後、イライザはお腹にハイネス王子の子がいることでココディアに移送された。国外追放とされ、魔力封じの首輪をつけられた状態で……。だから、これでもう大丈夫だと安心してしまっていた。

本当ならばしなければいけないことをしなかった。イライザの戸籍を変えることなく、他国に公表することなく、そのままユーギニスとココディアとの間だけでやりとりして終わってしまった。そのせいで周辺国には何一つ伝わっていない。今さらイライザが王家の血筋じゃないと言い出しても、ココディアに言われたから否定しているだけだと思われる。

女王が国を継ぐことを不安視する国は多い。今まで安定していたユーギニスが女王の国になることで、自分たちの国にまで影響が及ぶのではと思っている国もあるだろう。

だからこそ、王位を継ぐのに王女はふさわしくない、二か国の王族の血をひく王子を新しい国王にしろという要望は、それなりに説得力を持ってしまうのだ。

「イライザを追放しただけで安心してしまった我が国のせいだわ。他国から見たら、それほどおかしな要望ではないもの」

「ですが、そんな要求は呑《の》むわけにはいきません！」

デイビットが叫ぶように言うと、周りの者たちがうなずく。こんな無茶な要求を呑むわけにはいかない。それはそうなのだけど……。

「一週間以内に認める旨の返事を出さない場合、開戦すると書いてあるわ」

「え!?　開戦ですか！」

「多分、断られるのをわかっていて、この書簡を出してきているんだわ。ココディアがこんなに強気なのは最初から開戦するのが狙いだからよ。おそらく、お祖父様が出てこない今なら戦っても勝てると思っているのでしょう」

ここ数年、いつココディアと戦争になってもおかしくなかった。それでももう少し後になると予想していたのだが、お祖父様が倒れた情報がココディアに伝わったからだろう。

もう二か月も貴族たちの謁見を断っている。少し前から国内の貴族の間でお祖父様の不在が噂されるようになっていた。そこからココディアに伝わったことで、今回の書簡を送ることにしたのだろう。

「開戦の準備を始めよう」

「カイル？」

「ミレッカー侯爵領の国境騎士団と兵糧をココディアとの国境に移動させよう。その間に、ココディアとつながっている二か所の街道を封鎖して、周辺領地から兵を集めなければ……」

「クリスも……ちょっと待って」

「急がなければ、被害が大きくなるだけだ」

「こうなってしまえば開戦は避けられない。姫さんだってわかっているだろう？」

それはわかっている。この書簡の内容を受け入れることはない。どうあがいても一週間後には開戦してしまうだろうし、戦争の準備はすぐにできるものではない。一刻も早く始めなければいけないのはわかっている。

……どうしよう。こんなにすぐに開戦すると思っていなかった。開戦してしまえば、ユーギニスから攻めることが無い以上、ココディアの兵とぶつかる場所はユーギニスの領地になる。お互いの兵に犠牲が出てしまうのはもちろん、その領地にも多大な被害が出る。戦争の後、数年も田畑が使い物にならないことだってある。お祖父様が守り、五十年もかけて平民が飢えることのない国を作り上げたのに。

ずっと考えていたことはある。うまくいけば開戦しないで済む方法が。……だけど、どうやってみんなに説明する？　なぜ、そんな方法をと聞かれたら、うまく答えられるだろうか……。

「……考えがあるの。少しだけ時間をちょうだい。一日、ううん、明日の朝まででいい。お願い、みんな」

謁見室に集まった者たちが微妙な顔をする。時間をかけて考えたからといって、他に何ができるのかと思っているんだろう。

「ソフィア、それは考えをまとめたいからか？　それとも、考えはあるけれど決断するのに時間が必要なのか？」

「……決断するのに、時間が欲しいの。うまくいけば……犠牲を出さないで済むと思う」

「…………姫さんには時間が必要か。わかった。明日の朝、もう一度謁見室に集まる。その時に、姫さんは今後どうするかを指示する。それでいいか？」

「うん、それでいい。明日の朝までには決めるわ」

食事もとらずに寝室にこもり、ずっと同じようなことを考え続けていたけど、答えは出ない……。

もし……この計画を実施して、どうしてそんなことを知っているのかと聞かれたら。前世が魔女だったことがみんなに知られてしまったら。クリスとカイルに嫌われてしまったら……どうしよう。

そう思ったらあの場では言えなかった。

ずっとココディアと開戦せずに済むにはどうしたらいいか考えていた。いい案を思いついたとは思ったけれど、私の前世のことを話さずに説明するのは難しかった。

アーレンスから買い取った古い資料を読んで思いついたようにしたかったが、国王代理の仕事が忙しく、あまり読めていない。そもそもカイルがほとんどの資料を読んだことがあると言っていた。私が読んだからといって、今まで知られていなかったことがわかるとは思えない。どう考えても言い訳が思いつかなかった。

「ソフィア、まだ起きてるよな。入っていいか？」

寝室のドアの外から声が聞こえた。カイルの声だ。

「姫さん、入るぞ？」

「お、おい。勝手に開けるなよ」

クリスもいるようだ。私が返事をする前にクリスがドアを開け、カイルに止められていた。

「どうしたの？」

「どうしたのじゃない。食事もとらないで部屋に閉じこもってるから様子を見にきたんだ」

「ほら、スープくらいは飲めるだろう？」

トレイに乗せられていたのはじゃがいものポタージュだった。隣にナッツの焼き菓子も小皿に置かれている。今まで空腹を感じなかったのに、それを見た瞬間にお腹がくうと鳴った。

「ほらみろ。空腹で考え事してもいいことはないぞ」

「……うん。食べる」

トレイを受け取って、じゃがいものスープをスプーンですくう。口に入れると、いつもの優しい味がのどを通っていく。美味《おい》しい……私が食べ始めると、二人はほっとした顔になった。何も言わずに閉じこもったから心配させてしまったかもしれない。

こんな風にいつもそばにいてくれるクリスとカイルに嫌われたくはない。前世のことを知られたくないと、黙っていることはできる。誰も知らないのだから、責められることはない。

だけど開戦して、領土が荒れて、死者が出て。この国が平和じゃなくなった時、私は平気でいられるだろうか。平気な顔をして、クリスとカイルの手を取れるだろうか。

「なぁ、姫さん。何かやろうとしていることがあるんだろう？」

「え？」

「ソフィアが考え込んでいるのはわかってた。ココディアと開戦しないようにいろいろ手を打っていたのも。これだけ状況が押し迫っているのに、ココディアとの開戦準備を止めたのは理由があるんだろ？」

「……どうして？」

なぜクリスとカイルがわかっているんだろう？　スープをすくっていた手を止めて、二人を見る。

「あのな？　姫さんは自分で思っているよりも考えていることが出やすい」

「え？　顔に出てる？」

「いや、顔には一切出てない」

じゃあ、なんで？　と言う前にカイルに示される。

「ほら、魔力が漏れてる。……ソフィアは何かあると魔力に影響が出る」

「うそ！」

「本当だって。ほら」

そう言われて自分の手を見ると、確かに魔力が漏れている。……ええ？　今までもそうだったの？

「……落ち着け？　悩んでいることを全部話せとは言わない。ただ、何かやろうとしていることがあって、悩んでいるのはわかる。それは成功しないかもしれないと思って悩んでいるのか？」

「……ううん。成功すると思う」

「じゃあ、もう悩むな」

「え？」

悩むな？　だって、そんなこと言われても……。

「俺もカイルも、みんなも。姫さんが言うならそれに従う。誰も反対したりしない。どんな馬鹿げた作戦でも、姫さんが成功すると言うのなら」

「反対しない？」

「ああ。今まで、ソフィアがしてきたことを見てきたんだ。考えなしに行動したりしないって、わかってるんだ。大丈夫だ。成功するって思っているんだろう？　みんな、止めたりしない。俺たちを信じてくれ」

「クリスとカイルを？　信じて？」

「何があっても、最後までそばにいるって約束した」

「姫さんとカイルと、一緒にこの国を守るって言っただろう。もう少し俺たちのことを信じようとしてくれ」

私だって二人を信じたい。何があってもそばにいてくれるって。だけど、怖い。二人が大好きだから。

「ほら、もう夜も遅い。これ食べたら、一緒に寝よう」

「一緒に？　二人とも一緒にいてくれるの？」

「一人にしてたらろくなこと考えなさそうだからな。俺たちが添い寝してやるから寝るぞ」

「さぁ、残りもちゃんと食べて」

そう言われてスープをすくって口に入れたら、ほっとして涙が出そうだった。全部食べ終わったら、えらいなって頭を撫でられて、抱き上げられて寝台に寝かされる。

右手をクリスに、左手をカイルにつながれて、なんども頭を撫でられながら眠りについた。……信じていいのかな。大丈夫なのかな。何があっても、二人は離れていかないって。

朝、目が覚めても二人はすぐそばにいた。迷いが消えたわけではないけれど、心は決まった。

「準備ができ次第、謁見室に行くわ」

朝食も取らず、身支度だけして謁見室に向かう。早朝から人が動いている気配がしていた。私が指示をしたらすぐに動けるように、早朝なのに皆がそろっている。広い謁見室、玉座に向かって整列している。私が玉座に座ると、右側にクリスが、左側にカイルが立つ。

婚姻まで半年を切っていることもあり、私が国王代理になった時点で二人は王配と同じ扱いを受けている。ダグラスは王配候補ではあるが、婚姻する時期が未定という立場のため、執務室長やデイビットと並び前列に立っていた。

ゆっくりと息をはいて、心を落ち着ける。大丈夫。クリスとカイルは私から離れていったりしない。この国を守るって決めたんだから、もう迷わない。

「おはよう。まだ朝は早いけれど、すぐに実行に移りたいの。ココディアとの開戦を避けます」

私の発言に皆が驚いて、気配がざわつく。それでも誰も声は上げない。私の次の発言を静かに待っている。

「ココディアとつながっているのは二つの街道。そこを封じてしまえばココディアから攻めてこれることはない。返事をしなければいけない期限は一週間後。その前に封じてしまうわ」

「姫さん、どうやって封じるんだ？　兵を派遣して封じたら、向こうはそれを排除しようとしてくる。その時点でぶつからないか？」

「兵は派遣しないわ。ミレッカーの騎士団も送らない。……私が行きます」

「「は？」」

これしか手はなかった。兵や騎士団に街道を封鎖させても、そこにココディアの兵が来てしまえば戦うことになる。だからこそ……私が行くのだ。

「私が行って、結界を張るわ。街道に結界を張るのではなく、街道を中心に国境に沿って結界の長い壁を作り上げるの。ココディア側から兵が一人も入って来られない状況にすればいい」

「……そんなことが可能なのか？　いや、できるから言ってるんだよな？」

「もちろんよ」

「いや、待ってください。可能なのはソフィア様が言うのならそうなのでしょうけど、ソフィア様が行くのは危なくないですか!?」

思わずといった感じでデイビットが発言すると、それに同調するように何人かがうなずく。

「他の者が行くのではダメなのですか？」

「……多分、ソフィアじゃないと無理なんだろう。俺はそんな大規模な結界の張り方を知らない。クリスも知らないんじゃないか？」

「知らないな。それに、知っていたとしても発動できるかどうか……。俺では魔力が足りないだろう。姫さんだからできる、だから自分で行くって言ったんじゃないのか？」

「そうよ。他の者では無理なの。……結界の乙女の塔を使うわ」

「は？　結界の乙女？　ダメだ！　それだけは許さない！」

「姫さん、どういうことだ？」

結界の乙女の塔を詳しく知っているのはカイル。クリスもカイルから聞いてわかっているから、私がそれをするのは許さないという雰囲気になる。

「二人とも安心して。私が犠牲になるわけじゃない。魔女の代わりに魔石を使うの」

「……あぁ、そういうことか」

「そうか。その頃は魔石がなかったんだった。今なら魔石で代用できるのか……それなら」

二人は知っているから理解が早いが、他の者たちはわからない。

結界の乙女の塔は魔女の魔力を利用して結界を張っていたが、今なら魔女の代わりに魔石を使うことで結界を張ることができる。簡単に仕組みを説明すると、皆も危険が少ないことに安心する。

ただ、近衛騎士隊長のオイゲンだけは最後まで心配していた。

「国境近くに行けば、ココディアの騎士が潜伏している可能性があります。近衛騎士を護衛でつかせましょう」

「ダメよ。近衛騎士を連れていけば、それだけ時間がかかるし、集団で動けば目立つことになる。ココディアとの国境には結界の乙女の塔が四か所あるの。全部をまわる前に見つかるとダメなのよ。クリスとカイルを連れて行くから大丈夫よ」

「それでも馬車で行くのであれば、御者として二名だけでもお連れください。馬の扱いに長《た》けていて、剣も使える騎士を選びますので。もし何かのことがあれば、その二名が足止めいたします。ソフィア様にはなんとしても無事に戻って来ていただかなければなりません。これだけは何卒《なにとぞ》お許しください」

「……そうね。確かに御者は必要だわ。わかった。私たちを守る必要はないから、自分の身を守れるもの二名を選んで準備させてくれる？　私たちの準備が終わり次第出発するわ。行くのに二日、塔をまわるのに一日半、戻ってくるのに二日。何も無ければ一週間以内に戻ってこれるわ」

「かしこまりました。急ぎ準備させます」

礼をしてオイゲンが謁見室から出て行く。これから騎士団に行って二名を選び準備をさせるのだろう。私たちも準備を始めなければ。

「リサ、ユナ、ルリ、私の旅の準備をしてくれる？　クリスとカイルは自分で準備する？」

「待ってください！　ソフィア様、私も連れて行ってください」

予想していなかったが、ルリが手を上げて主張している。馬車で強行することになる旅にルリを？

「旅の間、ソフィア様をお世話する者が必要です！　せめて私だけでも連れて行ってください！」

……その気持ちはありがたいけれど。

「ダメよ。ルリは連れて行かないわ」

「ソフィア様!?」

「向こうの兵に囲まれたら、私たちは転移して逃げることになる。ルリは転移できないもの。状況によってはルリを連れて強制転移できないかもしれない。その場合はルリを置き去りにしてでも私たちは逃げなければいけなくなる。……私にルリを見殺しにするようなことをさせないで？」

「……ソフィア様……そんな」

泣きそうな顔をしているルリには悪いが、今回は連れて行けない。人が多くなれば、その分逃げるのも難しくなる。自分の身を守れるものでなければ連れて行く気はなかった。

「魔石の準備はどうする？　どのくらい必要なんだ？」

「少なくとも木箱で二つは必要になると思うけど……。デイビット、馬車に載せられるだけ魔石を積んでくれる？　魔石が多いほど、長期間結界を維持できるから」

「わかりました。馬車と魔石をすぐに用意します」

各自、仕事に取り掛かり始め、謁見室から出て行く。そんな中、ダグラスが渋い顔をして近づいてきた。

「ソフィア様、本当に大丈夫なのか？　俺は転移できるし、自分の身も守れる。俺も護衛としてついていこうか？　いや、クリス様とカイル様がいれば大丈夫だとは思うが、さすがに人数が少なすぎるんじゃないかと思って」

「ダグラス。その気持ちはうれしいけれど、ダグラスにはやってほしいことがあるの」

「やってほしいこと？」

「私の代わりに国王代理としてこの王宮を守って」

「は？　俺が？」

「だって、私がいない。王配候補のクリスとカイルもいない。そうなったら、ダグラスに任せるしかないじゃない。身分で言ったらエディに任せるのがいいんだろうけど……」

「うわぁ。僕は無理だよ！　ダグラス先輩に任せるよ！」

言った瞬間、聞こえていたのか少し離れていた場所にいるエディが叫ぶ。隣にいるアルノーも必死でうなずいている。……いや、うん。エディには無理だってわかってるよ？

「ほらね？　エディにはまだ少し難しいみたい。王太子の仕事もやっと覚えたところだし、国王の仕事はわからないだろうし。ダグラスに一任するから、国王代理の仕事をお願い。緊急のものだけ決裁しておいてくれればいい。私の不在が知られたら、この計画も見つかってしまうかもしれない。だから、私の代わりに国王代理になってくれる？」

国王代理の仕事が滞ったら、お祖父様の不在だけでなく、私の不在も知られてしまうかもしれない。どこにいるのか探されたら、邪魔される可能性が高くなる。だから、ダグラスには私の代わりをしてほしかった。

まぁ、産まれたばかりの息子ルーカスのためにも、ダグラスを危険な目にあわせたくないっていいう気持ちもあるけど。

「……そういうことならわかった。仕事はなんとかしておく。絶対に無事に帰って来いよ」

「もちろんよ。すぐに帰ってくるわ。あと……念のため、王宮の警備を強化しておいてほしいの。お祖父様を狙ってくるものがいるかもしれないわ」

「わかった」

「エディとアルノーも。ダグラスの仕事を手伝ってね。私たちがいない間の王宮を任せたわよ？」

「うん、わかった。ソフィア姉様、気をつけてね」

「ソフィア様、ダグラス様とエディ様の護衛はお任せください。お早いお戻りをお待ちしております」

これで留守中の王宮も大丈夫だろう。あとは私たちが無事に戻ってくるのみ。

具体的な計画を誰も聞いてこなかった。説明するのは難しいと思っていたが、聞かれることなく進んでいる。

結界の乙女の塔。その場所は地図に載っていない。一度だけ、塔の建設中に師匠について行ったことがある。四つの塔は大きな街道から外れた場所に、隠されるように作られてあった。当時の記憶しかないが、近づけばわかるはずだ。

……ソフィアとして転生しても、この魂には魔女の契約の痕が残っている。もうこの国には残っていない古式魔術の残滓《ざんし》は特徴的だから、近づけば感じられるものがある。仲間の魔女たちが最期を迎えた場所。そこを目指して、私たちが馬車を出したのは昼前になった頃だった。

第六章

結界の乙女の塔へ

準備された馬車の横にはオイゲンと、見たことのない青年が二人立っていた。

「この二人をお連れください。近衛騎士の中でも一、二を争う手練《てだ》れで、馬の扱いにも長けています」

「ウェイです」「フェルです」

同じような栗色《くりいろ》の髪に、ウェイは緑目、フェルは紫目だった。どちらも鍛えているのか体つきはしっかりしている。日に焼けているのは、王宮でも野外の警備にあたっているものなのかもしれない。ウェイは長い髪を後ろで一つに結んでいるが、逆にフェイは短く刈り上げていて、二人の印象は違うけれど顔立ちは似ている。

「二人は元ハンベル子爵家の長男と二男《じなん》です。近衛騎士になった後で子爵家は領地と爵位を返上し平民になっています。そのせいで有能なのに本宮に配属できません」

冷害が続いたせいで領地と爵位を返上した子爵家の令息たち。確かに後ろ盾がない状態では本宮の護衛には配属できない。かといって、有能な部下をやめさせることもできなかったのだろう。

「この任務を無事に終えて戻ってきたら、私が後ろ盾になって正式に本宮配属に異動させるつもりです。近衛騎士長が個人的に優遇することはできません。ですが、ソフィア様をお守りするという任務を果たせれば、その褒賞として本宮に推薦することもできます」

「そう。オイゲンがそれだけ薦めるのなら有能なのでしょう。ウェイ、フェル、危ない状況になったら私たちは転移して逃げます。だから、あなたたちは自分の身を守ることを考えて」

「「はっ！」」

オイゲンからも説明は受けているのだろう。真剣な顔でうなずいた二人に、御者を任せる。目立たないように見送りはオイゲンだけにして、静かに馬車を出してもらった。


ココディアとの国境に向かって走り出してから数時間が過ぎた。馬車から見える景色は王都の街並みから、何もない平原へと変わっていた。ユーギニスの領土は王都を中心に平地が広がっている。それが他国に近くなるにつれて高度が高くなり、国境付近は山地になる。

チュルニアは国境付近が山地なだけでチュルニアの王都も平地だ。満足とは言えないだろうが耕作する土地もないわけではない。だが、ココディアは領土のほとんどが山地で、おもな産業は魔石などの鉱石になる。自国で食料をまかなえないために鉱石を輸出して穀物などを輸入している。

今までそれでやってきたのに、ココディアが開戦を急いだのには理由がある。魔石が生み出されたのは今から四十年ほど前。それまでは鉱石だけで細々と貿易していた国が、どこからも欲しがる魔石を作り出したのだ。ココディアは魔石の材料になる鉱石を掘り出すために、移民を大量に受け入れた。その移民たちの分まで食料が必要になることは考えずに。

今では魔石はココディア以外の国でも作り出せるようになった。ユーギニスには鉱山がないため、他国に頼らざるを得ないが、ココディア以外の国から輸入することができるようになっている。

足りない食料は魔石を輸出することで他国から購入すればいいと考えていたココディアだが、魔石の値段が落ちてしまったことと、予想よりも移民が増えすぎてしまったこと、それにより慢性の食料不足に陥ってしまっている。

ユーギニスからの食料は売れるだけ売っているし、絶対に開戦しなければ国民が飢えて死ぬというわけではないのだが、安定して耕作できる土地を求める気持ちはわからないでもない。

もちろん、それにつきあう気はないし、開戦することは絶対に避けるためにこうして国境に向かっている。

王都から出てしばらくは何を見てもめずらしくて、馬車から見えるものすべてクリスとカイルに聞いたりしていた。王都出身ではないカイルが他領を知っているのはわかっていたが、クリスも学園に入る前は王都と領地を行き来していたらしく、二人ともいろんなことを知っていた。

私は王都から出るのは初めてだし、馬車での遠出も初めてだ。だから出発してからしばらくははしゃいでいたけれど、夕方になって辺りが薄暗くなり始めた頃から口数は減っていく。夕闇が迫ってくるのと同時に、心に少しずつ不安が増えていった。

明後日《あさって》の昼前には一つ目の塔に着くだろう。……どうやって見つけたのか、聞かれるかな。いや、もう考えるのはやめよう。隣にいるカイルも目の前にいるクリスも、私が考え事している間は黙っている。気をつかってくれているんだろうな。

「そろそろ一度休憩にしよう」

「うん」

「夜はそのまま走り続けてかまわないんだな？」

「うん。できる限り早く結界を張りたいの。ウェイとフェルは大変だと思うけど……」

「オイゲンが推薦するくらいだから根性あるんだろう。御者は交代で休むだろうし、数日間無理するくらいなら大丈夫だよ」

「そっか」

夜になって街道のすぐ横にある休憩地に馬車を止める。宿場もあるが、今回は泊まらずに進むことにしている。途中何回かは休憩や補給で止まることにはなるが、できるだけ急ぎたい。

馬車を下りた先で固まった身体を伸ばしていると、どこかに行っていたウェイとフェルが戻ってきた。手には大きな魚を数匹抱えている。まだ生きているようで動いているけれど、二人は平気な顔をしている。ずいぶんと野性味あふれた騎士のようだ。

「それ、どうしたの？」

「ここ近くに小さな湖があるんですけど、魚がいたんです。今から食事を用意しますが携帯食だけじゃ味気ないですからね。すぐに焼きます。少しお待ちください」

「え！　今、捕まえてきたの！　すごい！」

「糸と釣り針はいつも持ち歩いているので。慣れれば簡単です」

いなかった時間はそれほどでもないのに、人数分の魚を釣ってきたらしい。驚いて見ているとウェイが魚の腹を割いて内臓を取り出す。フェルがそれを魔術で出した水で洗い綺麗にしている。

あっという間に薪に火をつけて木に刺した魚を焼き始めた。それを見たクリスが感心したように二人に話しかける。

「手慣れているな。近衛騎士はいつもこんなことしてるのか？」

「いえ、騎士団ではさすがにしません」

「私たちの出身は貧しい領地でしたから、魚や獣を獲《と》るのは慣れているんです。穀物は満足に育たないので、よく捕まえに行っていました」

「あぁ、そっか。ハンベル領だったわね」

冷害が続いたせいで何年も税が納められず、王家に返上された土地。王領になって数年でエドガー叔父様が賜《たまわ》り、ハンベル公爵領となったけれど。

冷害が起きやすいのは今も変わらず、どうにかして育つ作物はないかと試行錯誤しているところだ。

「ソフィア様のおかげで領民たちが飢えなくてすむようになったと、父が喜んでいました」

「そういえば元子爵はそのまま領主代理になってくれているのよね」

「はい。王家に領地を返上したおかげで税が軽くなったこともあるんですが、ここ数年は寒さに強い作物の育ちが良くて領民を飢えさせずに済んでいると。いつかソフィア様にお礼を申し上げたいと思っておりましたので、このような機会をいただいて感謝しております」

「そうだったんだ。それもあってオイゲンは二人を選んだのかもしれないね」

ハンベル公爵領にはなったが、エドガー叔父様が領主の仕事をできるわけもなく、王家から領主代理を任命して任せることになった。実際にはずっと領主だった元子爵が一番領地に詳しいだろうと、そのまま領主代理の仕事をしてもらっている。

エドガー叔父様は一代公爵だから、その後はまた王領に戻る。爵位と領地を王家に返上したことにはなっているが、お祖父様の考えでは元子爵家に返すつもりなのではないかと思っている。

「ウェイとフェルはどうして騎士になったんだ？」

「父の勧めです。私たちが騎士になる前から冷害が続いていました。遠くないうちに領地を返上することになるだろうと。父は戦前の生まれで結婚が遅く、年がたってから私たちが生まれました。戦争で国が荒れた時代の苦しさをよく知っていて、この国を安定させた陛下にご恩をお返ししなければとよく言っていました。それなのに税を納められなくなり、爵位を返上しなければならなくなりました。恩返しもまともにできないことを悔やんで、私たちには国のために何かできるように騎士になりなさいと」

そういえば、元子爵はお祖父様とあまり年齢が変わらなかった。それなのにウェイとフェルはまだ三十半ばという感じに見える。戦争を知っている人たちは、あの時代の苦しみをよくわかっている。お祖父様に恩返しをという気持ちは当然なのかもしれない。

「元子爵はとても真面目で、領民思いの方だと聞いているわ。冷害が続いたのは元子爵のせいではないもの。領主代理になった時も、領民たちは誰も反対せず、それどころかほっとして喜んでいたと。あんなに良い領主は他にいない、変わらずにいて欲しいという声が多かったそうよ。今も領主代理としてよく働いてくれていて、本当に助かっているわ」

「……そのようなお言葉を。父が聞いたら泣いて喜びます」

「私らではソフィア様をお守りすることはかないません。ですが、足手まといにはならないようにします。自分のことは自分で守ります。何かあれば、すぐにお逃げください」

「ええ。二人を信用するからこそ、置いて逃げることにするわ。もちろん、よけいな争いがないことが一番だけど。……ねぇ、いい匂いがしてきた。もう食べられる？」

話している間に魚が焼けていい匂いが漂ってきた。皮が焼けてはじける時にパチン、ジュワァと音がしている。こんな風に魚が焼けるのも初めて見る。

「はい。もう大丈夫だと思います。毒見はどうしましょうか？」

「あぁ、一応形だけな。俺とカイルが先に食べてから姫さんが食べる。姫さんは猫舌なんだし、少しくらい冷ましたほうがいいしな」

「ソフィア、どれがいい？」

「選んでいいの？　じゃあ、この焦げ目がついたのが食べたい！」

「なんで焦げたのを」

「だって、王宮じゃ焦げたのは出てこないもの！」

「それもそうか。取ってやるからちょっと待て」

カイルが毒見をしたあと、私が食べやすいようにクリスが木皿にのせてくれる。枝が刺さったままの大きな魚がこんがりと焼けて美味しそうな匂いがしている。少しだけ冷めるのを待ってかぶりつくと、厚めの皮がパリッとして、焦げた皮の下にはふっくらとした白身があった。

「おいしい！　すごくおいしい！」

焼きたての魚なんて初めて食べた。私が枝を持ってかぶりつくのを心配そうに見ていたウェイとフェルが、美味しいと言ったからかほっとした顔になった。

暗くなった夜空の下、焚火《たきび》を囲んで食事をするのも初めてで、大きな魚だったのにあっという間に食べ終えてしまった。

「お腹いっぱいになったか？」

「うん！　いつもよりも食べた気がする。あ、携帯食を食べてなかった」

渡された携帯食は堅く焼かれたパンのようなものと干し肉だった。スープと一緒に食べるものらしいが、お魚だけでお腹いっぱいになってしまった。

「それはそのまま残しておいて、また後で食べればいいよ。食事の度に休憩するわけにはいかないから。馬車で移動している時に食べようか」

「そっか。何度も休憩するのは無理だもんね。ウェイ、フェル、お魚ありがとう！　おいしかったわ」

お礼を言ったら二人ともうれしそうに笑ってくれた。旅は始まったばかりだし、戦争を止めるために来ているのだけど、一緒に旅をするのがこの五人でよかったと思えた。

食事の後片付けを終えて馬車に乗ると、すぐにカイルに抱きかかえられ膝の上に横抱きにされた。

その上、クリスが私に薄い毛布をかけてくれる。これは眠れってことかな。まだ夜になったばかりだと思うけど。

「ソフィアはできる限り休んだほうがいい。お腹いっぱいになったから眠くなっただろう？」

「このまま寝るの？　カイルはどうするの？」

「途中でクリスと交代して寝るから心配しなくていい」

「俺が夜中に起きて交代する。だから、姫さんはそのままおとなしく寝てくれ。姫さんを座ったまま寝かせたら、あちこち転がっていってしまう。そうなったら気になって全員寝るどころじゃなくなるだろう？」

「……転がる……かもしれない」

王都を過ぎてから道が舗装されていない。時々、へこんだ所に車輪が引っかかるのか、大きく揺れる時がある。さっきまでも揺れて頭をぶつけないように腰に手をまわされて固定されていた。

「そういうこと。何かあればすぐに起こす。安心して眠っていい」

「わかった。おやすみなさい」

馬車はまだ揺れ続けていたけれど、カイルのひざの上にいるからか、そこまでひどい揺れは感じない。お腹もいっぱいだし、カイルの腕の中が暖かくてすぐに眠くなる。

……目を覚ましたら、クリスの膝の上にいた。いつの間にカイルから交代したのか全然気がつかなかった。もう明け方らしく、馬車の外は少し明るくなっている。

クリスは成長しないと言っていたわりに、こうして簡単に私を抱きかかえられるくらい体格差がある。クリスは私を抱きかかえたまま寝ているらしく、目を閉じていた。

少し長めのまつげが頬に影を落としていて、整った顔は芸術品のように見える。寝ているクリスを見るのはめずらしくてじっと眺めていると、あまりにも見すぎたのか起きてしまった。

「……あ、起きたのか」

「うん、寝にくいよね？　私も普通に椅子に座ろうか？」

「まだいい。どうせ起きたって馬車に乗り続けるだけだ。もう少し寝ておけよ。こんな生活を数日していたら疲れてしまう。姫さんが倒れたらまずいだろう？　休める時に休んでおけ」

「……そうだね。もう少し休む」

確かに私が疲れて使い物にならなくなったら困る。

結界の乙女の塔は四か所。だけど、その中の三か所は魔力を吸い上げて結界を張る基点になるだけのもの。一番奥にある塔で発動しなければどの塔も動かない。最後の塔で魔術式を組み上げて起動させなければ、何も起こらないのだ。

最後の塔には師匠がいた。魔女になったとしても、魔術を使えるようになるとは限らない。魔女の家にいた少女たちはほとんどが平民だった。教会で魔力検査をされ、魔力があるとわかれば引き取られてくる。平民で魔力があるのはめずらしく、国に保護されることになる。住む場所だけじゃなく食事が保障されるという意味では良い場所だった。

戦争が続いた時代、満足では無くても毎日食事ができる場所は限られていた。魔女になれるのは、女性になる前の少女だけ。魔女の儀式で女性としての生殖機能をなくし、魔力を生み出す力に変えるからだ。だから魔女は結婚しない。子どもも産まない。いや、産めない。それでも餓死して死ぬことに比べたら、悩むようなことではなかったはずだ。

私が魔女の家に入ったのは十歳の時だった。早くにお母様は亡くなっていて、お父様が戦死して一人になった。私は貴族だったし、両親が亡くなったとしても、どこか他の貴族家に引き取られることだってできた。だけど、国のために戦ったお父様の意志を引き継ごうと、幼馴染《おさななじみ》の第一王子を助けようと、自分で魔女の家に行くことを選んだ。

伯爵家に生まれ、副騎士団長だったお父様に似た私は、令嬢としてはめずらしいほど魔力を持っていた。魔女になる前から、魔女になった後の平民の少女よりも魔力があった。魔女になる儀式を受けた後は、誰よりも魔力が豊富な魔女になり、師匠の跡を継いで魔女の儀式を執り行うことができるようにと魔術の指導を受けた。

戦争が激しくなり、国王が結界の乙女を実行することを決めたのは、私が魔女の家に入って三年目の冬のことだった。春を迎える前に、ミレッカー領にあるアーレンスとの境にある塔に入った時、私は十三歳になっていた。

あぁ、馬車が進む先に塔があるのがわかる。懐かしい気配を感じる。もう誰もそこにはいないはずなのに。亡くなった魔女たちは塔のすぐ近くに埋葬されたと聞いた。懐かしいと感じるのはそのせいなのか、塔の古式魔術の残滓が師匠を思い出させるからなのか。

朝日が昇り、辺りが完全に明るくなって、馬車の中に光が差し込む。向かい側に座るカイルは腕組みをして眠っているし、クリスも目を閉じて眠っているように見える。私は目を閉じても眠れず、暖かい腕の中でクリスの心臓の音を聞きながら、違う時代に引っ張られているような気がして心がざわついていた。


日中に何度か休憩をしながら馬車を走らせ続け、王宮を出てから二回目の朝が来た。夜に休憩をしないためか予想よりも早く塔につきそうな気がする。このまま問題なければ一週間の期限に余裕をもって王宮に戻れそうだ。

王宮に戻った後、それで終わりではない。ココディア以外の周辺国に事の説明をする書簡を送らなければいけない。早く戻ればその分早く説明することができる。頭の中でそんなことを計算していて、はっと気がついた。

そういえば国境を目指して馬車を走らせていたけれど、どこに行くかは指示していなかった。

「ねぇ、あとどのくらいで国境の砦《とりで》に着く？」

「そんなに遠くないな。二時間もすれば着くだろう」

「じゃあ、あと一時間くらいだと思う。国境の少し手前で止まってほしい。街道から外れて、森の中を歩いていかなきゃいけないの」

「わかった。じゃあ、近くまで行ったら言って。馬車を止めるように指示するから」

結界は国境に沿って張るけれど、砦まで行く必要はなかった。結界の乙女の塔は、人に見つからないように森の中にある。当時は塔に向かう小道があったが、もう二百年以上前に使わなくなった塔だ。それからは誰も小道を使っていないだろうから、道はないと考えていたほうが良さそう。方向はわかるから迷うことはないけれど、塔に近づくには苦労するかもしれない。

……あぁ、だんだんと近づいているのがわかる。あと少し行ったら止めたほうがいいかな。

「そろそろ近いと思う」

「わかった。止められる場所があったら止めるように言うよ」

クリスが御者席との間にある小窓をあけてウェイとフェルに指示を出す。街道上に止めるわけにはいかないから、街道わきに馬車を止められる広さがある場所を探すらしい。

少しだけ走った後、ガタンと大きく揺れて、街道から脇によけたのがわかる。

「街道の外は草がすごいな。こんなとこ姫さんが歩いたら日が暮れそうだ。姫さんは抱き上げて運ぶか」

馬車から降りようとしたら、先に降りていたクリスにそのまま抱き上げられる。どうやら地面が草だらけで歩かせたくないらしい。旅用の歩きやすい靴を履いて来たけれど、思っていた以上に草の丈が長くて、私が地面に下りたら身体が半分隠れてしまいそうだった。

「このまま進もう。方向を言ってくれればそっちに向かう」

「あ、ちょっと待って。馬車をこのままにしてたらまずいよね。こんなところに止めていたら目立ってしまうもの。ココディアの騎士に見つかったら不審がられてしまうわ。馬車に認識阻害をかけて見えなくてしてから移動しましょう。ウェイとフェルはお留守番ね。馬車を守っていてくれる？」

「わかりました、ソフィア様」

「もしココディアの騎士を見かけても無視していて。何もしなければ見つからないはずだから。でも、もし何かあったらすぐに逃げてね？」

「はい」

「ちょっと待って、ソフィアはそのままで。術は俺がかけるからいい。ウェイ、フェル、俺たちが戻るまで馬車で待機して」

「『わかりました。待機します』」

ウェイとフェルが御者席に乗ったのを見て、カイルが認識阻害の術をかける。こうしておけば、街道を通る他の馬車からはわからない。戻ってくるまで少し時間がかかるだろうけど、二人には待っていてもらうことになる。

「あ、魔石を持って行かなきゃ」

「どのくらい持って行く？　馬車には四箱分積んであるが」

「じゃあ、一箱」

「わかった」

カイルが木箱を左腕だけで抱えあげる。それなりに大きい木箱だし、中に魔石がぎっしり入っているからかなり重いはずだ。なのに軽々と持ち上げるから木箱には何も入っていないように見える。

「さ、行こう。方向はどっちだ？」

森の奥のほうに塔の存在を感じる。まっすぐに指をさして示すと、カイルが先になって歩いていく。森の中を歩くときの術なのか、草木が両側にさけて歩きやすくなっている。カイルが歩く後ろを、クリスに抱きかかえられて進む。私も歩きたかったけれど、きっと歩いたら遅くなって迷惑をかけてしまう。仕方なくおとなしくして、カイルに方向だけ伝えて進んでいく。

しばらく進んでいると、森の中が暗くなっていく。大きな木の影になって、足元が見えにくくなる。……もうすぐだ。

周りを大木に囲まれている中、そこだけぽっかりと森が空いていた。長方形の石が組み上げられた二階建ての細長い塔があらわれる。誰も手入れしていないだろうに、なぜか塔の周りだけ草が生えていない。クリスがそこまで進むと私を地面に下ろしてくれた。

「……これが結界の乙女の塔なのか」

「そうよ。これと同じものが国境に沿って四か所あるの」

「入り口がないけど、二階から入るのか？」

二階には窓があるが、一階に入り口が見当たらない。そのことに気がついて、クリスが首をかしげていた。

「今、入り口を開けるね」

塔の裏側に回ると、二か所だけ石が少しへこんだ箇所があった。よく見なければ気がつかないくらいの差だけど。そこに両手をあてて、魔力を流す。

ゴゴゴと石を引きずるような音がして、塔の正面が開かれる。

「隠し扉なのか」

「魔力を流さないと開かないようになっているの。塔の中からも開けられるけど、仕組みは一緒よ」

人が一人通れるかどうかの狭い入り口。魔女は一度塔に入ったら、外に出てはならない。塔の中にいなければ魔力供給ができないからだ。

だから、入り口を通ったのは一度だけだった。それでも、その時のことを覚えている。

足を踏み入れるとひやりとした空気に身体が包みこまれる。……この感覚も久しぶりだな。

「……中に入るだけで魔力を吸われているのか」

「そこまで吸われている量は多くないが、けっこう違和感があるな」

「魔力を吸われる経験なんて普通はしないものね」

魔力を吸われると、自分を作り上げている力がふわふわと抜けていくような感覚になる。周りと自分との境界線があいまいになったようで、慣れるまでは落ち着かない。魔力量が多ければ多いほど、その感覚が強くなる。クリスとカイルが嫌そうな顔になるのも当然のことだった。

塔の中に入ると、一階には何もない。魔女がいた頃はここには食料などの荷物が置かれていたはずだ。食料や生活品を届けるのは、最初から三十年ほどの間は騎士の役目だった。戦争中、戦後で食料だけでなくいろんなものが不足していた。途中で奪われることなく確実に魔女に届けられるようにと、騎士たちが届けてくれていた。

それが結界を張ったことで他国から攻めてこられる心配がなくなって、生活が豊かになっていくと騎士じゃなくても安心して届けられるようになった。だが、荷物を届けに来る騎士も商人も、入って来れるのはここまでだ。

螺旋《らせん》階段が壁沿いについていて、そこから二階に上がれるようになっている。石で作られている塔は頑丈で、二百年以上たった今もしっかりしていた。一歩ずつ階段を上がっていくと、二階の部屋に着く。奥に炊事場などがあるが、区切られているためここからは見えない。

……何もない。ここに置かれていたはずの寝台もなかった。魔女がいなくなって、すべて撤去されたのかもしれない。

「……塔の中ってこんな感じなのか」

「俺は本を読んでだいたいのことは知ってたけど、実際に見ると……こんな何もないところに閉じ込められていたのか」

二階には窓がついているけれど、小さい上に開かない。ただ外を見ることができるだけ。外に手を出すことさえできない。すぐ近くの木に小鳥が止まっても、見るだけだったことを思い出す。

「こんなところに一人で暮らし続けるのか。魔力を奪われながら……」

「さすがにキツイな……」

クリスとカイルが魔女の生活を想像し、同情している。それにどう答えていいかわからず、部屋の中央に立つ。

「このあたりに魔石を置いて。木箱に入ったままでいいわ」

カイルが運んでくれた魔石を部屋の真ん中に置いてもらう。この塔のどこに置いていても変わりはないのだが、なんとなく中央に魔力があったほうが結界が安定する気がした。

「ここでしなきゃいけないことは、これで終わり？」

「うん。ここはこれだけでいい」

「じゃあ、馬車に戻ろう」

また同じように階段を降り、外に出て塔の入り口を閉める。こうしておけばもし万が一ココディアの騎士に見つかっても中には入れない。外から直接攻撃を受けてしまえば崩れるかもしれないけれど、ユーギニスの騎士に見つかる可能性を考えたら普通はそんなことをしないだろう。

「よし、戻ろう」

今度はカイルに抱き上げられ、クリスの道案内で馬車へと戻る。馬車に戻ると待っていたウェイとフェルがほっとした顔になる。

「何か異常はあったか？」

「いいえ、ありませんでした」

「よし、じゃあ、認識阻害は解除する。次の場所に行こう」

次の塔へは半日もかからずに着くはず。馬車に乗ると緊張していたのが緩んだのか、急に身体の力が抜けた。くったりしていると、カイルに抱きかかえられたまま座る。

「疲れたか？　少しこのまま休んでいろ」

「うん」

この後の進む方向だけ指示をして、目を閉じた。身体がだるくて動きたくない。

あの塔には誰がいたんだっけ。思い出そうとしたけれど、もう顔も声も思い出せなかった。

◇◇

最初の塔に着いてから二日後の夕方、ようやく最後の塔にたどり着いた。近くの街道脇に馬車を止め、降りようとすると御者席から声がかかる。

「もう辺りは暗くて見えにくくなっています。明日の朝まで待ったほうがいいのではないですか？」

「大丈夫よ。暗闇でも見えるから。少しでも早く結界を張って、王宮に戻りたいの」

「そうですか。見えるのならば大丈夫なのでしょうけど……。お気をつけください」

「うん、気をつけていくね」

ウェイが心配する通り、馬車から降りたら辺りは真っ暗だった。私たちは暗闇でも見えるように術をかければいいけれど、そのことを知らないウェイが心配するのは無理もない。

クリスに抱きかかえられて待っていると、カイルが馬車に認識阻害をかけて、魔石が入った木箱を片手で持ち上げる。四度目にもなると手慣れて、準備はあっという間に終わってしまう。

「ん、見えるようになったな」

自分の目に術をかけるついでにクリスとカイルにもかけると、すぐに二人は周りを見渡して警戒する。あれ？　……人の気配がする？　まだ少し遠いけど。

「国境騎士団の見回りかもしれないが、ココディアの騎士かもしれない。ウェイ、フェル、絶対に馬車の外には出るなよ？」

「わかりました！」

この距離だと目視できないし、敵なのか味方なのか判別できない。それでも警戒したほうがいいと、音を出さないように森の中を進んでいく。

今までよりも深い森の中をしばらく進んだ先に、石の壁に蔦《つた》がからまった塔があらわれる。ここは師匠がいた塔だ。入り口を開けて中に入ると、魔力の残滓を感じた。あぁ、師匠が残した魔術式がどこかに置かれたままになっている。他の三つの塔とは違い、この塔の一階には荷物が残されていた。積み上げられた本の近くに紙束がいくつか置かれている。師匠も最期まで研究を続けていたんだ……。

「なんか、この塔だけ雰囲気が違うな」

「ああ。この荷物って、当時のものなのか？　ここの魔女も魔術を研究していたってことか……。こんな場所に閉じ込められて、それでも魔術を磨き続けようとする気概はどこからくるんだろうな」

他の塔と違うことが気になるクリスと、すぐに魔術が研究されていたことに気がついて感心しているカイル。二人の会話は聞こえていたけれど、それには何も答えずに二階へと上がる。

二階の部屋も荷物はそのままになっていた。古びた小さな寝台と机。足が壊れた椅子が残されていた。

「……こんな小さい寝台で寝れるのか？」

そう思ってしまうのもわかる。この寝台は子ども用だから。魔女は大きくならない。魔女の儀式を受けた時に成長を止めてしまうから。老いないわけではない。ただ成長しない。子どもの身体のまま、ただ存在し続けるだけ。それが本来の魔女だから。

私や師匠のような魔女は特別な存在だった。

「ここが四つ目の塔。今まで行った三つの塔は魔力を供給するだけの塔。ここで魔術を発動することで、四つの塔が連動する。この塔は魔術具のようなものなの。四つの塔にある魔力を増幅させて、長い結界の壁を作り出すのよ」

「魔術具……そういう仕組みなのか。で、ここで魔術を発動するって、どうやってするんだ？」

「今からするわ。……少し離れていてくれる？」

「危ないのか？」

「危なくはないけど、二人に影響があるかどうかわからないの」

そう言うと二人とも壁際によってくれる。塔の中に他の人間がいる状態で発動したことはない。本当なら外に出ていたほうがいいと思うけれど、この状況で二人が私から離れるとは思えない。

……これだけ魔術式から離れていれば大丈夫かな。

右手の人差し指を少しだけ切ると、指先から血が出る。魔力を薄く引き伸ばすようにして透明な板を作り出す。両手を広げたくらいの大きさの板に、血で書き込んでいく。書き込むというよりかは、魔力で血を定着させていく感じに近い。

円と三角が複雑に絡むすきまに古語を埋め込んでいく。今はもう使われなくなった古式魔術と呼ばれる技法。最後の文字を書き終えると、円がくるくると回り始め魔術式が浮かび上がって青白く光る。

魔術式の光が部屋の中にあふれると、小さな窓からその光が飛んでいく。この光が他の三つの塔へとつながり、魔術は発動する。ここからは見えないけれど、国境にそって地面からせりあがってくるように結界が張られたはずだ。

結界の壁はその下の地面を掘って通ることも、壁の上を乗り越えることもできないようになっている。これだけ魔石を置いておけば三、四年は持つはず。その間に魔石を追加すれば、それ以上結界を維持することもできる。

これでココディアとの国境は人一人通ることができなくなった。

「……終わったのか？」

「ええ」

「国境まで行って結界が張られているか確認は必要か？」

「いいえ、見なくても大丈夫。ちゃんと結界は張れたから」

「……じゃあ、馬車に戻るぞ」

今の魔術はどういうことだと二人が思っているのがわかる。古式魔術なんて見たことないだろうから。怖くて視線を合わせることができないでいると、そのままカイルに抱きかかえられる。馬車に戻るまで、誰も一言も発しなかった。

塔を下りて馬車に戻る時、この近くに師匠の墓があるのを思い出した。亡くなった魔女たちは塔の周りに埋葬したと聞いていた。だが、周辺は草木が生い茂っていて、探しても見つからなさそうだった。せめてと思い、少しだけ目を閉じて祈りをささげる。……師匠が最期に何を望んだのかはわからないけれど、もうどこにもいないのだと感じた。


馬車に戻った時にはもう完全に夜になっていた。暗闇からあらわれた私たちを見て、ウェイとフェルが馬車から降りてくる。少し焦った顔をしている。何かあったかな。

「おかえりなさいませ」

「何かあったの？」

「騎士らしい者が通りましたが、暗くて騎士服が確認できませんでした。我が国の騎士なのか、コディアの騎士なのかはわかりません。全部で三名が馬で砦のほうに向かって行きました」

「そう……。どちらにしても砦のほうに向かったのならもう会わないよね。ここでしなければいけないことは終わったから、急いで王宮に帰ろう」

「はい！」

四つの塔をまわり終え、結界の壁も張れた。古式魔術で張った結界は誰も解くことができないはず。これでココディアと開戦することは避けられる。

カイルに抱きかかえられたまま馬車に乗ると、食事をするように言われる。そういえば夕食をとっていなかった。それほどお腹は空いていないけれど、寝る前に何か食べたほうがいいだろう。

渡された携帯食を少しずつかじるように食べる。堅く焼かれたパンのようなものは、日がたつにつれてますます固くなる。干し肉も同じくらい硬く、口の中に入れてやわらかくしてから食べる。

何度も何度も嚙《か》んで、ようやく食べられる。

「ほら、水も飲んでおけ」

「うん」

飲み込むのに苦労しているとクリスから水を渡される。二人はもうすでに食べ終わっていた。やっとすべて食べ終わると、お腹が満たされる。

食事が終わると馬車の中は静かになる。結界の壁を張り終えて満足する気持ちとこれから二人に話さなければならないという怖さで、なんだか口が重く感じられる。

「……聞いてくれる？」

「なんだ。話す気があったのか」

「え？」

驚いたようなクリスに、こっちが驚いてしまう。話す気があったのかって？

「ずっと姫さんが隠し事しているのはわかってた。でも、言いたくないなら無理に言わなくていいと思ってたから、俺たちから聞くつもりはなかった」

「俺もクリスも、誰だって人に言いたくないことはある。それを無理に聞き出そうとされたら嫌だろうと。ソフィアが言いたくないなら、そのままでいいと思ってた。だけど、ずっとつらそうで。ゆっくりでいい、話せるか？」

二人とも私が何かを隠していることをわかっていて、それでも聞かないでくれていた。王宮でも馬車の中でも、聞こうと思えば聞く機会は何度もあったはず。さっきの塔でも、疑問に思っていることはわかっていた。それも聞かないつもりでいたってことなのか。

「ずっと隠し続けようと思ってたわけじゃない。だけど、知られるのが怖かった」

「それはさっきの魔術に関係するのか？」

「そうよ」

「あれはなんだ？」

「あれは古式魔術と言われる魔術よ。古語と魔力を絡み合わせるように血で編んで魔術を固定するもの。さっきのは結界を張り続けるための魔術式」

「古語？　どのくらい前の時代の言葉なんだ？」

「あれは三百から二百年前くらいまで魔女が使っていた文字。当時も一般的には使われなくなっていたくらい昔の文字よ。誰もが読める文字で組み立ててしまったら、どんな魔術なのか見えてしまうでしょう？　あれは……書けるのも読めるのも魔女だけよ」

　あれは普通に使っていた古語とも違うものだ。魔女だけ、いいえ。魔術を使える魔女だけがわかる文字だった。貴族の血をひいて、教育を受けることができた魔女だけが読み書きできた。平民から魔女になった子たちは普通の文字すら読めなかったのだから。

「魔女だけが書けて読めるって」

「そんなこと言ったら、まるでソフィアが」

「……私は魔女よ。ずっと昔、魔女だったことがあるの」

　馬車の外の暗闇に声が吸い込まれそうだった。静かになった馬車の中、ガタゴトと振動する音だけが響く。

　……何も言わない二人が怖い。早く何か言って。否定されるのは嫌だけど、黙っていられるのも怖い。

「…………泣くなよ」

「え？」

「……ほら、落ち着け？」

　クリスに言われ、カイルに頬をぬぐわれて、私が泣いているのに気がつく。気がついた後も、ぽろぽろとこぼれてくる涙を止められない。

「え？　泣くつもりなんてなかったのに……」

「あぁ、わかってる。感情でいっぱいになったんだろ」

「話すのは落ち着いてからでいい。ゆっくりでいい。どうせ王宮に着くのは二日後なんだ。ほら、水は飲めるか？」

「う、うん」

水筒に入った水を渡されて、ごくごく飲む。知らないうちに口の中が乾いていた。のどがうるおい、大きく息をはいた。

「もう大丈夫」

「そうか、でも焦らなくていい」

「無理しなくても、話せることだけでいいんだぞ？」

「うん。わかった」

どこから話そうか。少なくとも魔女だと告げても二人は変わらない。それが心強くて、リリアのことを話し始める。

「私は三百年近く前にこの国の伯爵家の長女として生まれたの。父は王宮騎士団の副騎士団長として、母は側妃の専属侍女として王宮に上がっていたわ」

「三百年も前。そのくらい前だとほとんど記録はないな」

「残ってないでしょうね。私が生まれてしばらくして、側妃が王子を産んだの。それが第一王子のニコラ。後の国王陛下よ。私もニコラ王子の遊び相手として王宮に上がることになった。一つ年下の王子を弟のように大事に思っていたわ」

銀髪紫目のニコラ王子は人見知りして、最初は誰にも近づこうとしなかった。それがだんだん私や他の令息たちと話すようになり、王子の王太子教育が始まるからと遊び相手の私たちは離れることが決まった時、大泣きして嫌がってくれたことを思い出す。

泣き虫で気が弱くて、でも、王子としての責任感は強かった。ニコラ王子にとって国王の重圧はつらく厳しいものだっただろうと思う。

「王子の遊び相手として王宮に上がっていたのは八歳まで。それ以上はきちんとしたご学友や婚約者候補がお相手することになるから。伯爵家の私が一緒にいられるのはそこまで。それは決まっていたことだから別に構わないのだけど。その後、九歳の時に教会で魔力判定を受けたら、他に見ないほどの魔力があると言われたの。その時は令息だったのなら役に立てたのに、としか思わなかった」

「なぜ令息だったら？」

「当時は令息だったら魔力があると重宝されて騎士団で活躍できたの。魔術師や魔術具を作る研究者として。でも、令嬢は魔力があっても使う道がないのよ。戦場につれていけるのは魔女だけだし、貴族令嬢は魔女にはならないから」

「なぜ魔女だけなんだ？　魔女だって女性だろう？」

「違うのよ」

あの頃の魔女がどのようなものだったのかを知らなければ疑問に思うだろう。今では騎士団に女性騎士がいるのもめずらしくない。この国の騎士団に入るためには魔力属性が二つ以上で、魔術の技能がある程度つかえることが求められる。貴族令嬢が騎士団にはいって活躍することだってできる。

「何が違うんだ？　というか、魔女ってなんなんだ？　魔術が使える女性という意味じゃないのか？」

「魔女のほとんどは平民や孤児なの。その頃は、八歳から十歳の間に教会で魔力判定することが義務づけられていた。魔力を持つ男の子は騎士団に、魔力を持つ女の子は魔女の家に引き取られる」

ここまでは理解できるだろう。戦争時、魔力を持つ者は戦力になる。それは当然のことだ。国が保護し、戦力になるように鍛える。だけど……。

「魔女の家に引き取られる時に、少女は魔女の儀式を受ける。魔力判定する時期が十歳までなのには理由があるの。魔女の儀式は女性としての生殖機能をなくして魔力を生み出す力に変えるもの。もうすでに女性の身体になっていたら魔女にはなれない。だから、魔女はみんな子どもの身体で、それ以上大きくなることはない。さっき見たでしょう。寝台が子ども用だったの」

「あれは……そういうことだったのか」

「あんなに小さな寝台で寝るくらいの子どもの身体で成長を止めるのか……」

多分、クリスは気がついたはずだ。ハッとした顔になったあと、口をつぐんだ。おそらくクリスが男性として欠けているものがあるというのはそういうことだ。王家の血をひく公爵家であったとしても、クリスの魔力量は他の家族に比べて多すぎる。

魔女の儀式とはどういうものなのか師匠に聞いた時に、もともと自然にそういう身体、生殖機能の代わりに魔力を多く生み出す者たちがいる。それを魔術で真似して、魔力を多く生み出す身体に変えているのだと。生まれつき自然にそうなっているクリスとは違って、魔術で無理に身体を変える魔女の儀式は寿命を縮めてしまうこともあるけれど。

「普通の魔女は、魔女になっても何もしない」

「何もしない？」

「そう。食事して、眠って。ただ普通に生きるだけ」

「どういうことなんだ？」

「魔石と同じ扱いなのよ。魔術具に魔力を供給するためだけに生きるの」

「「は？」」

「結界の乙女の塔も魔術具だって説明したでしょう？　あれと同じように戦争で使う魔術具に魔力を込めるために使われるの。だから、戦争に連れて行かれるのは魔女だけ」

あの狭い塔に閉じ込められていたことを思い出したのか、二人とも顔をしかめる。そう思う気持ちはわかるけれど。

「人として扱われないのか？」

「いいえ？　とても大事にされるわ。戦時中で他の者が食事できなくても、魔女には優先して与えられる。寝る場所が限られていても、魔女は暖かい場所で眠れる。魔女は生きていなければ魔力を生み出せないのだもの」

「それは、そうかもしれないけど」

「もともと、平民の女性なんて地位が低かった時代よ。貧しくて産んでも育てることができなくて捨てられるのは女の子が多かった。孤児院では毎日食事することも難しく、みんなで雑魚寝だって聞いたわ。それが魔女になれば大事に育ててもらえる。食事ができて、ゆっくり眠れて、誰かに殴られたりすることもない。魔女にあこがれる平民の子は多かったわ」

「「…………」」

今のこの国からは想像できないだろう。戦争時、魔女が作り出されるまでは女の子は真っ先に捨てられていた。私が魔女になった頃には、魔力判定する前に子を捨てたら厳罰にされることになった。戦争で魔女が必要とされたからだ。

その代わり、育てた娘が魔女になったら、その家にも褒賞が与えられた。国全体が貧しかった時代。そのこと自体は悪いことだけではない。

「だけど、戦争が激しくなって……戦争に連れて行かれた魔女たちも戦死するようになって。大きな戦いがあった時、大敗してお父様が戦死したの。その時にはお母様はもうすでに亡くなっていて、身内はお父様だけだったから、お父様が戦争に行っている間は騎士団の寮にお世話になっていた」

あの時のことははっきりと覚えている。もうすぐ雪が降る時期だった。風が乾燥して凍える中、急に呼び出されて広間に向かった。広間にはたくさんの騎士や、王宮の者が集まっていた。こんなに人を集めるのはどうしてだろうと思ったら、戦争に向かった騎士たちのほとんどが戦死したことを告げられた。集められていたのは、皆、戦死した者の身内ばかりだった。

「お父様が亡くなったって聞いて、どうやって寮に戻ったか覚えていない。ただ、戻る途中で立ち話していた騎士たちがいたのを覚えている。その中に騎士団長がいて、悔しそうに話していたのを聞いてしまった。あの子が使えたら、あの子が魔女だったら、戦争は勝てたかもしれないなって」

「それって……」

「私よ。その頃には私の魔力判定の結果は知られていたから。だけど貴族令嬢だから魔女にすることはできない、なんて惜しいんだと言われていたのも知っていた。私が魔女として戦場にいたら、魔力切れで魔術具が使えなくなることはなかった。戦争に負けることも、お父様やたくさんの人が亡くなることもなかった」

「そんなの姫さんのせいじゃないだろ」

「今の私ならわかっているわ。どうやっても、貴族だった私を魔女にすることはなかったって。伯爵家の令嬢を魔女にするようなことがあれば、他の貴族家から責められる。だって、貴族ならみんな魔力を持っているんだもの。私が魔女になるようなことがあれば、次は自分かもしれないと思ったでしょう。でも、お父様が亡くなって、これからどうやって生きていけばと思った時に、貴族じゃなくなるなら魔女になればいいんだって」

それでも、私が魔女になると言い出した時は周りの人が止めてくれた。何もそんなことをしなくてもいいんだと。副騎士団長の娘が、魔女になんてならなくていいんだって。でも、何もできないままでいるのは嫌だった。力を隠して生きるより、お父様のように戦って死んだほうがいいと思えた。

「結局は魔女になっても戦争には連れて行かれなかったけど」

「どうしてなんだ？　魔女は必要とされていたんだろう？」

「平民の子と違って、知識があったからよ。ニコラ王子の勉強につきあっていたから、魔術の基礎知識もあったし、当時使われていた古語も読み書きできた。だから師匠の跡を継ぐように言われ、魔術の修行をすることになった。ゆくゆくは魔女の儀式を私がするようにと言われていたけれど、師匠について修行できたのは三年だけ。魔女の儀式ができるようになるまで、早くても十年はかかるって言われてたんだけどね。それどころじゃなくなったのよ」

「それどころじゃない？」

「国が落とされそうになったの。だから、陛下は結界の乙女を実行することを決めた」

「それって、もしかして……」

「ソフィアも……あの塔に？」

「いたわ。ただし、あの塔じゃなく、アーレンスとの境にある塔だったけど」

「っ!!　リリアなのか！」

思わず身体を浮かせたカイルを、クリスが押しとどめて座らせる。興奮してしまったことを恥じるようにすまないと言われたけれど……驚くのも無理はないのだから、謝らなくてもいいのに。

ココディアとの結界の塔は四つだったけれど、チュルニアとの間の塔は一つだった。残されていた本を読んでいたカイルなら気がついてもおかしくない。

「そう。リリアよ。……正確には、リリアだった」

「……あぁ、そうか。そういうことか。考えてみたら、リリアはソフィアの印象そのままじゃないか」

「印象？」

「小さくて、笑うと可愛くて、商人夫婦が訪ねると喜んでくれて。ずっと一人で寂しいはずなのに、そんなそぶりは全然見せなくて。魔術の研究が大好きで、国のためになりそうな新しい魔術ができると、うれしそうに手紙で王宮に知らせようとする。その結果を見届けることができなくても、最期まで国のためにその知識を生かし続けた……」

「それは姫さんだな。まったく違和感ない」

「あの夫婦、そんな風に書いてたんだ」

最期まで私のことを心配してくれていた商人夫婦。私のほうがずっと年上なのに、会うたびに子ども扱いされていた。ご飯は食べているのか、夜はちゃんと眠れているのか、魔術以外の本はいらないのか……。お茶を飲むようになったのも、あの夫婦が持ってきてくれたからだった。

それまで飲み物はいつも自分の魔術で水を出していた。こんなものを飲めるくらい平和で豊かになったんだなぁって、三人でお茶を飲みながら笑った。

「そうか。リリアがソフィアだから、知識量がすごかったんだな。五十年以上も独学で研究し続けたってことだろう。人から教えてもらうのとはわけが違う。全ての基礎を理解した上で組み立てていくのだから……恐ろしいほどの情報量と制御能力が必要になるな」

「俺としてはそれよりも姫さんが世間知らずな理由がわかったよ。十歳で時間が止まっていたんだろう？　ずっと子どものまんまだ……そりゃあ筋金入りの姫さんだよなぁ」

「クリス、何を言ってるの？　私、魂は八十歳を過ぎているのよ？　おばあちゃんでしょう？」

「は？　姫さんがおばあちゃん？」

「だって、リリアが死んだのは六十三の時だし、今は十八だもん。足したら八十歳こえちゃうじゃない」

今は十八で、十九歳になる年だけど、中身は違う。魔女だったことを言いたくなかったのはそれを知られたくなかったから。気持ち悪いとか、騙《だま》してたとか言われたらどうしようかと思っていたから。

魔女だったことはすんなり受け入れられているけれど、よく考えてみたら気持ち悪いとか言われないかな……。

不安に思っていたら、クリスとカイルは顔を見合わせてうなずいた。……なんで二人してうなずいたの？

「ソフィア、どう考えても、ソフィアは子どもだな」

「え」

「普通の十八歳でも、もう少しいろんなことを知ってるぞ？」

「ええ？」

「どこがおばあちゃんなんだか。普通のおばあちゃんは三角屋根の家を見ただけで騒いだりしないぞ」

「……う」

確かに騒いだ。王都から出てすぐの辺りで赤い三角屋根の家を見て、かわいいって叫んでた。だって、あんな小さくてかわいい家を見たことなかったんだもん。

「羊の群れを見たら、もこもこにさわってみたいって言いだすし、夕方に帰る鳥の集団もあれは何ってうるさいし……」

「ううう……だって。どれも初めて見たんだもん」

「ほらな。姫さんはずっと外の世界を知らなかったんだ。そりゃ魔術の知識だけはすごいよ。そんなのは前から知ってる。だけど、普通の令嬢が大人になって過ごす五十年を知らないんだ。魔女だった時は塔に、今の姫さんは王宮に閉じ込められている。鳥かごの中に飼われている状況じゃ外の世界は見えない」

だから……とクリスがゆっくりと私の頭をなでる。いつもは笑わないクリスが私に向かって微笑《ほほえ》んでいる。

「ただ長く生きていたら歳《とし》をとるわけじゃない。それは、身体は衰えていくだろうけど。いろんな経験をして、いろんなことを知って、心が動いて歳を重ねていくんだ」

「そうだな。ソフィアはこれから大人になっていく。いろんなことを知って、経験して、ようやく止まっていた時間が動き出す」

「これから……大人に？」

「……うん」

「そうだ。この旅でわかっただろう。知らないこと、経験していないことだらけだったって」

「旅に出て、いろんなことを経験しただろう？　だから、旅に出る前より少し大人になった気がしないか？」

「する」

「そういうことだよ」

その言葉には少しの嘘も感じられなかった。私を慰めようとか、ごまかそうとかしてない。二人とも、本当にそう思っているんだとわかった。

「そっか……。大人になるって、そういうことなんだ」

「あせらなくても、俺たちがずっとそばにいる。ゆっくり大人になればいい」

「うん」

「じゃあ、もう寝よう」

話したい事はもっとあったのかもしれない。だけど、なんだか気持ちが満足してしまって、もういいやと思った。

「おいで。今日は俺の番から」

呼ばれるままにクリスに抱きかかえられて、膝の上に横抱きにされる。二人におやすみと挨拶したら、すぐに夢の中に吸い込まれた。

隠し事がなくなったからか、結界が張れたからかはわからないけど、翌日からの馬車の中での会話は楽しかった。行きの馬車であった重苦しい雰囲気は消えていた。

二人とも古式魔術と今の魔術の違いが興味深かったようで、古式魔術の基本的な使い方を教えてみたが、まだ形にはなっていない。教えたからと言って、すぐに使用できるようなものではないらしい。

古式魔術は言語に魔力をのせて力を行使するもので、今の魔術のように属性などはない。魔力そのものを使用するため、属性によって使えない今の魔術とは違い、覚えさえすればすべての古式魔術を発動することができる。ただ魔力の力に左右されるため、どちらが優れているというわけではない。使えない属性の魔術を古式魔術で発動するという使い方ができるかもしれない。そんな風に古式魔術の可能性を三人で話しているうちに馬車は王都へと着いた。

もう少しでこの旅も終わる。ずっと移動ばかりしているから、さすがに身体のあちこちが痛い。

「なぁ、姫さん」

「ん？　なぁに？」

「なんで姫さんは魔女だった時の記憶が残ってるんだ？」

「あぁ、そういえば死んだ時のこと話してないね」

魂が転生したのは理解したが、前世の記憶があるのは不思議なんだろう。おそらくクリスが聞きたいのは、そういう魔術があるのか、ってことなんだと思う。

「魔女の儀式をする時にね、言われるの。魔女としてこの国のために生きなさい、そうすれば死ぬ時にあなたの願いも叶えられるでしょう、って」

「死ぬ時に願いが叶う？」

「そう。魔女の教えらしいけど。死んじゃうわけだから、本当に願いが叶ったかなんてわからないのにね。でも、身体が衰えて、もうそろそろ死んじゃうんだなってわかった時に、もしかしたら本当に願いが叶うかもしれないって思って。魔術の知識を持ったまま生まれ変わりたいって願ったの」

「魔術の知識を持ったまま？　なんでそう思ったんだ？」

「だって、私が持っているのはそれだけだったから。ずっと魔術の研究だけして、魔術の知識だけ増えて、それだけが私の誇れるものだった。だから失いたくなかったの」

貴族として生まれたことも、魔力が豊富だったことも、五十年も結界を維持していたことも、私が何かしてできたことではない。魔術のことだけは私の努力そのものだった。だからこそ、消えてしまうのが怖かった。私が生きていたこと自体が意味のないことになってしまうような気がして。

「そうして魔術の知識を持ったまま生まれ変わったわけだけど、なぜか魔術の知識だけじゃなく、前世の記憶全部を持ってたんだよね。生まれ変わったことに気がついたのは九歳だった」

「あれ。もしかして陛下に謁見した時か？」

「そう。気がついたら、私はおかしな状況で暮らしてた。これはあまりにもひどいって思って、どうにかしなきゃって。でもお祖父様が助けてくれるかどうかもわからなかった。言ってみてダメだったら、王宮を壊してでも逃げようって思ってたんだよね」

「なるほどなぁ。記憶が戻る前のソフィアはどうして黙ってたんだ？」

「誰からも嫌われてるって思ってたの。あの状況もみんなわかってて、ほっとかれているのかもと思ってたくらい」

「それはないだろう。陛下は姫さんのことが大事だからな。でもまぁ、あの状況だったわけだし、そう思うのも無理はないか」

「下級使用人たちにすらハズレ姫だなんて呼ばれてたわけだしな」

「そういうこと。大事に思われているなんてわからなかった」

九歳まで思い出さなかった理由はわからないけれど、あのまま思い出さなかったら死んでいたと思う。あれはぎりぎりの状態だった。それに、あのまま教育を受けないでいたら、王太子になることもなかっただろう。そうしたら、本当にイライザが養女になっていたかもしれないなと思う。エディは王太子になりたがらなかっただろうから。

そう思うと、イライザが王位に執着するのもわからないでもない。かといって、譲る気なんてないのだけど。イライザが女王になったとしたら、この国は終わる気がするから。

「ソフィアがあの時に記憶が戻ってくれてよかった」

「そう？」

「ああ、じゃないと俺たちと会うのはその三年後だっただろうから。それまでずっと一人で放置されていたかもしれないんだろ」

「それはそうだな。あのまま西宮で姫さんを生活させてたら、きっともっとひどい目に遭っていただろう。その前に出会えたのは幸運だったな」

あれ以上のひどい目……まぁ、多分私が死ぬまで終わらなかっただろうしね。女官長は私を殺すつもりだったんだろうなぁ。

「あの時、お祖父様に嫌われていないってわかって、二人が護衛騎士としてずっとそばにいてくれるようになって、ここで生きていていいんだってようやく安心できた気がする。……そうだね。記憶が戻って良かったなぁ」

こんなことを二人に言える日がくるなんて。知られるのが怖いって怯えていたのが嘘みたいだ。二人とも私が話すのを笑って聞いてくれる。

「あぁ、もうすぐ王宮に着くな」

「ルリが心配で倒れてないといいけどな」

「それは本当にありそうで嫌だなぁ。ちゃんと休んでてくれるといいけど」

「休んでないだろうな。ダグラスが気にしてくれているとは思うが」

王宮を出る時、私室に残したルリが大泣きしていたのを思い出す。あれから六日。ちゃんと食事や睡眠をとっているのか心配になる。王宮に着いて、とりあえずは私室へと向かった。

旅の間、湯あみをすることはできなかったから汗と埃《ほこり》だらけだ。湯あみをして身支度を整えてから執務室に向かうことを告げる。

「ソフィア様!!」

私室に入るなり、小走りで近づいてきたルリに抱き着かれる。ルリのほうが旅してきたんじゃないかと思うくらい疲れた顔をしている。大丈夫？　と聞く前に、リサとユナにも抱き着かれる。

「ソフィア様！　お食事は取られていたのですか？　お痩せになっていませんか？」

「え？　ちゃんと食べてたよ？」

「どこかお怪我はしていませんか？」

「ううん、大丈夫。元気だよ」

「あぁ、こんなに埃まみれになって……さぁ、湯あみをいたしましょう」

「うん。ありがとう」

三人の勢いに押されながら、湯あみに連れて行かれる。クリスとカイルは私が連れて行かれるのを見送るように手を振っていた。二人も待機室に戻って湯あみをするんだろう。

六日ぶりに湯船につかって、三人に身体を磨かれて……いるうちに意識が遠くなっていく。

「ソフィア様!?」

第七章　もう一人にしない

ココディアとの国境までの旅は思った以上にきつかった。一度も宿に泊まらず、野営すらせず、わずかな休憩だけ取って馬車は走り続けた。いつも使っているような王宮の馬車ではなく、目立たない普通の馬車。舗装されていない道を走り続けると、身体に異常が起きてくる。

それでも、途中で休むわけにはいかなった。一週間後には開戦するとココディアから通達されている。その前に作戦を成功させて王宮に戻らなければいけなかった。

俺もクリスもソフィアに無理をさせたくはなかった。だけど今回に限っては止めても無駄だとあきらめていた。ソフィアにしかできないことがある。そして、そのことをソフィア自身がよくわかっていた。

俺たちにできるのは馬車の中でソフィアを抱きかかえ、少しでも休ませることだけだった。走り続ける馬車の中で寝ても、身体は休まるものではない。俺たちが交代で抱き上げることでできる限りソフィアの身体への負担を減らそうとしていた。

四つの塔をまわって無事に結界を張り、王宮に戻って来て、俺とクリスは護衛待機室に戻った。ソフィアが湯あみに行っているのと同じで、俺たちも湯あみが必要だったからだ。汗と埃まみれだし、草むらを何度も行き来していたせいで、あちこちに草の汁がついてしまっている。

交代でクリスと湯あみをして身支度を整えていると、ルリが血相を変えて護衛待機室に飛び込んできた。

「大変です！」

「ルリか、どうした？」

「ソフィア様が湯あみの最中に意識がなくなって、熱があるみたいなんです！」

「……っ！」

意識が無くなった？　さっきまであんなに元気だったのに。やっぱり無茶していたのか……？

「すぐに診るよ。姫さんはどこに？」

「寝室に寝かせました」

「わかった、行こう」

クリスの後を追うようにソフィアの寝室に向かう。部屋に入ると、寝かされているソフィアの周りにリサとユナがついていた。

「診るから」

「わかりました」

ここからはソフィアの担当医師としてクリスの仕事だ。リサとユナは必要な物があればお呼びくださいと言って部屋から下がった。

「ソフィアは大丈夫なのか？」

「旅の間、ずっと無理してたんだ。身体の不調を魔力で補っていたんだろう。おそらく王宮に着いて、安心したせいで無理するのをやめたんだな」

「あれは俺たちでもきつかったからな。よく耐えたと思うよ」

「とりあえず寝かせて、起きたら薬湯を飲ませよう。一番必要なのは休養だ」

「そうか」

熱が高いのか、寝ているはずのソフィアの息が苦しそうに見える。額の上に手を置いたら、少しだけ表情がやわらいだ。

「姫さんはずっと一人で無理することに慣れすぎている。俺は虐待されて育ったせいなんだと思っていたよ。人見知りするのも、頼らない癖も。それだけじゃなかったんだな」

「そうだな。五十年……ずっと一人でいたらそうなるだろう」

俺もクリスと同じように考えていた。ソフィアがあまり人に頼らないのは九歳まで虐待されていたからだろうと。両親に放置されて、あんなふうに虐げられていたら無理もないと思っていた。それが、五十年も塔の中で一人だったとは。

「なぁ、カイル」

「なんだ？」

「姫さんが閨に関しての知識が欠落している理由がわかったよ。魔女だった頃、そういった知識は与えられなかっただろう。生殖機能がないんだ。周りが教えるわけがない。むしろ、徹底的に知らせないようにされていたはずだ」

「……子を産めないのなら、閨の知識はいらない、か」

「戦場に連れて行けるのは魔女だけっていう意味も。姫さんは気がついていないようだったがな。令嬢が戦場にいたら襲われることもありうる。魔女が子どもの身体なら被害に遭いにくいということもあるんだろう」

「戦場じゃきれいごとは言えないか。確かにそういうこともあるんだろうな」

その頃の魔女の扱われ方がなんとなくわかる気がする。子どもの身体のほうが連れて歩きやすい。食料も少なく済むし、軽いほうが運びやすい。魔女になれば優先して食べられるだけましだったというのも本当なんだろうが。

……だから、ソフィアはこの国を守ると言うのかもしれない。戦争が起きたら、国が傾いたら、どうなるか知っているから。

「しかしまぁ、カイルが苦労するな」

「ん？」

「姫さん、きっと無意識に閨に関することをさけている。魔女だった時の名残なのかもしれないが。……初夜は苦労することになるだろうな」

「はぁ？？　急に何を言って」

「いや、だって、結婚するまでもう半年もないんだぞ？　ちょっとはそういうことも考えておけよ」

「……考えって」

「カイルだって、知識はあっても経験ないんだろ。大丈夫なのか心配になるよ」

「……」

「まぁ、それはおいおい考えればいいか。薬湯を作ってくるよ。姫さんの様子を見ていてくれ」

「……わかった」

俺がため息をついたのを見て、クリスはにやっと笑って出て行った。ただの嫌がらせで言っているわけじゃないんだろうが、面白がっているのは間違いない。

熱が上がり続けているのか、真っ赤な顔したソフィアの髪をなでる。嫌な夢でも見ているのか、うなされて苦しそうにしている。

クリスが治癒をかけているソフィアに俺が何かすることはできない。魔力を流さないように、そっとなで続けているとソフィアの目が薄く開いた。

目が覚めたのかと思ったが、焦点が合っていない。俺のことが見えていない。というか、目が覚めていないように見える。ソフィアなのに、ソフィアじゃない。そんな感じがして、少しだけ焦る。もしかして、ソフィアはまだ眠ったままの状態なのか？

「……あぁ、また朝が来たの？　また起きなきゃいけないんだ。もうやだな。どうせ起きても何も変わらないのに」

……どういうことだ。起きても何も変わらないのに？　言葉が少し違う……古語交じり？

「大丈夫か？」

「……え？　誰？　なんでここにいるの？」

「なんでって。ここをどこだと思ってるんだ？」

「えぇ？　どこって、塔に決まってるじゃない。なんで勝手に入ってきてるの？　私が許可しなきゃ誰も入れないんじゃなかったの？」

塔……もしかしてソフィアじゃなくリリアなのか？　見えていないからか、ここが塔の中だと思っているらしい。

ソフィアは転生していると言っていた。それならリリアとしての意識はないのかと思っていたけれど。少し舌っ足らずで古語交じりの話し方……これはソフィアじゃない。意識下でリリアがそのまま存在している？

「ここは王宮だよ。わかる？　王都の王宮だ」

「え？　嘘！　なんで？　ここは塔じゃない？」

「違うよ、塔じゃない。もう君は塔にいなくてよくなったんだ」

「なんでぇ？　もう塔じゃないの？　……どうして？　塔から出てもいいの？」

ああ、リリアなんだ。まだ彼女はあの塔の中に閉じ込められている。熱でうかされているんだろうが、ソフィアの意識下にリリアがいるのは間違いない。……どうやったらリリアを助けられるんだろうか。転生しても、まだ。ずっとずっと、一人で閉じ込められたままなのか？

「大丈夫だよ。ここは王宮だ。もうあの塔にいなくてもいいんだ。この国は平和になったんだよ」

「そっかぁ。よかった。もう、私は必要ないくらい平和になったんだね？」

明るく無邪気にそういう言葉に胸をえぐられる。そうじゃない、そうじゃないんだ。平和になったら必要ないなんて、誰も思っていない。戦争時の魔女としてだけ必要とされていたのはわかっているけど。俺だけはそんなことを言わない。言わせたくないんだ。どう言ったら、この気持ちが伝わるんだろうか。

「……この国が平和になったとしても、リリアは必要なんだよ？　大丈夫、もう一人にはしない。俺がいるよ。リリア、君のそばに行ってあげられなくてごめん。でも、もう泣かなくていい。これからは俺が隣に居続けるから」

「本当に？　……うれしい。もうひとりじゃなくて……いいんだぁ」

また目を閉じたソフィアから涙がぽろりとこぼれた。伝わったかな……意識下にいる独りぼっちだったリリアにも。もう一人になることはないよって。俺が、俺たちがずっとそばにいる。離れてほしいって言われても絶対に離れない。

アーレンス辺境伯領で結界の乙女の本を最初に読んだ時、俺はどうしてその時代に生まれなかったんだろうと思った。

商人が書いたというその本は、小さな魔女リリアのことが残されていた。どんな生まれで、どんな生き方をした人なのか。考え方、よく言っていた言葉、リリアが作り出した魔術。五十年も結界を維持できた小さな魔女の偉業を讃《たた》えていた。

だけど、その本は別冊がついていて。本編を書いた商人の奥さんが書いた別冊は、まるで違うものだった。

奥さんが抱きかかえられるくらい小さな魔女は、初めて飲んだお茶の美味しさに無邪気に笑っていた。一度だけ蜂蜜が手に入った時、初めて甘いものを口にした魔女は、びっくりして口に手を当てて。

「おいしすぎて、叫んじゃうかと思った！」

この国の平和を作り出した魔女は、甘いものを知らなかった。驚かそうと何も言わずに蜂蜜を入れた奥さんは、それを見て心から喜んだと。

貴族が砂糖を独占しているせいで、蜂蜜も貴重なものだった。リリアがこの国を守ってくれているから、平和になったからこそ、砂糖や蜂蜜が手に入るようになったというのに。どうしてリリアにその見返りがないのだろうと。蜂蜜は奥様がこっそりと手に入れてリリアに飲ませたものだった。

戦争を終わらせた魔女は功績をたたえられることもなく、公表されることもなく、その存在すらいないものとされた。

人を魔石代わりにして、戦争で犠牲にして、閉じ込めて結界を張らせた。だから、ユーギニスの歴史に魔女のことは一切載っていない。恥だからだ。

小さな少女を利用して、死ぬまで使い尽くして、見返りもない。豊かな国になればなるほど、隠さなければいけない恥だった。だからこそ、商人はこっそりと本を書き、他国に流した。……リリアが亡くなったら、もうユーギニスから出て行く覚悟で。

それを最後まで読んで悔しかった。小さな、成人もしていない魔女が塔に閉じ込められていた。俺は、何もできない。助けようと思っても、もう二百年も前の世界だ。

俺自身が部屋に閉じ込められていたせいで、リリアを仲間のように感じていた。助け出すことはできないけれど、俺なら一緒に閉じ込められてあげるのにと。どうしてその時代に生まれ、リリアのそばにいけなかったんだろうって。

これが初恋だったのかもしれない。何度も何度も同じ本を繰り返し読んで、手放せなかった。……ソフィアには言ってないが、アーレンス領から買い付けた本の中にはない。俺が学園に来る時に持ち出しているから。

本を読んでいた時はリリアがかわいそうなお姫様に思えた。結界を維持しながらも魔術の研究を続けた、たくましい姫だけど。それでも一人はいやだろうなぁって思っていたんだ。

目の前に今、同じようにかわいそうだったお姫様がいる。虐げられてもくじけない。たくましい姫だけど、やっぱり俺は守りたい。

「リリアには間に合わなかった。だけど、ソフィアには出会えた。……これからは、ずっと一人にはしない」

眠ってしまったソフィアの額に口づけたら、へにゃりと笑った。いつものようにうれしそうなソフィアの笑顔に少しホッとする。……俺たちが思うよりも、ずっとソフィアの心の闇は深い。いつか。そのすべてを癒《いや》せる時が来るのだろうか。

第八章 三人でいよう

目が覚めたら、身体が重かった。いつものように私室の寝台で寝ていたようだけど、両脇にはクリスとカイルも寝ている。……ん？　どういう状況？　あぁ、王宮に帰ってきたんだ。え？　今、いつ？　どのくらい寝ていたんだろう。少しでも早く周辺国に連絡しなきゃいけないのに！

すぐに起き上がろうとしたけれど、力が抜けてまた寝台に倒れこむ。ううう……身体のあちこちが痛い。どうして？

「姫さん？　起きたのか。ちょっと待って、動かないでそのまま寝てて」

「クリスぅ。身体中が痛くて動けないの。なんで？」

「あれだけ無茶苦茶な旅だったんだ。そりゃ身体に影響が出て当然だ。王宮に着くまでは魔力で補っていたんだろうけど、湯あみして気が抜けて、そのまま倒れたんだ」

「あぁ、そっか。そういえば湯あみしてた」

旅の間は湯あみできなかったから、王宮に戻って来てまず湯あみに連れて行かれて。三人に洗われていたのは覚えているけれど……その後の記憶がないな。湯あみの最中に倒れたのか。みんな心配してるだろうな。今は倒れている場合じゃないのに。

「ほら。薬湯を用意しておいた。ゆっくり飲んで」

クリスが私を抱き起して薬湯を飲ませてくれる。苦いけど冷たくて気持ちいい。もしかして熱があるのかな。

「どうしよう。時間ないのに」

「いや、それは大丈夫。まだ期限内。姫さんが倒れてから半日もたってない」

「でも、周辺国にも事情を説明しないと」

「それについては義父上《ちちうえ》が連絡してくれていたらしい」

「え？　フリッツ叔父様が？」

「外交官として他国をまわっていただろう？　ココディア以外の周辺国に事情を説明する手紙を送ってくれたらしい。今は離宮に戻ってしまったけれど、姫さんが落ち着いたらまた王宮に来て話すって言ってた」

「そうなんだ、叔父様が。それなら大丈夫だね」

ココディアへ人質として送られていたフリッツ叔父様だが、同じように人質扱いだったお母様がココディアに帰ったことにより自由に動けるようになった。

それ以来、ココディアで出会った他国の大使たちとのつながりをもとに、周辺国をまわって外交してくれていた。戦争になってココディアから魔石を買えなくなってしまっても、他国から魔石を輸入できるようにするためである。

外交官として他国に信頼があるフリッツ叔父様の説明であれば、他国がココディアの言い分だけを信用することはないだろう。急いでやろうとしていたことがもうすでに終わっていると聞いて、ほっとして身体の力が抜ける。

「だから、とりあえずはゆっくり休め。明日の朝まで起きて動くのは禁止な？」

「明日の朝？　今は？」

「今は夜になったばかりだ。カイルはさっきまで休憩もとらずに姫さんの看病してたんだが、一緒に倒れられても困るからな。無理やり眠らせた」

「そうなんだ……看病してくれてたんだ」

寝ているカイルの顔が疲れているように見えて申し訳ないと思いながら、こうしてクリスとカイルがそばにいてくれるのがうれしい。

「なぁ、姫さん。さっきカイルから聞いたんだが、倒れている間、夢でうなされていなかったか？」

「え？　夢で？」

確かに夢を見ていた気がする。うなされていたのなら、また塔の夢だったのかな。今日のがどんな夢だったのか覚えていないけれど、最後はとてもいいことがあった気がする。

「もしかして、今まで何度もうなされていたのって、塔の中にいる夢を見ているのか？」

「今まで何度もうなされていた？」

「ああ。監視していた時から何度もだ。俺はずっと虐待されていた時のことでうなされているんだと思ってた。夜にうなされている時もあれば、朝寝ぼけながら泣いてた時もある。姫さんにはその時の記憶がないみたいだったから黙ってたんだ。だけど、塔の話を聞いてから、もしかしてって」

「あぁ、うん。確かに夢の中で塔にいることはあるね。うなされているとは思わなかったけれど」

「そうか」

飲み終わった薬湯の器を取り上げられ、そのまま抱きかかえられる。私の熱が高いからか、クリスの身体が少し冷たく感じる。

「姫さんが寝ている時、たまに起きて人の気配を探しているとは思ってた。俺やカイルがいるのがわかると、笑ってまた寝るんだけど。安心するんだと思ってたけど、意味が違ったな。一人じゃないことを確認して安心してたんだ」

「それは……うん。人がいるってわかって、ここは塔じゃないって。もう一人じゃないんだって安心してたと思う」

記憶が戻ったばかりの頃は、自分がどこにいるのか確認する癖がついていた。もう塔じゃない。もう一人じゃない。天井裏にいるクリスやカイルを確認することで、ようやくソフィアだと安心できた。どうしてあの頃の記憶が全部残っているのだろうか。リリアだったことを忘れてしまっていたら、そんな夢を見なくて済むのに。

「これからはずっと俺とカイルがいる。王宮に帰って来てからも、一緒に寝て、うなされたら起こす」

「うなされてたら起こしてくれるの？」

「ああ。俺は一秒だって、姫さんをあんな塔に一人でいさせたくない」

「あんな塔にって……」

「姫さんがいた場所もあの塔と同じようなものなんだろう？　あんな場所に五十年も一人でいて平

気なわけがない。姫さんだって、古式魔術の話はうれしそうにするけれど、あの場所でどんな風に暮らしていたのかは一言も話さなかった。思い出したくないからだろう？」

「クリス……」

言われてみたら、あの塔にいた時のことをまったく話していない。クリスもカイルも、それが当たり前のようにしていたけれど、私が無意識でさけているのをわかってて、聞かなかったんだと知った。

「カイルはさっきまで考え込んでいたよ。姫さんの夢に入る魔術はないかって」

「え？」

「あとは夢を共有する魔術だったかな。真剣に悩みこんでた」

「ええ？　そんなこと考えてたの？」

夢というか、人の意識の中に入るような魔術は知らない。その人の思想というか、考えに干渉するような魔術は作り出されていない。それを新しく作るというのはかなり難しいと思う。

「まぁ、難しいのはわかっているだろうけどな。それだけカイルも姫さんをあの塔に戻らせたくないってことなんだろう」

「戻るって、夢でしょ？」

「夢だけど、実際に暮らしていた記憶だろう。それはつらいことをもう一度経験していることにならないか？」

「……」

うなされているってことは、そうなのかもしれない。二人に心配させて申し訳ないとは思うけど、自分でもどうにもならない。

「あぁ、責めているんじゃない。俺たちが情けないって思っているだけなんだ」

「二人とも情けなくなんかないよ？」

「情けないよ。姫さんが苦しんでいる時に見ているだけは嫌なんだ。なぁ。もう苦しい時は苦しいって言っていいんだぞ？　魔女だったことはわかったし、隠し事はもうないんだろう？　もう我慢しなくていいんだ」

「我慢しなくていい……？　わたし、我慢……してた？」

「してた」

はっきり言われてしまったけれど、何を我慢してたんだろう。でも、クリスが断言するならそうなんだと思う。今もぎゅうっと抱き寄せられ、こんなにも甘えさせてもらっているのに、何を我慢していたというんだろうか。

「もし、本当に万が一のことがあって、また姫さんが塔に入ることになったとしたら」

また塔に入ると言われ、思わず身体がビクッとしてしまう。あの塔に入ることを考えたら震えてくる。……そうか。まだ怖いんだ。

何もないことが、何も音がしないことが、私をじわりと傷つけていく。自分の息の音だけが響くような空間が……ずっと終わりなく続く。あの塔に戻りたくない。

「あぁ、悪い。怖がらなくていい。例えでも言うべきじゃなかったな」

「……大丈夫」

大丈夫、今は塔の中じゃない。クリスの声が聞こえる。抱きしめられている腕から体温も伝わる。一人じゃない……一人じゃない。繰り返し自分に言い聞かせる。

「ほら、我慢するな。嫌なことを思い出した、つらい気持ちになった、そう言っていいんだ。ただわかってほしかったのは、もう姫さんを一人にすることはないってことだ。もし塔に入ることになったとしても、今度は一人にしない」

「え？」

「俺とカイルも一緒に入る」

「ええ？」

クリスとカイルも一緒に塔に入るって、あの塔に三人で？　何を言ってるのかとクリスを見たら、いつも以上に真面目な顔をしている。冗談で言ってるんじゃないんだ。

「約束しただろう。ずっとそばにいるって。何があってもだ」

「本当に？　塔ってせまいんだよ？」

「三人でいたらもっとせまいだろうな」

「何もすることがないんだよ？」

「魔術の研究をすればいいだろ？　三人ですれば面白いと思うぞ？」

「……くるしくて、さみしくて、痛いんだよ？」

「それは、俺とカイルがいてもか？」

三人だったら。あの塔での生活が三人だったなら。きっと何もつらくなかった。何があっても、乗り越えられたと思う……。

「本当に、三人で？」

「ああ。本当だ。だから、もう安心していい。もう一人にはしない」

「…………うん」

きっと、何度でもあの塔の夢を見る。簡単に言葉だけで忘れられるようなものではない。だけど……過去は変えられなくても、この先は変われる。

「もう寝よう。何かあれば起こしていい」

「うん」

手をつないだまま横になったら、反対側からカイルに手をつながれる。カイルも目を覚ましたのかと思って見たら、ぐっすり眠っているようだ。眠ったまま私に手を伸ばしてきたらしい。少しだけ私より高い体温が伝わってくる。

そのうち両脇から規則正しい寝息が聞こえてきて、その音に合わせて呼吸をしていたら、私もいつのまにか眠っていた。

目が覚めたら、ココディアとの開戦期限最終日、七日目の朝だった。

ココディアから言われていた期限まであと少し、謁見室に集まったのは昼近くになっていた。もうすでに周辺国に連絡がしてあるからそれほど急ぐことは無い。ココディアとの国境に結界の長い壁ができ、報告を聞いたあちら側は今ごろ慌てているだろうけど。

玉座に座り、みんなを見渡す。今日はフリッツ叔父様とも話をしたくて呼んである。

「みんな、留守を守ってくれてありがとう。無事に戻ってこれたわ。留守の間のことを報告してもらえる？」

「おかえりなさいませ、ソフィア様。わたくしから説明いたします」

手紙の束を持ったデイビットが前に出てくる。私がいないうちにまた何か手紙が届いたのだろうか。

「ソフィア様が国境に向かった次の日、またココディアから手紙が届きました。手紙の内容を簡単に申し上げますと、イディア元王太子妃と元バルテン公爵夫妻の証言です」

「お母様と元公爵夫妻の証言？」

「ええ。元公爵夫妻のはココディア側の言い分は間違っていない、女王にふさわしいと言われていたのはイライザ嬢だと証言するものです。イディア元王太子妃は元公爵夫妻の証言について、私の知る限りその通りだと」

「あぁ、なるほど。ココディア側の言い分だけと信憑性《しんぴょうせい》がないから、ユーギニスからの大使夫妻と元妃の証言を各国に送ったと。……なるほどね」

私にしてやられる形で大使となった元公爵夫妻は喜んでココディア側についただろう。まぁ、開戦してしまえば命の保証はない。ココディア側についたほうがいいと判断してもおかしくはない。でも、そんな場合でも自国を裏切ってはいけないからこそ高給だったのだけど。

「対応はどういたしますか？」

「そうね。まずは元公爵夫妻の大使は罷免。ユーギニスの貴族籍からの除籍。あとは、国外追放ってところでいいかしら」

これに対してデイビットやクリス、カイルとダグラスもうなずく。みんなの判断も同じようだ。もともと開戦時には切り捨てるつもりで大使に任命している。何かあった時には罷免するつもりでいた。

「お母様の証言に関しては、どうにもできないわね。もうユーギニスの妃ではないし、逃げ方を知っているもの」

「逃げ方、ですか？」

「私の知る限りその通りだ、とあるでしょう。それが本当だとは言っていないの。お母様にはほとんど情報がいかない状況だったみたいだし。ハズレ姫とイライザ姫の噂しか知らないのであれば、嘘じゃないもの。このくらいの証言だと非難することすらできないわ」

さすが元公爵家の令嬢で王太子妃だったというべきか。自分の不利になるような発言はしない。

「ですが、このまま放っておくわけにも……」

「そうなのよね。元王太子妃の肩書で発言されると厄介なの。どうしたらいいかなぁ」

一度は王太子妃だった人だ。他国から見たら信用されるだろう。実際には王太子妃としての仕事は一切していなかったのだとしても。

「ソフィア様、よろしいですか？」

「ん？　どうかした？」

静かな声で発言の許可を求められたと思ったら、執務室長のパトリスだった。今はデイビットに仕事を教えるためだけに王宮に残ってくれている。こんな時に発言するとは思っていなかったが、どうしたのだろう。

「イディア妃は離縁してココディアに帰る際に署名をしています。ユーギニスで見聞きしたことを話した時には処罰を受けると。たとえそれが真実であろうと嘘であろうと、一切話してはいけないことになっています」

「え？　そうなの？」

「前回、ハイネス第三王子の時に、陛下は悩んでおいででした。イディア妃を処罰することもできるが、そうすると即開戦になってしまうかもしれない。まだ開戦する準備ができていないと」

「そっか。ハイネス王子の時もきっかけはお母様の発言だったものね。あの時にすでに処罰対象だったんだ。わかりました。では、イディア元王太子妃にも除籍処分を」

「王族戸籍から抜く、ということでよろしいでしょうか？　イディア妃が王太子妃だったこと自体が無くなりますが」

「仕方ないわ。戦争に関わるような発言をするのは二度目だから。これ以上余計なことをされても困るの。お父様に妃はいなかった。それでいいわ」

「わかりました」

お父様に妃はいなかった。そうなると私は？　となるのだけど、その辺は後からどうとでもするだろう。そもそもお父様の籍も残っているのかあやしいと思っている。私のことはお祖父様の養女とかになっているかもしれない。

「さて、ココディアにはしっかりと通達しなきゃね」

「何と通達いたしますか？」

「我が国はこれよりココディアとの同盟を破棄し、国境を封鎖する。国交は断絶し、人、物、の行き来を禁じる」

これで、ココディアとは実質開戦したことになる。同盟を破棄し、国交を断絶したことにより物流は止まる。

手紙はどの国も王宮に転移装置が置いてあるため送りあうことはできるが、許可しない国からは届かないようにもできる。ココディアからの手紙だけ届かないようにすることだってできるのだが。それをしたら完全に断絶してしまうため、今のところする予定はないけれど。

「国内に取り残されているココディアの商人たちはどうしますか？　おそらく偵察に来ていた騎士もいると思いますが」

「それらは国境騎士団で保護して、まとめて海路で送り返して」

「海路ってことは、ルジャイル経由でいいのかな？」

「ええ。フリッツ叔父様にはルジャイルへ連絡をお願いします」

今日謁見室にフリッツ叔父様も呼んだのはこのためだ。ルジャイル国はココディアを挟んだ向こう側の国で、我が国とは接していない。だが、フリッツ叔父様の外交により、海路で商品をやり取りしている。ココディアから魔石が輸入できなくなることを見越して、一昨年からルジャイルとの貿易を増やし始めたところだった。

今はルジャイルから魔石を輸入し、我が国からは穀物を輸出している。今後は人も行き来し、交流が活発化することになるだろう。

「わかった。ルジャイルへのお願いと、周辺国とのやり取りは任せてくれ。私にはこれくらいしかできないからね」

「いいえ、大事な役割です。叔父様がいてくださって助かりました。これでココディアと断絶しても何も問題なくなります」

「そうか」

にこにこと笑っている叔父様だが、周辺国との外交はこれくらいなど簡単に言えるものではない。ルジャイルをはじめ、いくつかの周辺国と連絡が取れているのも、すべて叔父様たちが人質となっている間も外交してくれた結果だ。

他国が味方につかないとわかればココディアは慌てるだろう。おそらく他国から穀物を輸入しようとしても高値で売りつけられる。その時、慌ててユーギニスに謝って来ても遅い。

「きっとココディアは数か月も保《も》たないでしょう。和解を申し込んでくると思うけど、条件なく許す気はないわ。向こうが負けたと謝ってくるまで結界は解除しない」

「負けを認めるかねぇ」

横でぼそりとクリスがつぶやくと、デイビットまでもがうなずく。

「簡単には認めないでしょうね。だからこそ、お祖父様も戦争を終わらせるために仕方なく、お互いに人質を送り合うなんて同盟条件を認めたのでしょうから」

ココディアとの闘い、最後まで戦っていたらユーギニスが勝っただろう。だが、そこまでいくには犠牲が多すぎると思ったお祖父様が、向こうに譲る形で同盟を申し込んだのだ。

「まぁ、どのくらいで謝ってくるか、楽しみだな」

何かココディアに個人的な恨みでもあるのか、クリスが楽しそうに笑う。その隣でカイルは苦笑いしているけど、クリスを止める気はないらしい。

だいたいの方針が決まった後、実務的な話をするために各自解散となる。ユーギニスの貴族や商人にも国境の結界を知らせなければいけない。商人に損が出ないように、ココディアに売るはずだった穀物は国が買い上げて、ルジャイルに船で運ぶことになる。

ココディアから偵察に来ていた騎士たちも保護して送り返さなければいけない。もちろん、そのために結界は解除しないので、海路でルジャイルに送り、そこから陸路でココディアに戻ることになる。ルジャイルに行ける大きな船は限られているが、彼らを優先する気は無い。早くてもココディアに戻るまで二か月はかかる。今持っているユーギニスの情報は古くて使えないものになるだろう。

私は謁見室でおおまかな指示をした後は私室に戻るように言われる。まだ身体中痛いし、全然疲れが取れていない。医師であるクリスには二週間ほど無理しないようにと言われていた。

私室に戻ってソファに座ると、すぐに靴を脱がされて横にされる。ただ座っているだけでも駄目らしい。クリスの肩にもたれ、カイルのひざの上に足を乗せる形で休まされる。

それにしても。

「ねぇ、クリス。なんでそんなにうれしそうなの？」

「ああ。だってさ、あいつら大使として扱われていたからココディアでも貴族としての生活ができていたわけだろう？　ユーギニスの貴族でも無くなって、国外追放ってなったら、誰が生活の面倒見てくれるんだろうなぁ？」

ああ、両親が国外追放になって喜んでいたのか。これで本当に二人と縁が切れるのは間違いない。

「これからはまともな生活できないでしょうね。ココディアは証言させただけで、その後まで面倒見る気はなかったでしょうし。だからそんなにうれしそうなの？」

「あいつらだけじゃない。イディア元王太子妃も、元王太子妃という肩書がなくなったら、どういう顔するんだろうなぁって思ってな」

「お母様が？」

「姫さんの母親かもしれないが、俺は認めたくないね」

「これに関しては俺も同じ意見だ。あんな目に遭っていたソフィアを見て見ぬふりしていたような、そんな女は認めたくないな」

「そっか。まぁ、そう言われたらひどい母親だもんね」

クリスの両親と私の母親。今回の件でどっちもこの国の戸籍から除名される。存在すらなかったことになる。それをこんな風に楽しむなんて……。いいのかも、それで。

「ざまぁみろ、だろう？」

「ソフィアもざまぁみろって言っていいんだぞ」

「ふふふ。そうだね。ざまぁみろ、だね！」

一度も私を見なかったお母様。ざまぁみろ！　私は絶対に負けたりしない。お母様は悔しがって悔しがって、私を産んだことを後悔すればいい。そうしたら、何の心置きなく恨むことができそうな気がした。

第九章　ココディアの異変

王太子の執務室を訪ねてきたのはサマラス公爵家のエドモンだった。王宮に来るのはめずらしい、どころか、最近はサマラス公爵を嫌がって領地にいるはずなのに。

「仕事の邪魔をして申し訳ありません」

「いや、大丈夫だが。どうかしたのか？　エドモンが俺を訪ねてくるなんて初めてだろう。よほどのことが起きたのではないのか？」

母方の従兄弟《いとこ》であり、王妃である母上にとっては甥《おい》でもある。当然、幼い頃は一緒に遊ぶこともあったのだが、俺とダニエルの王子教育が始まると疎遠になってしまった。サマラス公爵は息子を俺の側近にするつもりだったのだろうが、エドモンがそれを嫌がったのだ。

エドモンが側近にふさわしくないというわけではない。むしろ、俺やダニエルよりも優秀で、ぜひ側近になってほしいと今でも思っている。エドモンが嫌がったのは、この国が腐っているのに気づいてしまったために父親の言いなりになるのを拒否したのだ。

そのためサマラス公爵に会わないように、公爵領で領主の仕事をしていると聞いていたのだが。

「実は、領地に行った後も王都の屋敷を管理していまして、二か月に一度は様子を見に来ていたのです。叔母に任せたら大変なことになってしまうと、使用人たちに泣きつかれて」

「あぁ、イディア妃か。元王太子妃だからな。好きに使わせていたら金が保《も》たないだろう」

「そうです。それで、二日前に王都に来たのですが、父上たちが何かこそこそしているのが気になって調べました。ハイネス王子、王都に戻って来ていますよ」

「はぁ？」

「王宮に一番近い離宮に戻って来ています」

「嘘だろう。一番遠くにある王領の別邸で謹慎させているはずだぞ！」

姉にそそのかされてユーギニスまで留学しに行ったはいいが、王女には気に入ってもらえず、公爵令嬢に騙されて王位の簒奪を目論《もくろ》んだ罪で強制送還されたハイネス。少しは懲りたかと思えば、公爵令嬢のせいだとふてくされるだけ。姉のマリアンヌも王女をたぶらかせとは言ったが、公爵令嬢に手を出せとは言っていないとハイネスのせいにして反省する気はなかった。

さすがに同盟国から罪に問われて処罰しないわけにはいかず、王族から外して幽閉するという処罰になったのだが。ハイネスに甘い母上が遠くの別邸に送るだけにしたのは頭が痛かった。

それなのに、しれっと王都に戻っているだと!?

「どうやら、王妃が許すとおっしゃったようですよ」

「母上か……本当に頭が痛いな」

「それだけなら頭が痛いで済んだのですが」

エドモンの本題はこれではなかったようだ。細い切れ長の目をもっと細めるようにして、眉をひそめた。母上ともイディア妃とも違う顔立ちのエドモンは亡くなった叔母上にそっくりだった。

公爵夫人だった叔母上は芯の強い女性で、権力に媚《こ》びて微笑むようなことはなかったが、それが心地よかった。当然、母上や夫であるサマラス公爵とは性格が合わなかったようだけど、政略結婚なんてものはそんなものだろう。

「あの公爵令嬢が産んだ子どもを、父上と王妃たちが連れ出したようです。何に利用するつもりなのかわからないが連れて行った、とハイネス王子が」

「ハイネスから直接聞いたのか？」

「離宮に何があるのかと怪しんで行ってみたら、ハイネス王子が侍従と共に中庭で日向《ひなた》ぼっこしてましたよ……」

「日向ぼっこ……」

「暇すぎてすることがないそうで。そのせいか、私が質問したことには全部答えてくれましたが」

「はぁぁぁ。その話を詳しく聞かせてもらおうか」

エドモンはハイネスから聞き出したことを話し終えると、すぐに帰って行った。王宮や王都にいると、いつサマラス公爵に会うかわからないからだろう。そこまで避けたいのにもかかわらず、俺に話しに来たということは、エドモンとしてはこれを放置するとまずいと思っているということだ。

「ダニエル、父上のところへ行こう」

「わかりました。ですが、話しても対応してもらえるでしょうか？」

「してもらわねばならん。いい加減、母上とサマラス公爵をなんとかしなくては」

ちょうどいい機会かもしれない。気の弱い父上はずっと母上の言いなりになっている。母上のというよりは、サマラス公爵家の言いなりに近い。大事なことは母上とサマラス公爵、イディア妃が話し合って決めてしまう。父上は国王なのにもかかわらず、意見を言うことができない。この力関係をどうにかしないことにはココディアはサマラス公爵家に食い荒らされてしまうだけだ。

謁見室に向かって歩いていくと、母上とサマラス公爵が満面の笑みで話しながらこちらへ向かってくるのが見えた。

遅かったか。あの顔はもうすでに何か父上に承諾させた後だろう。ため息をついて、すれ違おうとしたら母上に声をかけられた。

「あら、レイモン。何も言わずに通り過ぎる気なの？」

「そちらこそ、王太子が見えているのに避けもしないので、いないものとして扱ってほしいのだと思いましたよ」

「おい。母親に向かって、その態度はどうなんだ？」

「母親であっても、公爵家のもの。王族として生まれた俺のほうが身分は上です。サマラス公爵はそんな簡単なことも知らないと？」

この国では王族で生まれたことは神であると同じ意味を持つ。サマラス公爵家に降嫁した王女がいようと、王族として生まれた者以上に高貴な存在はない。俺自身がそんなのはどうでもいいと思っていたとしても、国の成り立ちから考えれば当然のことだ。

さすがに王家の血を否定することは自分たちの地位も否定することになると思ったのか、母上と公爵はその言葉に反論しなかった。いや、できなかったのか。二人は悔しそうな顔をしたが、すぐに皮肉で返してくる。

「まったく、母親の手で育てていないと、愛情不足になるのかしら。マリアンヌとハイネスはあんなに素直で良い子に育ったというのに」

「本当だなぁ。せっかくの高貴な血も育て方が悪いのではなぁ」

「そのハイネスが王都に戻って来ていると聞きましたが？」

「あら、何のことかしら。ふふ」

「さぁ、姉上。行きましょうか。イディアが待っていますよ」

「ええ、そうね」

ハイネスのことにふれられるのは困るのか、呆れるほど早く去っていく。今度から話したくない時はハイネスのことでも聞いてみるか。

「王妃様たちは相変わらずですね」

「俺もお前と同じように側妃から生まれたかったよ」

「……そうでしょうねとは言ってはいけないんでしょうけど」

ココディアの王子は母親の影響を受けないように、第一王子と第二王子は選ばれた女官たちの手で育てられる。女官を選んだのは前国王と前王妃。そのため、王妃やサマラス公爵とは関わらないようにして育ってきた。母上が可愛げがないというのもわかるが、俺としてはマリアンヌやハイネスのように愚かに育てられなくて済んでほっとしている。

正直言ってマリアンヌとハイネスには何の感情もない。一緒に育ったダニエルだけが兄弟だと思っている。ダニエルも同じようで、年の離れた妹王女がいるのだが、話す話題にも困ると嘆いていた。

謁見室の中に入ると、人払いをしていたのか父上が一人でぐったりしていた。寝ているわけでもないのに、テーブルの上に突っ伏しているようだ。

「父上、サマラス公爵が来ていたようですが、何が？」

「レイモンとダニエルか。……これを見てくれ」

見せられたのは一通の書簡だった。同盟国であるユーギニス国への書簡のようだが。渡されたものを読んでみて、俺とダニエルは顔を見合せた。これは本気なのか？

「ユーギニスの王政は国王ただ一人で行われている。形だけの王太子だった第一王子に代わって、王宮を取り仕切っていたのはエドガー第三王子だった。だが、これを排除しようとした勢力の罠にはまり、エドガー王子は王位継承権を不当に奪われることになった。形だけの王太子や、国外に居続けた第二王子とは違い、実際に王宮で役目を果たしていたのは第三王子だったにもかかわらず、公爵となり国の外れに幽閉されている。形だけの王太子の後はエドガー王子の娘イライザが継ぐことになっていたが、この話もなかったことにされてしまった。結果、王宮に残るのは女王になるにはふさわしくないソフィア王女と、国王になるには消極的なエディ王子。現国王が倒れ、王政を続けるのが難しい以上、正しいものに王位を明け渡すのが最善だろうって、父上!!」

書簡を読み上げたら、怒りのあまり書簡を破り捨ててしまった。破った後で気がついた。これ、下書き用の物だ……ということは、本物の書簡はまさか！

「これを！　この書簡と同じ文面の物を！　ユーギニスに送ったのですか!?」

「……さっき、文官が持って行った。魔石を使って転送すると言っていたから、もう届いていると……思う」

俺が怒鳴ったせいなのか青ざめて震えている父上に、これ以上怒鳴っても意味はないとわかっているけれど、止められなかった。

「ハイネスが連れてきた公爵令嬢は王家の血をひいていないと知っているではないですか！　なのに、なぜ嘘の証言までさせてユーギニスの王位など望んだのです！」

「……アデールとセドリックが……イディアがかわいそうだと言うんだ」

「かわいそう？　またそんなこと言っているんですか！」

イディア妃がかわいそう。それは母上とサマラス公爵がいつも言っていることだ。そのこと自体を否定する気はない。

イディア妃はユーギニスの第一王子に嫁ぎ、王女を一人産んだ。だが、夫との仲は悪く、他の貴族たちにも受け入れられることはなかった。離宮で半ば幽閉される形で過ごしていたが、数年前に離縁してココディアに帰ってきた。それからはサマラス公爵家を継いだ兄を頼って過ごしている。

サマラス公爵家の第一子で長女だった母上アデールと第二子で長男の公爵セドリックは、末妹のイディア妃がかわいくて仕方がなかった。イディア妃が一番美しく、素直な子で、上二人のいうことを何でも聞く、まるでお人形のような令嬢だったためだ。

うまくいけば両国にサマラス公爵家の血をひく王が誕生するからと、前サマラス公爵へ褒美の形であたえられた婚約だったが、イディア妃が隣国へ嫁ぐことを母上たちは最後まで悲しんでいたとは聞いたことがあるが。

どうにかしてイディア妃とハイネスにされたことの仕返しがしたい。それが、今回の書簡につながっているというのか。馬鹿げている。政略結婚で冷たくされることなんていくらでもあるだろう。自分たちは結婚相手の父上と公爵夫人を蔑ろにして来たくせに、イディア妃だけは大事にされなくてはならないというのか。仕返しのつもりで送った書簡で、ユーギニスとの同盟がなくなるかもしれないとわかっているんだろうか。

「父上。今すぐ、あの書簡は間違いだったと訂正してください！」

「……そんなことをすればアデールが何を言うか……」

「母上なんてどうでもいいです！　このまま戦争を始める気ですか！」

「いや、さすがにユーギニスのほうも開戦する気は無いだろうし、王女が王太子になったと聞いている。もしかしたら、素直に王位を譲ってくれるかもしれないぞ？」

「そんなわけないでしょう！」

「だがなぁ、イディアの娘ならココディアの血をひいているわけだし、ココディアの言う通りにしてくれるかもしれないだろう？」

おそらくそんなことを母上たちに言われて押し切られたのだろう。王女はイディア妃の娘なのだから。ココディア王家の血をひいているのだから、私たちに従うはず。そんなことを言われたのだろうが。

「ココディアの血ね。一度もココディアに来たこともない王女がココディアに愛情を感じるとでも？　イディア妃が育てたわけでもないのに、ですか？」

「育ててはないかもしれないが……」

「ありえませんね。同じように母親の手を離れて王太子として育てられたものとしては、そんな愚かな感情は無いと断言します」

ココディアでも母親の影響を受けないように女官たちの手で育てられるというのに、敵国だったユーギニスでそうしないわけがない。虐げられたとイディア妃は思っているのかもしれないが、ココディアで産んだとしても王太子になる王女なら母親から離されて育てられるのが当然だ。こうしてイディア妃がココディアに帰ってきた以上、それが正しいと言わざるを得ない。

しかも、賢王と呼ばれているユーギニス国王の孫娘で、父親の第一王子に代わって、十六歳という若さで王太子に指名されたソフィア王女だ。王太子となっても大丈夫だと判断されたからこそ、その若さで指名されたのだろうと考えていた。ココディアの血なんて、そんな迷信は知らないだろうな。

「…………開戦したら、どうしたらいい？」

「だから、開戦する前に謝れって言ってるんです！」

何度言っても訂正する書簡を送ろうとしない父上に怒鳴るしかない。ダニエルも横から同じように訴えているのに、なかなか動いてくれない。もう何度も同じことを言っているのに、父上は母上に叱られるのが嫌で、ユーギニスに謝ろうとしないのだ。

だが、開戦するのも怖い。戦うことだけでなく、その責任を取らされるのが怖い。謝罪できないのに、責任を取って開戦するようなことはもっとできない。困るだけ困って、そのうちどうにもならなくて俺たちに丸投げされるのが目に見えていた。

「…………なかったことにしてもらえんかなぁ」

「わかりません……ですが、謝らなかったら、間違いなく開戦しますよ」

ようやく謝ることに決めたらしい国王に、うんざりしながらも便箋を手渡す。一刻も早く謝罪の言葉を書かせてユーギニスに送らせなければならない。

要望を受け入れなければ開戦すると告げたのはちょうど一週間前。母上たちに叱られても開戦するほうが嫌だと決心するのに、一週間もかかってしまった。俺とダニエルが代わる代わる説得を試みて、ようやくだ。ユーギニスからの返事は今日の午後が期限となっている。もうすでに開戦の準備が始められていてもおかしくない。

◇　◇　◇

「大変です！」

父上が謝罪の言葉を書き始めたと思ったら、国王の執務室付き文官が部屋に飛び込んできた。血相を変えて、何かの報告書を手にしている。

「どうした？」

「国境……の……砦からの報告……です……」

息を切らしながらも、その言葉を何とか言うと、報告書を俺に手渡す。国王もいるのに王太子である俺に渡し、それを父上も何も疑問に思わないあたりが、もうすでにこの国は終わっているのかもしれない。

「……結界？　長い壁のような？　どういうことだ？」

「……何度か手紙を送って確認したのですが、同じ答えが返ってくるのです。三日ほど前に国境付近に壁があらわれ、調べたところ結界のようだと」

「結界なら解除すればいいだろう？」

結界は防御にはなるが、解除する方法が無いわけではない。一時的に守ることはできても、長時間保つのは難しいし、解除する魔術を使われたら消えてしまう。

「それが……解除できないと」

「は？」

「新しい魔術なのか、結界の解除が効かないそうです」

「どういうことだ？　結界を作り出したのはユーギニスだろうが、結界を張ることで兵を送られないようにしたということか？」

「おそらくそうだと思います。人一人通れなくなっていると」

「こんな対応されるとは思わなかったな。だが、それほど長い間は保《も》たないだろうし、謝罪したら解除してくれるだろう。父上、一刻も早く謝罪文を書いてください。ほら、早く」

「わ、わかった」

だが、書き終わる前にユーギニス側から書簡が届いた。

「我が国はこれよりココディアとの同盟を破棄し、国境を封鎖する。国交は断絶し、人、物の行き来を禁じる」

もうこの国は終わる時が来たのかもしれない。事の重大さをわかっていない父上は開戦が避けられたのだと勘違いしている。俺とダニエルは封鎖されることの影響を考えて黙り込んでしまった。

第十章

結婚の準備

「おはようございます」

「おはよう。今日も一日よろしくね」

クリスとカイルと一緒に執務室に入ると、デイビットをはじめとした執務室付きの文官たちは机についていて、もうすでに仕事を始めていた。昨日息子の顔を見にエマのところへ行ったダグラスはまだ来ていないらしい。

国王の席に座るとすぐに今日の書簡が届けられる。見慣れた、ココディアからの謝罪の書簡だ。

「あら。今日はもうすでに一通目が届いているのね」

「ええ、あれから四か月ですからね。さすがにココディア側も焦り始めてるのではないでしょうか」

「そうね……もうすぐ麦の収穫の時期になるしね。早く結界を解除して買い付けたいでしょう」

ココディアとの国境に長い結界の壁を作り、同盟を破棄し国境を封鎖しているが、結界を解除する予定は今のところない。自国内で穀物の栽培が難しいココディアとしては、ユーギニスから輸入できなければ死活問題だ。

「ソフィア様は解除される気はないのですよね？」

「だって、ただの謝罪なのよ？　申し訳ありませんでしたって、だからどうするのって話でしょう？　どう責任を取るつもりなのか具体的な話をしてくれないと。謝ったからって許すわけないじゃない。しかも、今まで通り同盟を続けてくれって。向こうから破棄したものを簡単に戻せるとでも思っているのかしら。勝手なこと言って開戦しようとしたのに」

「ですよねぇ。ココディア国王も何を考えているのやら。毎日こうやって謝罪の書簡を送り続けるだけ、ですからねぇ」

「本当よね。これを転移させるだけでも魔石が必要になるのに。って、ユーギニスに輸出できない今なら余りまくってるわね」

ココディアと接している国で魔石が取れないのはユーギニスだけ。だからうちの国が買わなければココディアでは消費しきれなくなる。安値になるのはもちろん、置き場にも困るだろう。

だからこそ、早く前の状況に戻してほしいと懇願されている。

謝罪文が送られてくるのは予想していたし、ココディア側が困るだろうことも予想していた。だけど、簡単に解除するようなことはしない。もう二度とあんなことを考えたりしないように、徹底的に痛い目にあってもらうつもりだ。

「だけどなぁ、ユーギニスの穀物も余らないか？　ココディアに大量に輸出してた分、今年の収穫したものはどうする気だ？」

自分の机で作業していたクリスが問いかけてくる。手にしている書類を見ると、作付けに関するもののようだ。今年の収穫予想を見て心配になったのかもしれない。

「あぁ、それね。大丈夫だと思う。その分もまとめてルジャイル国に送ろうと思ってるから」

「ルジャイルに？　そんなに大量に送るのか？」

ルジャイルも食料不足に悩んでいる国ではあるが、ココディアの分も消費するほど大きな国ではない。どうしてそんなことをするんだとクリスが不思議そうな顔をする。

「ココディアが食料に困って、でも結界を解除されなかったらどうなると思う？」

「……うちの国以外から買い付けるしかないよな」

「その通り。一番近いのはルジャイルでしょう？　だから、ルジャイルにはこう言うつもり。大量に穀物を送るので、ココディアに高値で売りつけてねって」

「は？　……姫さん、えげつないな」

「だって、このままだとココディアは手当たり次第に買い付けるだろうし、ルジャイルの食料が高騰しちゃうでしょう？　それならルジャイル王家からココディアに高値で売りつけてもらおうって。買い付けする国がルジャイルしかないんだから、ココディアは買うしかないし。ココディア国内でどこが一番食料不足で困ることになると思う？」

「人が多い場所？　鉱山のある場所か」

「そう。鉱山を所有しているのは王領とサマラス公爵領。そのどちらも今回の件に関わっている。高値で買わせることで私財を減らせることができるし、もし買わなかったとしたら……労働者の暴動が起きる。どっちにしても痛い目にあうでしょうね」

「ソフィア様……さすがですね。ルジャイル側にしっかりと伝えておきますね！」

「頼んだわ、デイビット」

うれしそうなデイビットとは違って、クリスとカイルは苦笑いしている。良い手だと思うのにな。何が不満なんだろう。

「いや、いいんだけどさ。開戦しないのに敗戦国になるくらいの痛手を負わせそうだな」

「そのつもりだけど？」

「わかった。それなら徹底的にやろう」

「カイルもそっち側か。……まぁ、いいか。ユーギニスの穀物の値段が暴落しても困るからな」

最終的にはクリスも笑いながら納得してくれた。今後もココディアからの謝罪の書簡は届くのだろうけど、謝罪だけで許す気はまったくない。

責任を誰が取るのか、今後ユーギニスとどういう形でやり直すつもりなのか、はっきりと示してくるまで結界は続く。

「とりあえず、この件は置いときまして、ソフィア様、クリス様、カイル様、婚姻式の日取りが決まりましたよ」

「え？　お祖父様は大丈夫なの？」

「はい、レンキン医師の許可が下りました。二週間後には陛下も公務に復帰されます。まぁ、仕事量はかなり減らす予定ですけれど。婚姻式は今日からちょうど一か月後になります」

「わかったわ」

王族の婚姻は国王陛下の前で宣誓し署名する。そのため、お祖父様が元気になるまでは延期するのだと思っていた。レンキン先生の許可が下りたということは、もう安静にしていなくても大丈夫なまで回復したということだ。

クリスとカイルと婚姻するまであと一か月。なんとなくもうすでに王配として仕事をしてもらっているせいで、今さらだと思ってしまうけれど。

正式に夫が二人もできるんだと思うと不思議な感じだ。報告を聞いたクリスはいつも通りだったけれど、カイルは何か考え事があるのか難しい顔をして、あちこちにぶつかっていた。


婚姻式の日取りが決まったことで、その日の午後になってすぐ衣装の打ち合わせのために執務室に衣装室の者たちが来ていた。

衣装室は王族の衣装や文官と女官の制服を作る部署で、ここに勤めているものたちは使用人とは違い職人として扱われる。一部の貴族出身の職人だけが本宮への出入りが許され、他の者たちは別の場所で作業をしている。

「こちらが歴代の王妃様が婚姻式で着ていたドレスの意匠でございます。残念ながら女王様の意匠は資料が残されていないために再現できません。そのため、王妃様の意匠と同じものではいかがでしょうか」

「そう。女王の記録は残されていないでしょうから仕方ないわね。これが王妃のドレスなのね。お母様やお祖母様が着たもの」

渡されたのはドレスを着た女性の絵姿だった。数枚あるようだが、どれも同じドレスに見える。

白を基調としたドレスに細かな刺繍《ししゅう》が青糸でされている。ずいぶんと細部までしっかりと刺繍をするのだと感心していると、刺繍だけ描かれたものがあるらしい。

「刺繍の意匠は決められていますので、部分ごとに書き写してあります。婚姻式の刺繍は魔力をこめてひと針ひと針縫うことと決められていて、できるかぎり多くの職人で短期間に縫い上げることとなっています」

「そうなんだ。そんなことまで決められているんだ……え？」

手にしたのはちょうど胸元にあたる場所の刺繍だったが、これは……。

「どうした？　ソフィア？」

「姫さん？　……人払いをして」

私の異変に気がついたカイルとクリスが人払いをする。執務室にいたものたちが礼をして部屋から出て行った。誰もいなくなったのを確認してから聞き直される。

「どうしたんだ、青い顔して。その意匠に何か問題でもあったか？」

「これ……刺繍の意匠って、古語なの」

「は？」

「模様にまじるように隠して、古語が縫われているの。ここ、見て」

胸元から腰にかけての一文を読み上げる。

「この国の犠牲になり、王のために生き、新しい王を産むためにすべてをささげる」

「……なんだ、それ」

「これ、王妃のドレスだろう？　なんでそんな古語を？」

「ただのドレスじゃないわ。魔術式になってる」

「魔術式って……嘘だろう」

「じゃあ、これ効力があるのか？」

他の王妃の姿絵を見ても同じように書かれている。……今までの王妃、すべてにこんな呪いのような魔術を……。

「さっき説明されたでしょう。ひと針ひと針魔力を込めて縫う、って。できる限り多くの人で縫うのは多くの魔力を必要とするからで、短期間で縫い上げるのは魔力が消える前に魔術式を完成させるためだわ」

「そういえば、前王妃も前側妃も早くに亡くなってる」

「まさか、このせいだっていうのか？」

「全部がこのせいだとは思わないけれど、お祖母様はお父様とフリッツ叔父様を産んでいる。二人とも王族として申し分ないほどの魔力量だわ。もしお祖母様にそれだけの魔力が無かったのだとしたら、足りない分を補うために命を削ったとも考えられる」

「側妃は？」

「エドガー叔父様を産んだ側妃はそれほど身分の高い令嬢じゃなかったと聞くわ。もともと持っている魔力量が少なかった可能性が高いの。……無理やり魔力を引き出されたから、エドガー叔父様を産んですぐ亡くなったのかもしれない」

不思議ではあった。どうして王族だけが魔力が高いのか。そのために王妃は魔力の多い令嬢を選ぶのかと思ったら、そういう条件はないと聞いて驚いていたが、この魔術式を見てようやく謎が解けた。どんな令嬢が王妃になったとしても、これなら王族は魔力を維持できる。王妃の命と引き換えになるけれど……。

「……よし、古語の内容を変えよう」

「え？」

「ソフィアなら古語わかるだろう？　どうせこれは王妃の意匠であって、女王のものじゃない。変えたとしても問題ないだろう」

「いいのかな」

「いいんだよ。女王なのに王のためにっておかしいだろう。それに姫さんを犠牲にするのは認めない」

「俺も認めない。だから、違う文を考えよう」

確かに私が王になるのに、王のためにって違うよね。子どもを産むことも考えていないし……。

「わかった。三人で考えよう？」

「ああ」

「これ、俺たちの騎士服にも刺繡を入れよう。ソフィアと対《つい》になるように」

「いいな、それ」

この国のために犠牲となって生きたのは魔女だけじゃなかった。でも考えてみたら、この国の平民だって戦争で多くの命を失っている。王族だから魔女だからじゃない。もうこれ以上犠牲になる人がいなければいいと強く願う。

第十一章　一人じゃない

手をつないで呼吸を合わせていたら、ゆっくりとソフィアの手の力がぬけた。寝たのかと思ってソフィアの顔をのぞきこんだら、幼い時と同じように少しだけ唇を開けたまま寝ている。警戒心の欠片《かけら》もない無防備な寝顔。俺も寝なくてはいけないのに目がさえて、ソフィアの寝顔を見ていた。

「眠れないのか？」

ソフィアの奥からクリスの声がして、思わず笑ってしまった。

「お前も寝てないじゃないか」

いつものように三人一緒に寝台に横になっているが、いつも先に寝るのはソフィアだ。その後、俺が先かクリスが先かは気にしていない。俺もクリスもソフィアを寝かせることしか考えていないからだ。

「明日はついに婚姻式だろう。姫さんはともかく、カイルは眠れないんじゃないかと思ってな」

「……なんでだよ」

「悩み事があるのなら、聞いてやってもいいんだぞ」

相変わらずの言い方だが、クリス以外に聞かせる相手もいない。このままでは寝れないか……仕方なく、今思っていることをぽつりぽつりと話し出す。

「俺はソフィアを幸せにしたい」

「知ってる」

「ソフィアはこの国を守ることが幸せだって言うだろう？」

「そうだな。姫さんは自分のことでわがままを言うことはない」

「だからこそ、悩むんだ」

暗闇の中、ソフィアの向こうから帰ってくる声は、多分わかっている。きっとクリスも同じように願っているはずだから。

「……多分、俺たちが何をしたとしても、姫さんはそういう意味でのわがままは言わないだろうな。おそらく、どうすることが自分の幸せなのかわかっていない」

「ああ。クリスは覚えているか？　ソフィアが初めて言ったわがまま」

「覚えている。じゃがいものポタージュをもう少し食べたいって言ったんだ。おそるおそる、言ってもいいのかなって顔していた」

俺たちがソフィアの専属護衛騎士としてついたばかりの頃は、まだ一緒に食事をしていなくて、ソフィアと食事をするのは陛下くらいだった。忙しい陛下と食事を共にするのは多くても月に三度ほどで、それ以外の時はソフィア一人で食事をしていた。

食事の好き嫌いを言うことのないソフィアの我慢に気がついたのはクリスだった。陛下と食事をする時だけ食事が進んでいる気がする、もしかしたら一人で食事をしたくないのではないかと。

栄養失調でやせっぽっちだったソフィアの食事量を増やすことは重要課題だった。だからこそ、もう少し一緒に食事をする回数を増やせないかというクリスの訴えに、陛下が出した答えはソフィアを一人にはしないことだった。忙しい陛下との食事の回数を増やすのは難しいため、俺かクリスのどちらかは必ずソフィアと食事を共にするようにと。

俺とクリスはまだ本来は護衛騎士として認められる時期ではなかった。そのため指導を受けなくてはいけないことが多く、二人が一緒にソフィアのそばにいられる時間は少なかった。

陛下の命令により、三食、俺とクリスのどちらかは一緒に食事をすることになって、そのことを告げたらソフィアはへにゃりと笑った。初めて焼き菓子を食べた時と同じ笑顔。心の底からうれしくて笑ったような顔だった。

それから俺とクリスのどちらかは必ずソフィアと一緒に食事をしている。それまでとは違い、楽しそうに食事をし、食べたいものをお代わりするようになったソフィアに、ようやく周りは安心することができた。

「あのね……このスープ美味しかったの。明日からもうちょっと食べたい……な」

そんな風に言いだしてくれた時、その場で料理長がお代わりを持ってきた。それを見て、へにゃりと笑ったソフィアに、その場にいた皆が喜んだ。やっと、やっと好きなものがわかった、もっと食べてもらえる、と。

ガリガリに痩せ細っていて食事量が増えないソフィアに、新しくついた料理長は心を痛めていた。どうしたら少しでも食べる量を増やしてもらえるのだろうか。好きなものなら食べてもらえるのだろうか、と。今でも料理長はソフィアの食事量を気にしながら新作を考え続けている。少しでも食べて欲しい、喜んで欲しいと。

「俺は……ソフィアが幸せになってほしいんだ。もう泣かないでほしい、笑っていてほしい」

「何を言ってるんだ。お前がそうするつもりなんだろう？」

「わかっている。だからこそ、悩むんだ。どうしたら、ずっと笑っていてくれるんだろうかと。ソフィアは、この国を、この国の命全部を背負いこむ気でいるんだ。……そんな重圧を当たり前だと思っているのに、どうしたら……ソフィア個人の幸せを受け入れてほしいと言えるのか」

「あぁ、そういうことか。それは難しいだろうな」

俺はずっとあのソフィアの笑顔を守りたかった。本人がわかっていない、意識していない笑顔。へにゃりと顔がくずれてしまう笑顔が何よりも見たかった。あれは王女としてではなく、ソフィア個人の笑顔だと思うから。

だけど、ソフィアがリリアだということがわかり、この後女王になることもわかっている。ずっと尊敬していたリリアが、ソフィアだった。そして、このあと、ユーギニスを背負うつもりでいることもわかっている。

俺なんかよりもずっと優秀で、努力家で、王族としての意識を持っていて、誰よりも命の大事さを理解している。この国の平和を守るためなら、きっとまた自分を犠牲にする気なんだと思う。

だけど、俺はソフィアに笑っていてほしい。誰よりもソフィアという女の子に笑っていてほしいと願う。女王だから、王女だから、魔女だからじゃない。あんなにも健気《けなげ》で素直で心から愛《いと》しいと思うから、笑っていてほしい。

「俺は、あの笑顔を女王になった後も守りたいんだ。……できるだろうか？」

「……俺な、学園に入る前はもっと傲慢な貴族らしい性格をしていたんだ」

「……ん？」

急に話を変えるようにつぶやいたクリスに、どうしたのかと思うがおとなしく話を聞く。クリスが無駄話をするとは思えないからだ。

「俺は公爵家の出身だっただろう。だから姫さんが産まれた時、あぁ、俺が王配になるのかと思ったよ」

「は？　……あぁ、でもそうか。身分で考えたらそうなるよな」

産まれた時点でそう思うのは早すぎると思ったが、あの王太子と王太子妃の不仲は有名な話だった。ソフィアの次に王子が産まれることは想像できなかっただろう。だとしたら、産まれたのが王女で将来女王になるとしたら。公爵家嫡男のクリスが王配になると思っても不思議はない。王配だとしたら年齢的にもちょうどいいし、公爵家の跡継ぎは二男のデニスもいるのだから問題ないし。

「しかも魔力なしの王女だと聞いて、俺が王の代わりにならなくちゃいけないのかとも思った」

「あぁ、そう思うのも無理ないな」

「それでもうまくやれると思っていた。俺なら王の代わりでも問題なくやれるだろうと。何をしても優秀で、幼い頃から親の代わりに領主の仕事をするくらいだった。親を馬鹿にして、半ば公爵家は俺のものだったと思う」

「あんなのが両親だったからな」

ココディアの大使を罷免されて、今はどうなっているのかわからないような親だ。クリスが苦労してきたのは簡単に想像できる。

「だが、俺が男として欠けていることがわかって。急にいらないものとされた。おそらく両親にとって目障りになったというのもあるだろうが。今まで完璧だと思っていたのに、何の価値もないと判断されたんだ」

「…………」

「やる気がなくなって学園に入学してみたら、俺よりも優秀な男がいるし」

「優秀って、知識の試験だけの結果だっただろう」

学園の入学時は知識を問う試験しかない。魔術は鑑定を受けていない者もいるため、一学年の間は試験を行わない。あの時、入学試験で魔術の試験があったら、俺は間違いなくC教室だっただろうと思う。何一つできなかったのだから。

「確かに入学時のカイルは魔術を使えなかった。だが、一年間毎日ライン先生にしごかれた結果、二学年の試験でも首席だっただろう。何なんだと思ったよ。馬鹿みたいに毎日ボロボロになるまで特訓されて。俺と同じ髪色を見て、カイルも王家の血筋なのはわかっていたが、辺境伯の出身だと聞いて……訳ありなんだというのも知った」

「この髪色は目立つからな。周りからそういう目で見られていたのもわかってる」

「銀色の髪、王家の血筋、優秀な成績。俺が持っているものを全部超えられて、打ちのめされた気になった。……俺が自分のことを完璧だと思っていたのは妄想だったんだって」

「全然そういう風には見えなかったが」

「一応は貴族だからな。悔しくても顔には出さない。でもまぁ、本気で悔しくて、悔しくて。気がついたらライン先生に特訓をお願いしていた。カイルにしているよりも厳しく指導してほしいって」

「……そんなことお願いしてたのか。おかげで途中から俺の特訓も厳しくなったな」

「ライン先生だからな。どっちかだけ厳しくするとかできなかったんだろ」

二学年になってすぐだったと思う。個人演習場でクリスが居残りをするのを見るようになって。あいつもライン先生の指導を受け始めたんだな、追い抜かされるかもしれないって思った。そのおかげもあって最後まで特訓を続けられた気がする。俺だけだったら、ある程度魔術を使えるようになったところでやめていたと思うから。

「結局、最後まで勝てなかった」

「俺も負けたくなかったし」

「成績だけじゃない。それから今までずっと、だ。俺はお前に勝てるとは思っていない」

「……クリス」

「まぁ、負けるとも思ってないけどな」

「そうだろうな」

クリスの負けず嫌いはよく知っている。簡単に負けを認めるようなことはしないだろう。俺としてもクリスに勝っているなんて思っていない。まぁ、負けるとも思っていないのは一緒だ。

「俺は俺だけの力で姫さんを幸せにしてやれるとは思っていない。だが、カイルと一緒になら幸せにしてやれると思っている」

「俺と一緒に？」

「そうだ。俺には欠けたものがある。それはもうどうにもならない。だからこそ、そこはカイルに任せる。俺は俺のやりかたで姫さんを幸せにしたい。カイルも……一人でなんでもやろうとするな。俺もいる。姫さんを一人で支えるのは難しいだろう。だけど、俺と一緒ならうまくやれると思わないか？」

「……そっか。俺一人でなんとかしようとするから悩むんだな。ソフィアには俺だけじゃない。クリスもいる。二人でなら支えられる……女王として、ソフィアとして」

「そういうことだ。わかったらもう寝ろよ。明日寝不足な顔してたら姫さんが心配するぞ」

「そうだな。もう寝るよ。……ありがとな」

「おやすみ」

さっきまでの不安が嘘のように消えていた。何をそんなに気負っていたんだろう。すぐに聞こえてきたクリスの寝息がソフィアの寝息に重なる。こうして一緒にいることがもうすでに幸せなんだってことに気がついて、うれしさを噛みしめながら眠りについた。

第十二章　確かな幸せ

いつも以上に綺麗に磨かれた石床の上をゆっくりと進む。白のドレス全体に青糸でびっしりと刺繍してあるために、かなりの重みを感じる。両側に立つクリスとカイルに手をひかれるようにして、一歩ずつ進んでいく。

いつもなら立ち上がって迎え入れてくれるお祖父様だが、まだ病み上がりのために玉座に座ったままでいてもらっている。二週間前に復帰したばかりだし、無理はしてほしくない。

立ち上がって迎え入れてくれなくても、厳《いか》つい顔のお祖父様の頬が緩み、私たちを優しく迎え入れてくれる。

玉座に座るお祖父様の前に宣誓台が運び込まれ、デイビットが婚姻の書類をうやうやしく置く。私が署名した後、第一王配になるクリス、第二王配になるカイルが署名する。

「……うむ。不備はないな」

私たちが署名をした後、お祖父様が確認し、王族の婚姻が結ばれることになる。

「ソフィア。お前が選んだ二人を信じなさい。この国を守るという重圧は一人では苦しくつらいものになる。だが、お前には二人も支えてくれる王配がいる。わかるな？」

「はい。お祖父様。クリスとカイルとなら、きっとこの国を最後まで守り抜けると信じています」

「……そうか」

お祖父様の言葉に、しっかりとうなずいたのに、なぜかお祖父様は少しだけ困ったような顔になる。何か間違った？　戸惑っている私を見て、お祖父様はクリスとカイルに問いかける。その口調はいつもより厳しいものだった。

「クリス、カイル。お前たちならソフィアを託せる。この国のためではない。ソフィアのために死ねるな？」

「お祖父様!?」

私のために死ねる？　この国のためではなく？　あまりの言葉に驚いていると、クリスとカイルはお祖父様の言葉に静かにうなずく。

「もちろんです。ただし、死ぬ気はありません。ソフィアを残してしまったら、もう守れなくなります。ソフィアのためなら死んでも惜しくないですが、ソフィアのために死ねません」

「俺もです。俺たちがいなくなったら、姫さんは一人に戻ります。それだけはしません。もし……先に姫さんが死ぬようなことがあれば、俺たちも一緒に行きます」

「うむ。それでいい。ソフィアを頼んだ」

「お祖父様……二人も……どうして」

どうしてそんなことを。問いかけたら、お祖父様に手を取られる。ぎゅっと握られた手はしわだらけで、いつもより力を感じない。

……お祖父様は老いてしまった。いつまでも私のそばにいてくれるわけではない。それを感じるのが怖かった。

「ソフィア。儂《わし》はいつまでもお前を守ってやることはできない。だからこそ、お前が生まれた時から儂の代わりに守れるものを探した。学園のラインはもう一人の影だ。王家に仕える人材を見極めるために学園に送っている。クリスとカイルを見つけたのも、お前を守らせるためだった。二人に出会って、お前が笑えるようになった日は本当にうれしかった」

「ライン先生が影？　私のために二人を見つけてくれた……」

そういえば二人ともライン先生から声がかかったと言っていた。ライン先生も影の一人だったんだ。

「ソフィア、お前は女王になる。そのことはとても重要なことだ。だが、お前は一人の人間だということを忘れちゃいけない。背負いすぎるな。何もかも守り切ることなどできやしないのだ」

「……はい」

「つらい時、悲しい時、すぐそばにいる二人に泣きついていいんだ。楽しい、うれしい時は、笑ってはしゃいでもいい。そばにいてくれて幸せだということを思い出して欲しい」

「はい、お祖父様。私は、今も幸せです。二人が、お祖父様が、みんながそばにいてくれます」

「そうだ。そのことを忘れないでいなさい」

「はい」

婚姻が結ばれ、謁見室にいるみんなから祝福を受ける。

レンキン先生、オイゲン、ミラン、デイビット、エディ、ディアナ、アルノー、リサ、ユナ、ルリ、ダグラス、セリーヌ、クロエ、信頼できる人ばかり。

廊下にも人があふれている。東宮で一緒に働いていた文官たち。こっそり料理長や影たちまでいる。

「なぁ、姫さんにも聞こえているか？」

「え？　何を？」

耳元で内緒話をするようにクリスが聞いてくる。何が聞こえるんだろう？　耳をすますとざわめきのようなものを感じる。

「王都中でお祝いの行事が行われているらしい」

「え？　お祝い？」

「姫さんの結婚を祝って、みんながお祝いをしてくれているらしいぞ」

「そうなの!?」

王女の結婚だからといって、王都でお祝いの行事をすることはない。公の行事ではなく、自分たちでお祝いをしてくれるなんて。

「みんな、ソフィアに感謝しているんだ。ソフィアが民の生活を豊かにしてくれたのをわかっているから。だから、誰に言われたわけでもなくお祝いしてくれているんだ」

「そうなんだ……うれしいな」

「なぁ、ソフィアはリリアには魔術しかなかったって言ってたが、俺はそうじゃないと思う」

「え？」

「あの頃、リリアがいてくれたおかげで助かった命は多い。その子孫なんだ。この国にいるのは」

「そうだぞ。あの時、国が落ちていたら。真っ先に死んでたのは王族と王家の血を持つ貴族だ。つまり、リリアがいなかったら俺とカイルは存在していない」

「今、こうやってお祝いをしてくれる民だって、生まれていたかわからない。リリアが、この国を守り続けてきたんだ」

「リリアが……この国の命を救った？」

「そうだ。リリアがいたからこの国は人であふれている。それはリリアが成し遂げたことなんだ」

「……魔術の知識だけじゃなかったんだ」

「リリアが守った命を、ソフィアがまた守るんだ。大変なのはわかってる。だから、遠慮なく俺たちに支えられていればいい」

「俺たちは姫さんを支えるために、ここにいる。頼ってくれなかったら俺たちがいる意味がなくなってしまうだろう？」

「うん……ありがとう」

うれしくて涙がこぼれたら、両脇から涙をふいて頭を撫でてくれる。こうしていつでも二人はそばにいてくれた。そして、これからもずっと最後までそばにいてくれる。

少し動くたびに感じるドレスの重み。意匠として入れられた刺繍の古語は
「王配の二人と共に生き、この国の幸せを守るために力を尽くす」

クリスの騎士服には
「姫を守る医師と騎士となり、最後までそばにいる」

カイルの騎士服には
「ソフィアを愛す王配として、最後までそばにいる」
後悔がないように三人で考えた言葉だった。誰も犠牲にしたくない。だけど、守りたいものがある。それぞれの決意を形にした衣装をまとって臨んだ婚姻式だった。

◇　◇

婚姻式の後、お祖父様とクリスとカイル、私の四人で会食をする。エディや叔父様たちも誘ったけれど、叔母様が落ち着かないからと帰ってしまった。食事量が減ってしまったお祖父様に合わせて、ゆっくりと食事をする。今までの思い出話、これからの国の理想、いくら話しても尽きない。二時間かけて会食を終えた後、お祖父様が退出するのを見送ろうとしたら、ポンと私の頭の上に手を置かれた。そのまま少し髪を撫でて、なぜか寂しそうに笑う。

「もう……こんなにも大きくなったんだなぁ」

「お祖父様？」

「いや、これからはクリスとカイルにまかせよう。ではな、おやすみ」

「おやすみなさい？」

なんだかお祖父様の態度がおかしかったけれど、聞く前にレンキン先生がお祖父様を支えるようにして部屋に戻ってしまった。

「お祖父様、なんだったのかな？」

「さぁな」

「久しぶりの公務で疲れたのかもな」

クリスとカイルに聞いたけれど、なんとなく答えをはぐらかされたような気がする。また体調を崩しているとかじゃないのならいいけれど。

私室に戻ったら、いつもより早めに湯あみに連れて行かれた。時間をかけてリサとユナ、ルリの三人がかりで隅々まで磨かれてのぼせそうになる。旅から帰った時だって、こんなに磨かれなかったのに。

「……なんでこんなにいっぱい磨くの？」

「それはこれから初夜の儀だからです」

「初夜の儀？　そういえばそうだった」

王太子が王太子妃を娶るときはいろいろと面倒な手順があるそうだが、私の場合は私自身が妃ではなく王太子だ。そのため儀式はかなり簡略化される予定になっている。

お母様の時はレンキン先生が初夜の儀の前に診察をしたそうだが、それもクリスが担当医師だということもあって診察もしない。……じゃあ、初夜の儀って何をするんだろう。

湯あみを終えた後、迎えに来たのはクリスだけだった。

「あれ？　今日はクリスだけ？　カイルは？」

「カイルは来ないよ。今日は俺だけ」

「なんで？」

ここしばらく三人一緒に寝ていたのに、今日はクリスだけなんて。不思議に思っていたら、クリスにため息をつかれる。

「え？」

「んー。まぁ、俺から説明しなくてもいいか。きっと明日の夜になればわかるよ。とりあえず初夜の儀は王配一人ずつ行うものなんだ。だから、今日は第一王配の俺だけ」

「そうなんだ？」

「うん。今日は朝から準備して疲れただろう。ほら、寝るよ」

いつも通りに寝台にならんで横になると、私にかけられた毛布の上から軽くたたかれる。朝から忙しくて疲れていたのもあるし、ゆっくり湯あみしたのもあると思う。ポンポン叩《たた》かれているのが気持ちよくてあっという間に眠っていた。


翌日、目を覚ますともう日が昇り切っていた。時間を見るといつもなら朝食が終わっている時間だ。

「ん……？　寝坊しちゃった？」

「いや、今日はゆっくり起きていい日だよ。だから起こさなかったんだ」

「そうなの？」

「うん。今日は公務も入っていないし。このまま診察するから寝たままでいて」

「わかった」

寝たままじっとしているとクリスが私の手から魔力を流す。身体全体に魔力を流し、不調がないかを探る。クリスが私の担当医師になってから、毎朝こうやって診察を受けている。お祖父様が無理して倒れたこともあって、かなり心配されている気がする。

「よし、今日も何ともないね」

「うん」

「まぁ、明日の朝は……多分起き上がれないと思うけど」

「ん？　どうして？」

「明日になればわかるとしか言えないが。まぁ、本当に嫌だったら俺のところに逃げておいで。心の準備ができるまで匿ってあげるから」

「本当に嫌だったら？」

「うん。今はわからないと思うけど、それだけは覚えておいて」

「よくわからないけど、わかった。覚えておくね？」

本当に嫌だったらクリスのところへ逃げる？　これから何があるんだろうと思いながらもうなずく。困ったらクリスのところに行けば助けてくれる、とりあえずそれを覚えておこう。

その日はなぜかみんなそわそわしていて、様子がおかしかった。ルリが何度も「ソフィア様……身体がつらかったらお休みになっても……」と聞いて来たが、その度に大丈夫だと答えるしかなかった。

ルリだけじゃなく、影たちもなんだか落ち着かない。クリスとカイルに聞いても答えてもらえず、もやもやしたまま終わった。

「いったい何だったんだろう？」

その日の湯あみの後はカイルだけが迎えに来た。今日は第二王配のカイルの番だからクリスはいないらしい。

「今日はカイルの番なんだね？」

「……そうだな。俺の番……というかなんというか」

「カイル？」

寝室に入るなり後ろから抱きしめられる。いつもの優しい抱擁じゃなく、きゅうっと縋りつかれるように強く。きつく抱きしめられていると振り返ることもできなくて、カイルがどんな顔をしているのか見えない。黙ったままなのは、何か嫌なことでもあったんだろうか？

「ねぇ、どうしたの？」

「……怖くなったら、すぐにクリスのところに逃げてくれ」

「え？」

「これから……初夜の儀をするんだ。俺とソフィアで」

「初夜の儀？　昨日クリスとは何もしなかったよ？」

昨日クリスと初夜の儀をすると言われたものの、いつも通りに寝ただけだった。だからカイルともそうなんだと思ってたのに違うのだろうか。

「クリスとは閨を共にしないんだろう？」

「あぁ、うん。そう言ってた」

「今からするのは閨事《ねやごと》だ」

「閨の練習？」

「練習じゃない。俺は……ソフィアを抱きたい」

「え？」

「ずっと前に聞いたよな？　大人になったら俺と閨を共にするのかと。もうソフィアは大人になったし、婚姻式も終わった。……もう、待たなくていいよな？」

閨事……私を抱く。想像できなくて、頭の中が真っ白になる。カイルから大人の女性として扱われてうれしいはずなのに、どうしていいかわからなくて身体が強張《こわば》る。

「……嫌か？」

「嫌じゃない。けど、何もわからなくて……少し怖い」

「うん……ゆっくりでいい。俺を見て」

抱きしめられていた腕の力がゆるんで振り向いたら、カイルが片膝をついて私の顔を覗き込んでくる。穏やかな湖面のような青い目に吸い込まれそうで、見つめ合ったまま目を離せなくなる。

やっぱり綺麗だな。カイルの目。澄んでいて、まっすぐで。

この目に見つめられ、頬にふれられるのが、私以外だったら嫌だと思ったのはいつだった？　気がついたら、くちびるが重なっていた。何度も何度も、角度を変えて、くちびるの感触を確認するみたいに何度も。少しだけ冷たかったカイルのくちびるが私と同じ温度になる。二人のくちびるが溶けていくみたいで気持ちいい。もっと続けてほしかったのに、急にくちびるが離される。

「……愛している」

「カイル？」

「ソフィアをずっとずっと。今までもこれからも、ソフィアだけを愛すると誓う。だから、今は俺だけに愛されて？」

「カイルだけに？」

「そう。クリスもソフィアのことを愛しているけれど、こうして抱くのは俺だけの役目だ。誰にも譲らない。俺はソフィアの心だけじゃなく、身体も欲しい」

「心だけじゃなく……身体も？」

「ああ。ダメか？　この時間だけは、二人だけの時はソフィアを俺のものだと感じたいんだ」

両手をつないだまま、もう一度くちびるが重なる。ゆっくりと離れていくカイルの目が揺れて、私が欲しいと言っているように見えた。

「……うん。カイルが欲しいと言うなら、全部あげるよ？」

「あぁ、ようやくだ。ようやく俺のものにできる」

カイルの震える指が私の夜着のボタンにふれる。壊れ物を扱うみたいにひとつずつ外していく。少し硬い手のひらが私の肌にふれて、閨事を一つ一つ教えてくれる。怖くないわけじゃないけど、カイルにならば何をされてもいい。

すべてをカイルにあげたあと、慣れないことをした緊張と疲れでぐったりして、少しだけ目を閉じたつもりだったのに……目を開けたら暗闇の中にいた。

ここはもしかして塔の中？　私、夢を見ているんだ……またあの塔に来てしまった。

暗く……冷たく……何者の気配もなく……ってあれ？

すぐ近くで小さなため息が聞こえた。驚いて目をこらしたら、塔の中に人がいる。

「灯《あか》りを」

塔の中にある灯に魔術で火をともす。小さな寝台の上、膝を抱えた少女がこちらを見ている。向こうも信じられないものを見るように、驚いた顔をしていた。

「「……だれ？」」

誰なのかと問う声が重なる。少しだけ近づいてみて、少女というには落ち着いた気配に、相手が魔女なのだと気がついた。

こんな顔の魔女はいただろうか……柔らかそうな金の髪に、ぱっちりとした紫の目。小さな身体に異常なほど多い魔力。……え？　もしかして？

「あなた、リリア？」

「そうだけど、あなたは誰？　どうしてこの塔にいるの？」

まさか自分の前世に出会うとは思わなかった。いくら夢の中だからといって、こんな不思議なことが起きるとは。

「私はソフィア。あなたが死んだ後、二百年後に転生したあなたの魂よ。と言っても、信じてもらえるかどうか、あやしいわよね？」

「確かに信じられない話だけど、そっかぁ。私は死んだはずなのになって思ってて。あの時、身体の中で最後の魔力が消えたのを感じて……目を閉じたの。やっとこの人生を終えられる、役目が終わると思って。あのまま死ねたんだね。私は最後まで役目を果たせたの？」

最後の時、身体の力が抜けてやっと死ねるんだとうれしかった。毎朝、また起きてしまったことに絶望するのが嫌で仕方なかった。何もすることもなく、一人で過ごす昼が苦しくて、夜になる度にこのまま死ねたらいいのにと祈りながら眠った。念願かなって死ねたのに、まだリリアは塔の中にいる。どうして囚《とら》われたままなのだろうか。

「私が聞いた話だと、最後まで結界を張り続けたと。五十年も結界は壊れなかったらしいわ」

「そうなんだぁ……この国は今も平和？」

「何度か戦争もあったけれど、今は平和よ。平民が焼き菓子を食べられるくらいに豊かになってる」

「本当に!?　焼き菓子って、砂糖が使われているのでしょう？　貴族じゃなくても食べられるようになったなんて。すごく素敵な国になったのね！」

まるで目の前に焼き菓子を差し出されたかのように喜ぶリリアに、焼き菓子や氷菓やじゃがいものスープを食べさせてあげたくなる。リリアのおかげで国は豊かになったのに、リリア自身は一度も口にしないまま亡くなってしまった。

「リリアのおかげよ。結界だけじゃない。あなたが伝えた魔術のおかげでもあるわ」

「本当に!?　……よかったぁ。私、ちゃんと役に立ったのね」

「リリアに何かお礼ができたらいいんだけど……」

夢ならここにすぐお菓子が出てきてもいいはずなのに、何一つ出せない。せっかくこうして会えたのだから、一つでも食べて喜んでほしいのに。

「私にお礼？　じゃあね……あのね、もういいかな。ここから出ても」

「え？」

「もうずっとここにいたでしょう？　死んだ後もここにいたみたいだし。もういいかなって。平和になったのなら、私は消えてもいいんじゃないかなって」

「消える？」

「ここから出たら、消えるかもしれないって思うの。でもね、ずっとここにいるのはつらいわ。ずっと一人でここに座っているだけなの。今はソフィアと話せているからうれしいけれど、あなたはここにずっといてくれるわけじゃないのでしょう？」

「それは……」

私がここに居続けることは不可能だ。目を覚ましてしまったら、次にいつこの塔に来られるかわからない。夢だからこそ、自分の思い通りにはできない。

「だから、ここから出てもいい？　ずっと勇気が出なくて、閉じこもっていたけれど……。ソフィアがいてくれたら、外に出られるような気がする」

「私と一緒に外に？」

「だめ……かなぁ？」

不安そうに見上げてくるリリアに断る理由もなく、手を差し出す。

「いいの？」

「うん、いいよ。一緒に外に行こう」

本当に外に出ていいのかわからない。夢の中だとしても、リリアが塔から出たらどうなるか予想できなかった。それでも、外に出るのがリリアの願いなのならかなえてあげたい。

二人でゆっくりと螺旋階段を降りていく。つないだリリアの手が少しだけ震えている。

……やっぱり怖いんだ。

「外に出るのが怖い？」

「うん……怖いよ。でもね、ここにずっといるほうが怖いの。少し前、声がしたの。見えなかったけど、優しい男の人の声。リリアを知っているみたいだった。もう一人にしないよって」

「男の人の声……？」

そんなことあっただろうか。現実にあったことではなく、夢の中だけの話なのだろうか。

「ずっと一緒にいるって言ってくれたけど、声だけで姿は見えなかった。平和になったから塔にいなくてもいいって言ってくれた。その人に塔の外に行けば会えるかもしれないって思って。……会えても、私は消えちゃうかもしれないけど、このままずっと一人でここにいるのはもう嫌なの」

「そっか……そうだね。ここに一人でいるのは嫌だよね」

その苦しみはよくわかっている。だからこそ、リリアが消えてしまっても外に出たいという気持ちもわかる。

並んで階段を降りていくリリアの背が私より頭一つ小さい。つないでいる手も小さくて、こんなにも子どものままでいたんだと驚く。私はずっとリリアのままソフィアになったんだと思っていた。

だけど、それは違った。

いつのまにかリリアよりもずっと大人になって、大事な人が増えて、もう一人でいる時間なんてないほどそばにいてくれる人がいて。

違うんだ。もう、私はリリアじゃなかったんだ。

「一緒に、扉を開けようか」

両手で壁にふれて魔力を流せば扉は開く。それをリリアと私が片手ずつ壁にふれる。二人の魔力が共鳴するみたいに広がって、扉が開いた。

塔の外はまぶしい光でいっぱいで、目が開けられない。思わずリリアの手を離してしまったら、リリアは外に出て行く。

「リリア？」

「……まぶしい。塔の外に出たわ！」

「待って、一人で行かないで？」

「もう大丈夫。ここからは一緒に行けないの」

「え？」

光の中に入っていくリリアが見えなくなる。まるで光に溶けていくように消えていく。

「ありがとう、ソフィア。いつかまた会えるかな。会えたら、楽しかったこといっぱいいっぱい聞かせてね」

「……リリア。わかったわ。その時にはお茶しましょう。焼き菓子を用意するわ。甘い蜂蜜が入ったお茶を一緒に飲みましょうね」

「本当⁉　うれしいなぁ。約束よ？　……じゃあ、行くね」

光が一層強くなったと思ったら、もうリリアの気配はどこにもなかった。……本当に消えてしまった。優しい声の男の人とは会えたのだろうか。

「……どうしよう。全然起きない」

「ほら見ろ。やっぱり無理させたんじゃないか。手加減しろって言っただろう？」

「したよ！　手加減！」

「お前の手加減はもう信用しないことにする」

目を開けたらカイルとクリスが言い合いしている。なんで？

「あ、起きた？　大丈夫か？」

「ソフィア！」

「……なんで言い合いしているの？」

なぜか寝台で寝ている私のそばで二人は言い合いしていたようだ。どうやらまた寝坊してしまったのか、部屋は明るくなっている。

「姫さんがいつまでたっても起きないってカイルが騒ぐから」

「いや、だって、全然起きないし、不安で……」

「……不安？」

「姫さん、身体は大丈夫？　つらくないか？」

「……身体？」

そういえばだるいし、身体のあちこちが痛い。何かしたかなと昨日の夜のことを思い出して、もう一度布団の中に入りたくなる。

「やっぱりつらいか」

「あちこち……痛いぃ」

私の身体に魔力を流して診察を始めたクリスが、呆れたような目をカイルに向ける。この身体の痛みはカイルのせい……なのかな。

「カイル、今日の閨はなしな。というか、身体の痛みがなくなるまでは禁止」

「……わかった」

クリスから禁止を言い渡され、カイルがしょんぼりと肩を落とす。

「お腹空いただろう？　起きられるなら着替えて朝食を食べようか」

「うん。お腹は空いた。……でも、起き上がるのつらいかも」

「わかった。カイル、責任もって姫さんを抱き上げて運んで」

「ああ」

おそるおそるといった感じで私を抱き上げようとするカイルに笑ってしまう。昨日の夜もそんな感じだったことを思い出す。私はそんな簡単に壊れたりしないんだけどなぁ。

抱き上げられて部屋から出ようとした時、どこからかリリアの声が聞こえた気がした。

（ねぇ、ソフィア。幸せになった？）

あぁ、そうか。そういえば幸せになるために転生したんだった。リリアは見届けてくれたのかな。

「どうした姫さん」

「何かあったのか？」

心配そうに声をかけてくるクリスとカイル。優しい声の男の人はどちらだったのだろう。……どっちもかな。きっとリリアも私も、二人に守られてここまで過ごしてきた。

「あのね、私、すごく幸せだよ。クリスとカイルに出会えたから幸せになれた。だから……これからもずっとそばにいてね？」

クリスが驚いたように少しだけ笑って私の頭をくしゃりと撫でる。

「当たり前だろう？　そばにいるよ」

抱き上げたまま額をこつんと合わせてカイルが笑う。

「ずっとそばにいるよ。だから、そのまま笑っていて」

もう消えてしまったリリアに幸せをわけてあげることはできない。だから、次に会うことがあったら、どれだけ幸せなのか教えてあげたい。

きっと、もうあの塔の夢は見ない。リリアは外に出て自由になれたのだから。

第十三章　二年後のココディア

待っていたものが到着したと知らせを受け、ダニエルに目で合図をする。軽くうなずくと、二人で席を立った。

王宮の中は閑散としている。あれだけいた使用人を半数以下に減らしたため、廊下ですれ違うこともなく俺とダニエルの足音だけが響く。

ユーギニスとの国境を封鎖されたせいでココディアは食糧難に陥ってしまった。王宮内も必要以上の人員を雇うことはできなくなり、侍女や女官から先に辞めさせることになった。それは、ココディアの王宮が落とされた時に被害を最小限にするためでもある。

王妃は最後まで逃げるわけにはいかないだろうが、側妃と第二王女はもうすでに生家に帰した。敗戦した時に処刑されないように、父上に言って離縁させたのだ。俺とダニエルにいた婚約者たちも、婚約を解消している。もしココディアが残ったとしても、数年は混乱が続くことになる。王族の結婚など、金がかかる行事をしているような余裕はなかった。

これ以上、母上とサマラス公爵、イディア妃の暴走を続けさせることはできない。計画通りに行けば、ココディアを変えるきっかけになると信じて行動するだけだ。

扉が少し開いたままの謁見室から怒鳴り声が聞こえてくる。サマラス公爵の声だ。また押しかけてきて父上に文句を言っているのだろう。責任の一端は自分たちにあるというのに、すべて父上のせいだと責め立てる。

「まだ話をつけられないのか！　もう二年も過ぎているのだぞ！　何をこんなに時間をかけているのだ！」

「……そう言われてもなぁ、セドリック。毎日ユーギニスに謝罪の書簡は送っているのだが返事がないのだ……」

「書簡を送るだけでは意味がないだろう！　あの結界を何とかしろ！　あの結界のせいで魔石を売りに出せず、山のように在庫がたまって。鉱山の働き手も逃げていき！　もう出す金もない！　これではサマラス公爵家は終わってしまう!!」

わなわなと震えながら怒鳴るサマラス公爵に、父上は小さくなりながらも反論している。文句をいくら言われても無理なものは無理なのだ。

そもそもこの問題が起きたきっかけ、ユーギニスの王位を簒奪しようとしたのはサマラス公爵と母上だ。父上はただ言われたとおりに書簡を送っただけ。あの文面を考えたのも公爵だと聞いて呆れてしまった。

結界の壁ができてユーギニスとの国交が遮断されて、父上はユーギニスに謝罪の書簡を送っている。誤解だった、そんなつもりはなかった等の言い訳から始まり、こちらが悪かった、許してほしいとの全面的な謝罪に変わるのはあっという間だった。

「もういい！　あの結界を解除するようにユーギニスに命令しろ！」

「え？　謝罪ではなく、命令なのか？」

「そうだ！　これ以上結界を続けるようなら、ユーギニスの王族を皆殺しにすると脅すんだ！」

「そんなことを言えるわけがないだろう⁉」

一応は父上も国王として教育を受けてきた。他国の王族を皆殺しにするなんて脅しでも言っていいわけがない。他の同盟国からも切り捨てられることになるのはわかっている。ただでさえ、今回のことはココディア側が一方的に悪いと知られてしまっている。どこの国も中立だと言って、ココディアへ手を差し伸べてくれない。これ以上何かすれば、他国はすべてユーギニス側についてしまうだろう。だが、父上が拒否してもサマラス公爵は納得しなかった。

「できないというなら、今すぐ国王であるお前の首をユーギニスに送ろう。さすがに王族が責任を取ったのなら、ユーギニスも許さないわけにはいかないだろうからな」

「ひぃぃ」

にやりと笑い、腰に下げている剣に手をかけたサマラス公爵に、父上は頭を抱えるようにして震えている。謁見室に剣を持ち込むなんて、許されるわけがない。それなのに誰もそのことを咎めることができないような状況になってしまっている。不可能も可能にしてしまう力がサマラス公爵にはあった。

「どうする？　私はどちらでもかまわないのだがな」

「わ、わ、わかっ……」

「そこまでだ」

恐怖のあまりわかったと父上が言いかけていたのを止め、謁見室に入っていく。俺とダニエルが入ってきたのを見て、サマラス公爵は鼻で笑った。

「おや、どうしたんだ、レイモン」

王太子である俺の名を呼び捨てにすることは叔父であろうと許されることではない。だが、ここしばらく誰も公爵を咎めなかったことで増長してしまっている。俺ですら敵になるわけがないと思っているのだろう。甥だからか、まだ若いからなのかはわからないが、俺を見下している。

「セドリック・サマラス。国王陛下への反逆罪で捕らえろ！」

俺の号令で、隠れていた近衛騎士たちが一斉に公爵へと向かう。驚きながらも剣を抜いて応戦しようとした公爵に、奥からも湧いて出てきた近衛騎士が容赦なく切りつける。公爵が抜剣しなければ捕縛するだけの予定だったが、これで言い訳できない状況になったな。

「うあぁぁぁああ！」

右腕を大きく切りつけられ、剣を落とした公爵を囲むように剣を向けられる。公爵はぜぃぜぃと大きく息を吐きながら、血が流れ落ちる腕をおさえ、俺とダニエルをにらみつけた。

「レイモン！　これはどういうことだぁ!!」

「……まだわからないとは。愚かだな」

「なんだと!?」

「サマラス公爵。私は王太子だ。そして、父上は国王だ。わかるか？」

「それがどうした！」

「お前は貴族で、私たちは王族だ。その身分差が覆ることはない。国王である父上を脅し、剣を向けたお前は反逆の罪で捕らえられる」

「は？　証拠はあるのか？」

「その剣が証拠だ。謁見室での帯剣は認められていないし、ましてや国王へ剣を向けることはありえない。どちらも重罪だ」

「……そんなくだらないことで私を捕まえると？」

「それをくだらないと言っている時点で不敬だということが、自分でわからないほど傲慢になったということか。情けない……前公爵は素晴らしい公爵だったというのにな」

「あれは……どこが素晴らしいというんだ！」

戦争を終わらせた立役者だというのに、イディア妃のことがあるせいか前公爵を嫌っている。それをわかっていてわざと褒めてやった。公爵のせいでこのような状況になっているというのに、わかろうとしない公爵に腹が立っていたからだ。だが、どれだけ話したところで自分の立場を正しく理解するとは思っていない。

「もういい。貴族牢《ろう》に連れていけ」

「待て！　俺の話を聞け！　レイモン！　おい！」

数人の近衛騎士に引きずられて公爵が連れて行かれる。床に血の跡がついていく。命の危険はないと思うが、重傷には間違いない。貴族牢では最低限の治療しかされないだろうが、少しくらい苦しんだほうがいいと思う。

「……た、たすかった……レイモン」

「父上……これでわかったでしょう」

「な、何がだ」

こうなってもまだわかっていない父上に、俺とダニエルがそろってため息をつく。もうすでに父上には何も期待していないけれど、これ以上邪魔をされるのはごめんだ。

「父上はこのままだと殺されますよ」

「は？　誰にだ？　公爵はもう牢にいれるのだろう？」

「結界の壁ができたことで大損をしたのはサマラス領だけではないですよ。次に来る相手は誰でしょうね。あぁ、叔父のことを知ったら母上が来るかもしれませんね」

「ひぃ!!」

「母上だってサマラス公爵家の娘ですからね。弟が捕まえられたと聞いたら、怒るでしょうね」

「た、頼む！　助けてくれ！」

王妃である母上に頭が上がらない父上に、いつもながら疑問に思う。決められた結婚相手とはいえ、どうしてこうも母上と力関係が逆転してしまうのか。第一王子として生まれた父上と公爵家長女の母上。本来なら父上に逆らうことなどできないはずなのに。

「助けるも何も、ちゃんと自分で説明したらいいじゃないですか」

「無理だ。アデールがおとなしく話を聞くわけがない。すぐに暴れて、物を投げつけられる。公爵を捕まえたと知られたら殺される……」

「それこそ、母上を捕らえたらいいじゃないですか」

「そんな恐ろしいことできるかぁ……」

「では、あきらめてください」

冷たく突き放すと力なく悲鳴をあげ気を失いかける父上に、もうどうしようもない人だと知っていても呆れてしまう。本当に俺たちと血のつながりがあるのか、不思議でならない。

「一つだけ、命が助かる方法があります」

「な、な、なんだ！　何でもする！　教えてくれぇ」

「国王の座を降りてください」

「は？」

「国王でなくなれば、責任はなくなります」

「本当にそれだけでいいのか？」

「ええ。今なら、母上に見つからない場所に匿って差し上げますよ」

「頼む！　逃がしてくれぇ」

すがりついてくる父上に、国王の座を王太子に譲るという書類を手渡す。震えながらも署名をするのを見届けると、文官たちが父上を迎えに来る。

「この者たちについていってください。離宮を用意しました」

「おお、おお。そうかそうか」

にこにことそのまま文官についていく父上に、見えないように小さく手を振った。

これが最後の別れになる。それに気がついたのか、謁見室にいた者たちは元国王に深く礼をして見送った。悪いだけの国王ではなかったのだ。ただ、サマラス公爵家に弱く、言いなりになっていただけ。サマラス公爵家が間違わなければ、優しい国王でいられただろう。

「……終わりましたか？」

「あぁ、なんとかな。情報をくれて助かったよ」

「どういたしまして。うちとしてもあれ以上父上に暴走されても迷惑だったので」

「それもそうだな。エドモン、いや新しいサマラス公爵か。これからもよろしく頼むよ」

隠れていた小部屋からこっそり出てきたのはサマラス公爵家のエドモン。父親である公爵が、今日こそは殺すと脅してでも結界をなんとかさせると意気込んでいるのを聞いて、先回りして俺に教えに来てくれた。そのため、公爵を捕まえる準備をして父上を脅すのを待っていた。エドモンが知らせてくれなかったら、また公爵が来たのかと思っただけだっただろう。

エドモンとは従兄弟になるが、身をわきまえていて有能。できれば側近になってほしいのだが、公爵家を継ぐエドモンには断られ続けている。

「それなのですが、サマラス家の爵位を落としてもらえませんか？」

「爵位を？　なぜだ」

「あの父親の責任を取るって形で、伯爵家あたりに落として、領地の半分を没収してくれません？　鉱山のある一帯を」

「鉱山を手放して、領地を立て直すつもりか」

「ええ。その通りです」

この国の経済を支えてきた鉱山だが、穀物を輸入できない今となってはお荷物でしかない。魔石の材料を掘り出すために雇っていた者たちは、まともなものから順に逃げ出した。残っているのは高齢で他に移れないか、問題のある荒くれ者たち。掘っても輸出できない魔石も大量にかかえている。王領にしてしまえば王家が雇うことになるため、公爵家としてはできれば手放したいのだ。

「一つだけ条件がある」

「なんでしょう？」

「お前が側近として加わってくれ。それなら爵位を下げずに鉱山だけ引き取ってやろう」

「……それは助かりますが。いいのですか？」

「その分、ユーギニスとの交渉は苦しむことになる。国交を復活させなければココディアは終わる。俺たちを助けてくれないか？」

「そうですね、このままではココディアがなくなりそうです。わかりました」

「よろしく頼む」

「良かったですね、兄上。いえ、国王陛下」

「そうだな。ようやくユーギニスへ本当の意味で謝罪できる」

「今度は間違えないようにしないといけませんね」

「わかっている」

静かだった謁見室に少しだけ明るい声が響いた。父上にはああ言ったが、本当は母親である元王妃はもうすでに別の離宮に送り届けてある。元王妃と元国王は別々に幽閉する予定だ。他の関係者も処罰する予定だが、関わっている者が多く、これから考えなければいけない。

この国はもう限界寸前まできている。そのためにはすべての関係者を処分しなければいけなかった。まだ若い王太子と第二王子には重い決断だったが、やらなければココディアの未来はない。

この日、新しい国王と側近たちの話し合いは夜中いっぱい続き、翌日の昼前にユーギニスに書簡が送られた。

新しい国王、レイモン・ココディアの署名で。

◇◇◇

「お、おい。そこのお前、どこに行く気だ？　ルジャイル行きの馬車はそっちじゃないぞ!?」

「うるさいわね！　ほっといてよ！」

栗色の髪を一つに束ねたふくよかな女性がフラフラと歩いていくのを見て、王都外れの警備を担当していた騎士は親切心で声をかけた。それなのに、女性は吐き捨てるように返事をしてそのままルジャイルとは逆方向に向かって行く。

その方向の先にあるのはユーギニスとの国境だった。

もう二年以上も国境は封鎖されていて、ユーギニスに入国することはできない。だから女性が国境に向かう道を歩いて行こうとしているのを見て、騎士が止めてあげたのだった。

「……あれ、大丈夫なのか？」

「いいさ、あのまま行かせてやれ」

「団長!?」

ほっといてと言われた後も心配して女性を見ていると、後ろから声をかけられた。自分が所属している騎士団のはるか上の上司だった。一度も話したことのない雲の上の団長に話しかけられ、すぐさま敬礼をして指示を待つ。

「ああ、いいよ。楽にして」

「はっ」

「心配しているようだが、あの女のことなら気にしなくてもいいぞ」

「で、ですが。ユーギニスに向かっても入国できませんし、今あのあたりは荒くれ者たちが村を作り始めていて女性が一人で向かうのは危険な場所です」

「それも全部あの女には言ってある」

「え？」

「今、向こうに行けば危険だと説明してあるんだ。だからルジャイル行きの馬車乗り場の近くで解放したんだがなぁ。やっぱりこうなったか」

騎士は思わずどうして？　と驚きを顔に出してしまう。あの女性はどう見ても二十代で、一人旅をするような格好でもなかった。ユーギニスと国交断絶して以来、ココディアは治安が悪くなるばかりだ。女性が一人旅などしていたら、すぐにさらわれて売り飛ばされてしまう。知らずに行こうとしているのだと思い注意したというのに、団長が説明してあるというのならなぜ？

「あれなぁ、ユーギニスの元貴族令嬢らしい」

「ええ？　そうなのですか？　そうは見えませんでした」

「だよなぁ。俺にもそうは見えなかったが。それに貴族といっても国外追放の罪で魔力封じの首輪をつけられたままだ」

「は？」

「だから結界の壁がなくたってユーギニスには入国できないって説明したんだ。だけど、まったく話を聞かないんだよ。あのまま屋敷に幽閉されていれば死ぬまで面倒見てもらえたっていうのにな。子どもを置いてまで、どこに行くんだか」

「はぁ……」

あまりのことに騎士は考えるのをやめた。自分のような平民が関わっていい相手ではなかったらしい。国外追放の罪を犯すような貴族令嬢に関わっていいことなど何もない。団長にもう一度礼をすると自分の持ち場へと戻っていった。

「今の自分の状況が何もかも受け入れられなかったんだろうなぁ」

団長はその元貴族令嬢、イライザを見送るためにここにいた。自分が関わった者が解放されると聞いて、最後までつきあおうと思ったからだ。

第三王子の子を宿した公爵令嬢だと聞いていたが、ココディアに来た時は暴れるからと魔術で眠らされていた。その後も暴れて仕方ないからと出産まで拘束されたままだった。

産まれたのは男の子だったが、イライザは一度も腕に抱こうとはしなかった。名前すら聞かず、母乳も与えず、子どもは乳母たちが育てていた。一人で部屋に閉じこもって一日中ぼんやりと過ごし、時折暴れて泣き叫んでいた。第三王子の子を産んだ公爵令嬢として、利用されるだけ利用され、最後まで幽閉されることになるのだろうと思われていたが……。

つい先日、ココディア国王が代替わりし、第三王子とイライザ、その子どもは、また違う屋敷に幽閉されることが決まった。捕まえられた元王妃と元公爵、イディア元公爵令嬢も一緒に。

それを嫌がったイライザは出て行くと言い張って、出て行くことになった。ココディアの国民として籍のないイライザをこれ以上監禁することはできないと、新しい国王が判断したからだった。元王妃が認めなかったことで、イライザと第三王子の婚姻は結ばれていなかった。そのためイライザは国籍のない平民として扱わねばならない。

こうして幽閉が解かれたイライザはそれなりに暮らしていける金を与えられ、屋敷から出された。この国の状況も説明され、行くのならルジャイル国がいいと教えられたのにもかかわらず、制止されても聞かずにユーギニスへ向かう道を一人歩いていく。国境が封鎖されてから馬車が通らなくなり、草ばかり生えている荒れた道を。

もうすぐ夜になり、何も見えなくなる。遠くなるイライザの姿もじきに見えなくなっていった。

第十四章　子どもが欲しい？

緊迫した雰囲気の中、近衛騎士が王太子の執務室に飛び込んでくる。その顔を見て、報告が悪いものではないとわかりほっとする。

「報告します！　先ほど侵入しようとしていた二名は捕獲し、地下牢へ運び終えました！」

「そう。カイルは？」

「捕まえた者たちがそこそこ魔術を使えたために、近衛騎士だけに任せたら逃がしてしまう可能性があると。カイル様が地下牢まで拘束したまま連れて行かれました。情報を聞き出してから戻るとのことです」

「わかったわ、ありがとう。戻っていいわよ」

ピシッと敬礼して自分の持ち場に戻る近衛騎士に軽く手を振って見送る。先日、王太子の私室及び執務室担当に抜擢《ばってき》されたウェイとフェルだ。

もともとオイゲンが目をかけていた彼らは、王宮に戻ってからすぐに本宮に配属された。そして本宮配属の中でも抜群に優秀だった上に、私たちと一週間旅を共にしたことで信頼関係もできていた。

今は平民とはいえ元は子爵家の令息。オイゲンという後ろ盾もいることから問題なく実力を認められて、近衛騎士の中でも私たちに一番近い配置になっている。

報告にあった刺客は近衛騎士よりもカイルが先に気がつき、ウェイとフェルを伴って捕まえに行っていた。こういう時のクリスは、すぐさま私をひざの上に抱え込んで、危険が迫ればいつでも転移して逃げられる態勢にする。影たちもクリスの補佐につくため、カイルは私の心配をすることなく刺客を捕まえに行けるのだ。

ココディアと国交を断絶してから、こういった刺客を送られることが多くなった。結界を張ったことで損をしたのはココディアの貴族だけではなかった。こっそりとココディア側とつながり、利益を隠していたユーギニスの貴族もいたからだ。

まっとうな取引での損であれば補償すると通達してあるので、通常の穀物などを取引していた貴族は名乗り出ている。そうではなく、たとえばユーギニスの情報などを売っていた貴族たちは、戦争が始まればココディア側につこうとしていたのだろう。それが急に結界が張られ、ココディアとの国交は断絶してしまった。

ココディア側につこうとしていたことがバレたら、お祖父様に処罰されると思ったのかは知らないが、私とお祖父様がいなくなればどうにでもなると思ったらしい。

結果として送られてきた刺客から情報を聞き出し、いくつかの貴族家とその分家をつぶすことになった。お祖父様は私に代替わりする前にはつぶすつもりだった貴族家だから、手間が省けたと笑っていたけれど……。

狙われていることに気がついてから、クリスとカイルがますます心配性になった気がする。

「戻ったよ、ソフィア。こっちは何もなかったか？」

「うん、こっちは大丈夫。カイルも大丈夫？　今日のはそこそこ魔術を使えたって？　ケガしてない？」

「平気だよ。ただ、ちょっと近衛騎士だけに任せて逃げられても困るから。地下牢に入れて、情報吐かせるまでつきあってきた」

「カイル、今日のはどこの家だ？」

「この間つぶした伯爵家の分家らしい。懲りない奴らだな」

「最後の悪あがきってやつかな。ココディアと国交が戻れば、自分たちの悪行も明るみに出るってわかってるだろうから」

「そうだろうな。ソフィア、国交を戻すのは、どのくらいの見通しなんだ？」

「半年は様子見てほしいって言われたけど、もう少し早くなってもいいんじゃないかって思ってる」

「じゃあ、あと三か月ってとこかな」

「うん」

ココディアの国王が代わったことを知らせる書簡が届いたのは二か月ほど前だった。王太子レイモンと第二王子ダニエルが父親である国王を退位に追い込んだ。勝手な言い分でユーギニスと戦争を始めようとし、国を衰退させ、国民の命を危険にさらしたというのがその理由だった。

レイモン国王からの書簡は、ユーギニスへの謝罪の言葉だけでなく今後の対応についても書かれていた。新しい国王になったから責任が無いとは言わない、ユーギニスへの謝罪は国を立て直してから改めてさせてほしいと書いてあった。

この二年間でココディアの国内は荒れ、魔石が輸出できないことで二つの鉱山は閉鎖し、働き手として増やしていた移民の多くは他国に流れた。税が払えなくなり貴族を辞めて逃げ出すもの、女性や子どもを捕まえて売り飛ばそうとするもの、食べるものがないからと領主の屋敷を襲う平民もいたそうだ。

今ユーギニスと国交を戻しても迷惑をかけるだけだ。だからこそ、国内を半年ほどである程度安定させるので、それから話し合いに応じてもらえないだろうか。そう書かれたレイモン国王の話を信じようと思えたのは、内容のいたるところで、平民の被害を痛ましいものだと書いていたからだ。

けっして平民のほうが大事などというつもりはない。王族として、貴族を下に置くわけにはいかないと知っている。その上で平民の命や生活を守ろうとする意思を感じ、レイモン国王なら話し合ってもいいのではないかと思えた。

「ちょうどココディアから書簡が届いてますよ」

「あ、本当？　今日のは何の報告だろう」

話している間に届いたらしく、デイビットが書簡を渡してくれる。レイモン国王はココディアで行っている処罰、改革について、ユーギニスにも逐一報告してくれている。その実直さも評価して、半年待たずに話し合いの席についてもいいと思ったのだ。

「……そんな。どうして？」

「ソフィア？　報告に何かあったのか？」

「……結界の壁ができて、この国に続く道は使われなくなったでしょ？　だから人が通らなくなった道の周辺に鉱山から逃げた荒くれ者たちが集まって、盗賊の村を作っていたんだって。レイモン国王の命令でその盗賊の村を一斉討伐したらしいの……」

「いいことじゃないか。何がダメなんだ？」

「討伐の一週間ほど前にルジャイル側で解放したイライザの所持品が、盗賊の村から回収された中にあるのが見つかったって……」

「は？」

「イライザが？　あいつ、幽閉されているんじゃないのか？」

「幽閉されていたけど、イライザはココディアの戸籍がなかったみたいなの。元王妃が反対したから、実際には第三王子と婚姻してなかったって。だから無国籍の平民の扱いになっていて、レイモン国王がどうしたいか聞いたら、イライザは屋敷から出て行くことを望んだって」

「うわ……なんでそんな無謀なことを。ココディア国の貴族でも平民でもなければ幽閉させるのは難しいだろうが、解放されたからってどこに行くんだ。ユーギニスには入国できないように魔力封じの首輪をつけているし、もし入国できたとしても身内はいない……のはイライザは知ってるのか？」

イライザの母親はイライザが国外追放になってすぐに亡くなっている。父親のエドガー叔父様は実際には父親ではなかった上に、寝たきりで意識がない状況が続いていて、ハンベル領は国に返還された。今は王領の領主代理として元ハンベル子爵が任命されて管理しているので、首輪をどうにかして無事にハンベル領にたどり着けたとしても受け入れてはもらえない。

「本人にはしっかり説明したって書いてある。このまま幽閉されているのであれば生活の面倒はみると言ったそうだけど、イライザは受け入れなかった。国内が荒れていて状況もよくないからルジャイルに行ったほうがいいと、馬車乗り場まで連れて行ってから解放したそうよ。ちゃんとしばらく暮らせるだけのお金と宝石を鞄《かばん》に詰めて持たせたのに、その鞄だけが見つかったっていうの……イライザは盗賊たちに捕まったんじゃないかって。でも探しても村に捕まっていた女性の中にイライザはいなかった」

「盗賊たちに捕まったのに村にいないのなら、人買いに売られたんじゃないか？」

「人買いに？」

「その辺はデイビットが何か知らないか？」

黙って聞いていたデイビットだが、クリスに聞かれると引き出しの中から書類を出す。これはココディアの治安に関する報告書？　そういえば先月送られてきた報告書に人買いが増えていると書かれていたような気がする。

「ココディア全体の治安が悪くなったせいで、他国から人買いが訪れているようです。ココディアの貧しい家から子どもや女性を買い付けて、他国まで連れて行って高く売るんです」

「わざわざ他国まで買い付けに来ているの？」

「戦争が起きた後はこういう商売が成り立ってしまうんですよ。イライザ嬢はまだ若い女性だし、魔力も元貴族なだけあって平民とは比べものになりません。もうすでに他国まで連れて行かれていると思います」

「そんな……」

イライザにいい思い出なんてないけど、私の知らないところで普通に暮らしていてくれてかまわなかった。恨んでも仕方ないし、私に関わらないのならそれでよかった。そんなひどい目にあってほしいとは思ってなかったのに。

「そんな顔するなよ。イライザが他国に売られたからといって、ひどい目にあうとは限らない。死ぬよりかはましな状況かもしれないだろう？」

「それはそうだな。新しい国王になって、殺されたとしてもおかしくなかった。二国間の争いの元凶なんだし、罪を押しつけて処刑することだってできたんだ。レイモン国王はそれで新たな抵抗勢力が出てくることを恐れたんだろうが……」

「処刑されるよりはまし……か。そう考えたらそうかな……」

確かにユーギニスから国外追放する時も、お腹にハイネス王子の子がいなかったら処刑になっていたと思う。王位を乗っ取ろうとしただけでなく、私たちに向かって攻撃魔術を放とうとしていた。そのことを考えたら、生きているだけいいのかもしれない。

「もし、ソフィア様が助けたいというのであれば、ルジャイルに保護してもらえるようにお願いしますか？　運が良ければ売られる前に人買いを捕まえられるかもしれませんけれど」

他国に売られるにしてもルジャイルを通っている可能性が高い。ルジャイルの国王にお願いしたらイライザを保護できるかもしれない……けれど。

「ううん。それはしちゃだめだと思う。無事でいてほしいとは思うけど、ユーギニス王家としてイライザを保護する理由がないもの。もう戸籍から消してしまっているし、国王が国外追放すると決めたのよ。王太子としては、何もできない。ソフィア個人として無事を祈るしかできないわ」

「そうですね。余計なことを申しました。すみません」

「ううん、デイビットは私が悩んでいたから言ってくれたのよね。ありがとう」

「姫さんが気にすることじゃない。それでいいんだ」

クリスが良くできましたと言わんばかりに私の頭を撫で始めたら、負けじとカイルも頭を撫でてくる。二人同時に頭を撫でられると髪がぐしゃぐしゃになってしまうのだけど、そのことで二人に文句を言って笑い合うと少しだけ気が楽になる。最近、過去に起きたいろんなことが清算されていく気がする。割り切らなければいけないことだと飲み込めるようになったのは、少しは大人になれたのかもしれないと思う。

「ソフィア様、ユーギニスにとって、もう一つの報告も大問題じゃないですか？」

「あぁ、こっちの報告ね」

私に渡す前に書簡を確認していたデイビットが心配そうに言うけど、そっちのほうは予想できていたことだった。

「それね、報告書が来る前からそうなるだろうなと思っていたの」

「何がだ？」

「ココディアの貴族や民からは、ユーギニスの王太子はココディアを助けるはずだ、だから大丈夫に違いない。そう信じられているそうよ。私は半分ココディアの血をひいているから、ココディアを助けるのは当たり前なんですって」

「は？」

「もうすでに関係ないだろう？」

王太子妃だったお母様はユーギニスに嫁いだ事実すら消されてしまっているけれど、ココディア側の貴族や民からすれば関係ないのだろう。私は半分ココディアの人間だから、ココディアを助ける義務があると。そう思われるのは予想していた。

「でも、血はつながっているわ。レイモン国王も従兄弟だものね。レイモン国王自身がそう言って助けを求めてこないのが不思議なくらいよ。前国王からの謝罪文にはたまに書かれていたもの。ココディアの血に免じて許してくれないかって」

「ふざけてんなぁ」

「だからこそ、前国王は退位させられたんでしょう。……レイモン国王はどう対応していくつもりなのかな。ごまかしたりしないでこうして報告してくるのだから、自分たちの力だけで何とかしようと思っているんでしょうけど」

寝る前にクリスの診察を受けると、少し疲れているからと治癒の魔術をかけられる。おとなしく寝転がっていると着替えてきたカイルも横になる。今日は三人で寝るようだ。閨事をする時は治癒が終わってからカイルが入ってくるのでわかる。

「今日はいつもよりも疲れてんな。考えすぎたか」

「そうだね。いろいろ考えることが多くて。考えても仕方ないことばかりだったのにね」

イライザのこともココディア国内の動きも、私がどうこうできることじゃない。それなのに頭から離れなくて、ずっと気が重い。

「イライザのことはもう忘れるしかないな。ココディアのことは……まぁ、ある程度予想してたよな。姫さん、俺に王配になれって言った時にもうすでにそんなこと言ってたからな」

「クリスに言ってたってなんだ？」

「ココディアの血をひく自分が子を産むのが最善だとは思わない、だったかな。あの頃からココディアと開戦しそうになっていたのもあるんだろうが。あの言葉があったから俺が王配になるのを決めれたというのもある」

「ああ、そういえばそんなこと言ったね」

懐かしいな。閨事ができないから王配にはならないと言ったクリスに、子を作るための王配は必要としていないと答えた。ココディアの影響を受けないように、私の子を次の王にはしないと。

「今でもそう思ってるのか？」

「そうだね。実際にココディアではそう言われてるし。今後もココディアといい関係になるとは思えない。レイモン国王はいいかもしれないけど、その子孫になるとどう関係が変わるかわからないからね。お祖父様が婚姻による同盟を受けいれたのは、そうしなければいけないくらい国が荒れたからだろうけど」

「エディたちの子を養子にするのか……」

「そう思ってたけど、養子じゃなくてもいいかなと思う。エディたちも王宮にいるんだし、子が産まれた時に王族として認めれば済む話だから」

私の子にならなければ王太子にできないのかと思っていたけれど、エディが王太子代理になったことで、そのままエディの子も王族として認定することができる。エディとディアナに育てても らって、本人が王子教育を終えるころに意思を確認してもいいと思う。

「エディが王太子になるのが嫌だったのは国王になりたくないからだろう。エディたちの子が国王 になってくれるような性格だといいんだがな」

「それは……ディアナの子でもあるから大丈夫なんじゃないかと思ってる。それでもダメだった ら……その時考えるしかないよね」

きっとディアナに似てくれたら引き受けてくれるんじゃないかと期待しているけど、まだ結婚し て一年だし、妊娠もしてないうちから気が早いかもしれない。

「俺は姫さんとカイルの子なら見てみたいけどな。ココディアのことがなかったら、少しは考えた のか？」

「え？」

「姫さんは子どもを欲しくないのかと思って」

私自身の気持ち？　ココディアのことがなかったとしたら。思わず隣にいるカイルを見てしまう。 カイルとの間に子どもができる。きっと銀髪の可愛らしい子が産まれるだろう。そして……私は母 親となって……いや、違うな。

「多分、ココディアのことがなくても産まなかったと思う。産まない理由はいくらでも思いつくの に、産みたい理由が何一つ出てこない」

「ソフィア……」

「母親ってどういうものなのかわからない。お母様のせいだけじゃないと思うけど、自分が母親になれる気がしない。……きっと怖いんだと思う。子を産むことで自分が違うものになる気がして」

そっとクリスが背中を撫でてくれる。カイルがもういいんだと私の左手を両手で包んだ。自分の指先を見たら、少し震えている。

これは私の大人になり切れない部分だ。女性として生まれたのなら当たり前のことだとしても無理だと思ってしまう。女性としての私、母性を受け入れられずにいる。

「変なことを言って悪かった。少し気になっていただけなんだ。姫さんが子を産まないと決めた理由が引っかかっていて。姫さん自身が産みたくないと思うなら、それでいい。無理に産んでほしいとは思っていない。カイルもそうだろう？」

「ああ。俺はソフィアが決めたことを尊重する。というよりも、存在しない子どもよりも、ソフィアが笑っていてくれることのほうが大事なんだ。俺自身、母親を知らない。ソフィアと一緒だ。俺とソフィアとクリスと。三人で家族になって、もう十分だろう」

「カイルは本当にそれでいいの？　カイルは他に愛人を持てるんだよ？　その人なら子どもを産んでくれるかもしれないよ？」

「姫さん。馬鹿だな、それは」

「え？」

なぜか呆れたようにクリスに言われ、カイルを見たらあきらかに怒っている。カイルがこんな風に怒るのはめずらしいと思ったら、治癒を終えたクリスが手を振って部屋から出て行く。

「今日は休ませようと思ったけど無理だね。二人ともおやすみ～」

「え？」

「明日は少し遅い時間に起こしに来るけど。カイル、手加減はしろよ？」

「……できる限り努力はしよう」

「姫さん壊すなよ？　じゃあ、な」

「クリス？？」

　呼び止めたのにそのままパタンと扉は閉められた。どうしよう。振り向くのが怖い……と思ってたら、無理やりひっくり返されて、くちびるを重ねてふさがれる。

「……っ!?」

「俺にもう二度と愛人をすすめるなんてしないように、ちゃんと理解してもらおうか？」

「もう言わないっ……もう……」

　愛人だなんて二度と言わないと誓ってもカイルの機嫌は直らず、久しぶりに起き上がれなくなるまで鳴かされることになった……。


　目が覚めた時にはとうに朝食の時間を過ぎて、昼近くになっていた。

「……姫さん、大丈夫か？」

「……い……」

　起こしに来たクリスから聞かれ、無理と言いたかったのに声が出なかった。昨日の夜というか、今朝までカイルに寝かせてもらえなかった結果、身体中痛くてだるいし、声が出ないくらい喉がかれていた。

「あぁ、うん。無理に話そうとしなくていいから。薬湯を飲めそうか？」

起き上がろうとしたら、カイルが抱きかかえて起こしてくれる。すぐにクリスがコップを口に近づけて薬湯を飲ませてくれた。冷やされた薬湯が喉を通っていき、少しだけ痛みが落ち着いてくる。

「これじゃあ、今日は起き上がるの無理だな。昼食も食べやすいものにしてもらってあるから。カイル……壊すなって言ったよな？」

「…………………悪い」

「手加減しろっていつも言ってるだろう？　姫さんはお前と違って体力ありあまってるわけじゃないんだぞ？　体格差があることも理解しておけ」

「いや、わかってはいるんだが。ソフィアが俺の気持ちを疑うようなことを言うから……つい。ちゃんとわかってほしくて」

「はぁぁぁ。カイルの気持ちはわからないでもないが。あの後でちょっと考えてみたんだが、姫さんがカイルの気持ちをわかってないとは思えない。だとしたら、誰かによけいなことを吹き込まれたんじゃないのか？」

「誰かに吹き込まれた？」

「たとえば、国王代理の仕事が忙しくてまともに相手できないんじゃないか、とか。男性ならちゃんと自分の子だとわかる子どもを欲しいと思うのが普通だ、とかかな」

……当たってる。クリスの言ったことはすべて当たっていて、思わず目をそらす。

「ソフィア……誰に言われたんだ？」

「姫さん？　ご飯食べて落ち着いたら話してもらうからな？」

「…………ぅぅ」

二人から圧をかけられて、仕方なくうなずく。こうなると思ったから知られないようにしていたのに。

運ばれてきた食事は煮込まれた粥《かゆ》だった。粥の中に入っている肉は湯がいた後細かく裂いて、米と一緒に煮込まれている。少しだけ薬草も入っていて、ゆるく玉子でとじられた粥を、クリスが匙《さじ》ですくって食べさせてくれる。

食欲はなかったけれど、食べ始めたらお腹が空いていることに気がついた。途中で茶色い酸味のあるたれをかけると味が変わり、さっぱりとしてまた食べたくなる。運ばれてきた時にはそんなに食べられないと思ったのに、あっという間に食べ終わっていた。

「……ごちそうさまでした」

「うん、じゃあ、説明してもらおうか。まず、どこで誰に言われたんだ？」

「俺たちがそばにいない時なんてめずらしいだろう。必ずどちらかいることにしているんだからな。二人ともそばにいなかったのはお茶会の時だけだ。その時に出席していた令嬢たちにでも言われたんじゃないのか？」

「半分正解。エミリアの友人を作るためにディアナが開いたお茶会の時よ」

昨年十二歳になって公務をし始めたエミリアのために、ディアナが同世代の令嬢を呼んでお茶会を開いたのだ。私は国王代理の仕事が忙しいので、ほんのたまにしか出席できないが、妹のように思っているエミリアのために、できるかぎり顔だけでも出している。

「エミリアの友人の令嬢たちって、まだ十二か十三歳だろう。そんな令嬢がソフィアにそんなことを言うのか？」

「違うわ。私に何か言ってくるのはつきそいでくる夫人たちよ。エミリアの友人たちの母や姉が言ってくるの。ソフィア様たちの間にお子ができるのが待ち遠しいですね、ソフィア様はもちろん、クリス様とカイル様も至宝の方ですから子を残していただかないと。あぁ、ソフィア様はお忙しいですから、そう何人もお産みにはならないですよね。代わりにうちの子はいかがでしょうか。お二人を慰めるために利用していただいてかまいませんわ。とかね」

問題は令嬢ではなく、そのつきそいに来ている夫人たちだった。私が国王代理の仕事で忙しいこともあり、子を産む余裕がなくても仕方ないとわかっているらしい。だが、そのせいでクリスとカイルの相手も難しいのでは、と続くのだ。それに子どもを産んであげられないなんてかわいそうだ、とも。

「俺たちはそういう意味ではなんの不満もないんだがな」

「カイルは姫さんじゃなきゃダメだし、俺にはもともと夜の相手は必要じゃない。……公表すれば王配からおろされるかもしれないから言うわけにはいかないが」

「男の人は自分の子が欲しいはずだって言われたの。私が産むと、どちらの子かわからないと思われているでしょう？　確実に自分の子だとわかる子が欲しいのではないかって言うのよ。そう言いだす夫人が一人いると、周りもそうだって同調するの。あぁ、男の人ってそうですよねって」

「俺もそう言うと思った？」

「私を大事だと思ってくれる気持ちを疑ったことはないけど、もしかしたら子どもが欲しいっていう気持ちはあるのかもしれないって思って。だとしたら……私は応えてあげられないって思って……」

私が子を産みたくないというのは私のわがままでしかない。カイルは優しいから、私が嫌だって言えば無理に産んでほしいとは言わない。いつでも私がしたいようにさせてくれる。だけど、それは本当にカイルの気持ちなんだろうか。そう思って不安になっていたから、昨日の夜に聞いてしまったのだ。

「正直言って、俺は変わっているんだと思う。普通の男とは会話が合わない」

「え？」

「王宮に来た当初も娼婦を買いに行こうと誘われても、まったく興味なかった。女の子と飲みに行こうと言われても、ずっと断っていたら変な顔された。どの令嬢が好みなんだと聞かれても、俺には全部同じに見える。ソフィアだけが大事なんだ。いろんな令嬢と遊んでみたいとか意味がわからない」

「まぁそうだろうな。俺自身も欠けている人間だと思うが、カイルもある意味欠けているよな。そこに入っていけるのは姫さんだけなんだと思う」

「そういうことだな。普通の男としての感覚が欠けているんだと思う。子どもがもし生まれたとしても、自分の子だからというよりも、ソフィアの子だから可愛がりそうな気がするんだ。だから、自分の子が欲しいなんて、これまで思ったこともない」

「……そっかぁ」

真面目な顔で考えながら答えてくれるのを聞いて、なんだか気が抜けてしまう。自分で思っていた以上に悩んでいたらしい。

にこにこと笑い合うお茶会で言われたことは、後からジワリと効いてくる。善意という形で傷つけられているとわかっていても、何も反論はできない。自分の子が欲しいと願う気持ちは誰にでもある、もちろん王配にも。男の人ってそう思うものですからね。お二人もそう思うでしょう。それを我慢させるのはお可哀そうですわ。そう言われて、何を言い返せただろう。

でも、王配とひとくくりにされても、クリスとカイルのことを誰よりも知っているのは私だったのに。

そう思ったのに、二人たちは話したことすらないはずだ。クリスとカイルは同じじゃない。それにお茶会に来ていた夫人たちは話したことすらないはずだ。

「やっぱりお茶会の間も俺たちどちらかがそばにいるべきだったか」

「いや、ディアナ妃のお茶会は女性しか入れない。お茶会で言い返すのは無理だろう」

「二人ともありがとう。大丈夫。違うんだってわかったから、もう何言われても平気だよ」

不安に思ってしまったけれど、そんなことで悩む必要はないってわかったからもういい。これからは何を言われても笑顔で流してしまえばいい。女王になる私に命令できる者はいないのだし、善意で押しつけられたとしても断れば済む話だ。

「どうやって断る気だよ。女王の権力とか言うなよ？」

「そのくらい許してもらえるよ。王配は私だけのお気に入りだからダメ、とか言えば」

「まぁ、許されるだろうが……なぁ？」

少しくらい角が立ったとしても、断らなければ面倒なことになりかねない。そう思ったのに、二人は目を合わせてうなずいた。何か問題があるんだろうか？

「俺に考えがあるから、まかせておけよ。カイル、愛人の申し込み来ているだろう？」

「送り返すようにデイビットに言ってあるけど、来ているだろうな」

「こんな風に返事をしてやろう」

二人だけで笑いながら相談しているけれど、私はまだ身体が痛くて動けない。何か企んでいるんだろうなぁと思いながらもまたうとうととしていた。


後日、クリスへの愛人の申し込みの返事を読んだ貴族家は驚いた。そこには愛人を受け入れる条件として、「カイルよりも強いこと」と書かれていた。一方、カイルへの愛人の申し込みの返事は「クリスよりも美しいこと」と書かれていた。

ユーギニスで一番の魔術の使い手で剣術でも騎士団長よりも強いカイルより、強い令嬢などいるわけがない。ユーギニスどころかこれだけ美しい男性は、どこを探してもいるわけがないと言われているクリスよりも美しいと、手を上げられる令嬢がいるわけがなかった。

王配二人の愛人の条件はすぐさまお茶会で話題となり、クリスとカイルの愛人になれるものはいないと盛り上がった。

ただ一人、ディアナ妃だけはその話を聞いて納得して微笑んだ。

「カイル様より強いのはソフィア様です。もちろん、クリス様よりも美しいのも。あのお二人の相手はソフィア様ただ一人ということですわね」

第十五章 ルジャイルからの使者

新しい体制での仕事も慣れてきたと言っても、忙しさが変わるわけではない。国王執務室に新しい人員を補充するかどうか悩んでいたら、ルジャイル国から書簡が届いた。差出人はルジャイル国王。ルジャイルとの交渉はフリッツ叔父様に任せていたから、こうして国王からユーギニス国王宛てに書簡が届くのはめずらしいことだった。

「これは……どうしたらいいかなぁ」

休憩室のソファに座り唸《うな》っていたら、エマがお茶を淹《い》れてくれる。クレメント侯爵家での修行を終え、私の専属侍女になって二か月。周りにも慣れてきた様子で、クリスとカイルの前にもお茶を置いた。

「ありがとう、エマ」

「いいえ」

にっこり笑って退室したエマを待つように、デイビットがため息をついた。さきほど難しい顔をして私に書簡を渡してくれたまま、ソファに座ることなくうろうろしている。困って落ち着かないのは私だけではないらしい。

「ルジャイルとはいい関係を維持できていますが、さすがに急にこんなものが送られてくるとは思いませんでしたからね」

「うーん。どうしようか。エミリアに政略結婚させるつもりはないんだよねぇ」

ココディアと国交断絶してから二年と四か月。その間、陸続きではないものの海路でつながっているルジャイルと親交を深めてきた。ルジャイルからは魔石を、こちらからは穀物などの食料を送り、今ではなくてはならない相手になっている。そのルジャイルから突然エミリアへ婚約の申し込みが送られてきた。

十三歳になったエミリアだが、今のところ婚約者もなく、その予定も特にない。エディとディアナに子が二人産まれればエミリアは王族を離れる予定になっているが、学園を卒業するまであと五年もある。去年結婚したばかりのエディたちに子が産まれるのを待ってから、ゆっくり考えても遅くないと思っていたのだが……。

「書簡を送ってきたのは国王だとしても、エミリアの相手は誰なんだ？」

「えっとね、王弟の息子だと書いてある　今、十四歳だって。イシュラ王子。年齢的にはエミリアの一つ上でちょうどいいんだろうけど……」

「王弟の息子？　ルジャイル国王にも三人息子がいたよな。普通、政略結婚させるならそっちじゃないのか？」

「そうだよねぇ。王弟の息子なら王族を離れる予定だよね。まぁ、エミリアも王弟の娘……になる予定だったわけだけど。第一王子だったお父様は即位しなかったし、第二王子だった叔父様はもうすでに王族から離れているし。兄のエディにしても王太子代理とはいえ、即位する予定もないんだよね」

現在のエミリアは国王代理の従妹であり、王太子代理の妹。政略結婚する必要もなければ、王位継承権第三位でもある。エミリアのことを考えれば断ればいいのだが、断る理由にしては少し弱い。断る方向で考えていたら、同じように考え込んでいたクリスから聞かれる。

「なぁ。エミリアは王子と結婚するとか言ってなかったか？」

「そういえば言ってたね。エミリアが王太子になってもよかったんだけど、聞いてみたら素敵な王子が迎えに来るからって断られたんだった」

「それって、もしかしてそいつのことじゃないのか？」

「え？」

そういえばココディアには他の同盟国からも大使が来ていた。フリッツ叔父様が人質になったまま外交を続けていられたのは、同じように人質のように大使となっている他国の王族と交流していたおかげだ。ルジャイルにも親しい友人がいると言っていたが、もしかしたらルジャイルの王弟一家がココディアに大使として来ていた可能性がある。

「叔父様に確認してみようか」

「離宮から呼ぶくらいなら、直接エミリアに聞けばいいじゃないか」

「それもそうだね。エミリアなら王宮にいるんだし」

忙しくてなかなか会う機会がないけれど、エミリアも王宮に住んでいる。王族とはいえ、将来的には王族を抜ける予定のエミリアは、本宮に住むよりも静かなほうがいいと東宮に部屋を持っている。私やエディとは違い王太子教育を受ける予定はないが、帰国してから受けている王女教育は順調に進んでいると報告が来ていた。

「デイビット、今日のエミリアの予定は？」

「エミリア様ですか……今日はココディア語の授業で本宮に来ていますね」

「じゃあちょうどいいね。終わったら執務室に来るように伝えてくれる？」

「わかりました。連絡をしておきます」

「一応、叔父様にも連絡しておいてくれる？　どちらにしても報告しないで返事するわけにはいかないから」

「わかりました」


エミリアが執務室に来たのは夕方近くになった頃だった。ココディア語の授業は午後のお茶が終わるまでなので、授業が終わってすぐにこちらに来たようだ。

「ソフィア姉様、お久しぶりです」

「エミリア、急に呼び出してごめんね。少しだけお茶につきあってくれる？」

「はい！　もちろんです」

執務室の奥の休憩室に向かって歩くと、すぐ後ろをついてくる。久しぶりに会ったエミリアは成長が早いのか、もう私と同じくらいの背丈になっていた。

私が八歳の時に産まれたエミリアも、十三歳を迎えて大人びた感じになっている。王族らしい銀色の髪に緑目。髪はふわふわとしたくせ毛で、歩くたびにふわりとゆれる。騎士のような精悍《せいかん》な顔つきのエディとは違い、少し柔らかなたれ目が可愛らしい。どうやらエミリアの顔立ちは叔母様ではなく、叔父様に似たらしい。お祖父様が言うには亡くなったお祖母様に顔立ちや雰囲気が似ているそうだ。

誰もいない休憩室に入ってソファに座るようにすすめる。まだお茶も用意されていないが、さっそく話を始めることにした。お互いに忙しいのがわかっているので、久しぶりに会えたというのにゆっくりできないのが残念だ。

「ココディア語の授業、お疲れさま。どの教師もエミリアを褒めていたわよ。王女教育も進んでいるみたいで安心したわ。この分なら、学園に行く前に余裕で終わるわね」

「帰国するまでまともに授業を受けていなかったので、どの程度できるのかわからなくて心配でした。でも、なんとか入学前に終わりそうでほっとしてます」

「エディもアルノーもそうだったけど、エミリアも大変だったものね。ユーギニスに帰って来てくれてよかったわ」

「ふふふ。私はココディアでも楽しんでいましたけどね」

見た目はおとなしめなのに、自分の意見をはっきりと言うエミリアは、エディよりも王太子に向いていると思う。芯が強いというか、きちんと信念に基づいて行動しているように見える。エディとも仲が良いが、どちらかといえばディアナを慕っているようだ。できるならば今後は王太子の仕事を手伝ってほしいと思っているのだけど。

「あのね、今日突然呼んだのには理由があって。エミリアに婚約の申し出が来ているの……」

呼び出した理由を伝えると、エミリアは一瞬で表情を変える。さっきまで微笑んでいたのが嘘のように眉間にしわを寄せて嫌なのが伝わってくる。わざとそういう顔をしているわけではないのだろう。こういうところはあまり貴族らしくないが、王族なのだからこのくらいでいいのかもしれない。その表情が可愛らしくて思わず笑っているとルリがお茶を出してくれた。

授業で疲れているエミリアのために蜂蜜入りのお茶を淹れてくれたようだ。まだ飲んでいないのにふんわりと甘い匂いがしてくる。それなのに、エミリアはお茶に手をつけず私の次の言葉を待っている。

「えっと、はっきり言っていいのよ？　そういう申し出があっただけでエミリアが嫌なら断るだけだし、無理に政略結婚させるつもりはないから」

「あら、そうなんですか？　私だって一応は王族ですし、責任があるのはわかっています。ソフィア姉様が一人で頑張っているのも知っています。私は王族にいてもあまりお役に立てませんし、政略結婚の話が来たなら断ることはできないのかと思っていました」

私の言葉を聞いて、パッと表情が明るいものに変わる。どうやら嫌でも承諾するつもりでいたらしい。エミリアもいろいろと考えて王族としての責任を果たすつもりだったのか。大人びたとはいえまだ幼さも残るエミリアの頭を撫でたくなる。

本当にエディもエミリアもいい子で、ユーギニスは王位争いとは無縁だと感じる。

「まぁ、確かにエミリアは王女としては少し微妙な立場かもしれない。だけど、ちゃんと役に立ってくれると期待しているの。でもそれは政略結婚という意味ではないわ。エミリアは優秀だから、王女教育に差し支えないのであれば、王太子の仕事を手伝ってくれたらいいなと思っているだけで」

「エディ兄様のお仕事ですか？　それならディアナ義姉様《ねえさま》がいますし、大丈夫じゃないですか？」

エディとディアナは学園を卒業した昨年の春に結婚している。王太子代理のエディを王太子妃代理としてディアナが支えてくれている状況だ。気の弱いエディが少しばかり頼りなくても、優秀なディアナがいれば大丈夫だと思うのも無理はない。

「うん、ディアナがいてくれて安心するのはわかるけど、そろそろ考えておいた方がいいと思うの。ディアナが妊娠して子どもを産む間、エディ一人じゃ無理かなって」

「あぁ、そういう問題もありましたね。では、ディアナ義姉様が仕事できない間はお手伝いします」

「本当に？　ありがとう、助かるわ。ちょっと私も国王代理の仕事で手いっぱいで。エディのほうは手伝えないと思うのよね。あ、それで、一応は聞くけど……この婚約の申し出どうする？　断るにしても、ちゃんと書簡を読んでから判断してもらえる？」

ルジャイルからの書簡を渡すと、しかめっ面《つら》して読み始めたエミリアの顔がどんどん緩んで赤くなっていく。……こんな顔するエミリア、初めて見たんだけど？

「エ、エミリア？　どうしたの？　大丈夫？」

「あの、あのっ……」

目をぱっちり開いたまま口をはくはくさせて、それ以上言えなくなるエミリアにやっぱりと思いながら確認する。

「あのね、エミリア。覚えているかわからないけれど、エミリアが帰国してすぐの頃、エミリアに王太子になる気はないかって聞いたら、素敵な王子様が迎えに来るから無理って言ったの」

「……!!」

「その王子様って、その人なんじゃない？」

「あのっ……姉様っ……」

「うん、落ち着いて。ゆっくりでいいよ？　とりあえず一回お茶飲んで？」

ぬるくなってしまったお茶をすすめると、慌てたようにごくごくと飲み干す。作法は完全に無視していいし、ここは従姉妹《いとこ》として聞き出すことにする。政略結婚ではなく、恋人との婚約なのであれば、個人的な話として考えていいかもしれない。

「エミリアが待っていたのは、その人なのね？」

「…………はい」

クリスが予想したのが正しかったらしい。真っ赤になりながらもうなずいたエミリアに、もっと早く教えてくれたら良かったのにと思う。

「どうして話してくれなかったの？」

「……だって、迎えに来るなんて無理だと思ってしまって。帰国する時には絶対に迎えに行く、結婚しようって言ってくれたのですけど、よく考えたら私も向こうも王族だし、当時は国交もない状況でしたから……」

「あーそういうことか。それは確かにね。あの頃、エミリアまだ九歳くらいだったし、そう思うのも無理はないわ」

「そうでしょう？　イシュラもまだ十歳で、二人とも何もわかっていなくて。帰国してから会えなくなって、遠い遠い国なんだって理解しました。だから……嫌ですけど、政略結婚させられたとしても仕方ないって思って。きっと姉様のことだから、選んでくれた相手はおかしな人じゃないと思いますし」

「だから最初すぐに断らなかったのね。エミリアならすぐに断ると思ってたから意外だったのよ」

割とはっきり自分の意見を言うエミリアなら、嫌なら嫌だというと思っていた。そう話すと、恥ずかしかったのかエミリアは少しすねた顔になる。

「……王宮で暮らしていたら、嫌でも自分が王族だと理解します。ユーギニスに帰ってきたばかりで何も知らなかった時とは違います。私だけ何もしないで王族でいるのは嫌ですから……」

「ふふふ。エミリアは本当にいい子ね。そっか。もう一度聞くよ？　この結婚は政略結婚じゃないわ。向こうからの婚約の申し込みを断っても何も問題ないの。そして、エミリアがそうしたいと思うのなら、婚約を受け入れても何も問題ないのよ」

「いいのですか？」

「ええ。といっても、今すぐというわけにはいかないけど。王位継承権を持っているエミリアをルジャイルに嫁がせるには条件があるのよ。エミリアを王族から抜けさせるのはしばらく無理だし、それを待っていたら他からも婚約の申し込みが来てしまいそうなのよね……。だから、できればイシュラ王子がユーギニスに婿入りしてほしいの。エミリアはどう思う？」

「それは私としても何の責任も果たせずに他国に行くのは苦しいです。せめて政略結婚だというのならいいのでしょうけど、そうではありませんし。婿入りしてくれるでしょうか？」

王族としての責任を果たしていない。王族の一人として生まれ、そのためにたくさんの税がつかわれている。だからこそ、王族としての義務があり、公務などの仕事で返さなければいけない。人によっては、生まれつき高貴なのだから義務などないと考える者もいる。エミリアが自分で考えた結果、王族としての責任を感じているのならうれしいと思う。

でも私としては、できるかぎり好きな相手と結婚させてあげたい。相手が王族ならば身分としては問題ない。二国間の関係も良好。あとの条件はこれからの話し合いによると思うけど……。

「叔父様にも相談してみるわ。ルジャイルの情勢もわからないままではなんとも言えないもの。でも、エミリアのために頑張ってみるからね」

「ありがとうございます、姉様！」

余程うれしかったのか久しぶりに抱き着かれ、頭を撫でようとしたら身長が同じくらいで背中を撫でてしまう。初めて会った時はあんなに小さかったのに、本当に大きくなったんだと感じる。

もうすでに公務も始めていることだし、どこから婚約の申し込みが来るかわからない。国内貴族から申し込まれる前にルジャイルと話し合いを終えたい。横やりが入ってしまわないように、急いで交渉しようと思った。


エミリアが帰った後、もう一度デイビットにお願いをする。

「叔父様に再度連絡してくれる？　できる限り急ぎで相談したいことがあると」

「わかりました。すぐに連絡いたします」

叔父様から返事はすぐにきた。使者に持たせた手紙をその場で読んで、すぐに返事を書いてくれたらしい。そこには明日にでも王宮を訪ねるとあった。

エミリアの婚約について相談したいという一文を見て、そのまま急いで王宮に来ようとしたのを叔母様に止められていたようだ。いかにも子煩悩な叔父様らしい話に、その場にいたみんなで笑ってしまった。

次の日、朝食の最中に叔父様が王宮に着いたことを知らされた。叔母様に止められても聞かず、朝まで待つのが限界だったようだ。

「さすが叔父様ね。叔母様が呆れている顔が目に浮かぶわ」

「こうなるのも仕方ないだろう。義父上はエミリアと離れて暮らすことも嫌がってたくらいだしな」

「そうは言ってもねぇ。王位継承権を放棄した叔父様はともかく、エミリアは王宮にいてもらわないと困るし。離宮で王女教育するのは難しいんだよねぇ」

仕方ないので叔父様は待ってもらうことにして、早く食べてしまおうとちぎったパンを口の中に入れる。朝食を抜いたらみんなに心配されることになるので、なるべく急いで食べるしかない。

私が王太子に指名された後、ユーギニスに戻って来た叔父様は争いの種にならないようにとすぐさま王位継承権を放棄した。そのため王位継承権を持つのは私を含めて三人しかいない。今、国王代理である私に何かあればエディかエミリアが国王にならなければいけなくなる。どちらも王宮に住んで王族教育を受けてもらわなければいけない立場だった。

叔父様もその辺は重々承知だと思うけれど、まだ九歳のエミリアを親元から離して王宮に住まわせるのは良い顔をしなかった。しばらくは叔父様と叔母様が王宮と離宮を行き来していたが、昨年エミリアが十二歳になって公務を始めるようになると、本格的に離宮に移り住んでしまった。

王妃も王太子妃もいなくなった王宮では第二王子妃だった叔母様の身分は高いのだが、ずっと人質として他国にいた叔母様は妃として敬われるのは居心地が悪かったらしい。叔父様は叔母様のことを第一に考えて離宮へと移った。でもやっぱりエミリアのことが心配なのだと思う。娘の婚約話と言われ、こんなに早く王宮にきてしまったくらい。

朝食を終え執務室に向かうと、奥の休憩室で叔父様が待っていた。リサが応対してお茶を淹れてくれていたようだが、テーカップの中身がもうすでになくなりそうだった。

「リサ、お茶をお願い。叔父様にも」

「かしこまりました」

「叔父様、おはようございます」

「……………すまない。早すぎたな」

やってしまったという顔をしている叔父様に笑いそうになる。金髪紫目の叔父様は、お父様と色はまったく同じなのに、表情は全然違う。やる気のない無表情だったお父様と、穏やかな微笑みを絶やさない叔父様。三兄弟とも気が合わなかったらしく、お互いに関わろうとは思わなかったそうだ。と言っても、私もお父様とエドガー叔父様とはほとんど話したことがない。叔父様と話すとほっとするし、他国の情勢に関しては叔父様が一番詳しいため、ココディアと揉めた時には何度か相談もしている。ルジャイルに魔石の輸入の件を取りつけてきてくれたのも叔父様だった。

ルジャイルに親しい者がいるというのは聞いていた。それが王弟だとは知らなかったけれど。

「いえ、叔父様がエミリアの婚約話だと聞いたら、こうなるって想像できたはずでした。朝早いと言っても、もうすぐ始業時間ですし、問題ありません」

「それならいいが……で、相手は誰なんだ？　公務を始めたし、申し込みが来てもおかしくはないとは思っていたが。降嫁を申し込めるのはバルテン公爵家あたりか？」

そういえばクリスの弟デニスがまだ結婚していないことを思い出す。公爵領を立て直すのが大変で、今はそれどころではないらしい。考えもしていなかったが、エミリアを降嫁させるとしたら、身分的に釣り合いがとれるのはデニスで間違いない。

「いいえ。国内貴族じゃありませんでした」

「国外だと！　ココディアじゃないだろうな！」

国外だと言われ、思いつくのはココディアだろう。ココディアの前国王ならば、もう一度婚姻による同盟をと言い出しかねないからだ。焦りが頂点に達したのか、我慢できずに立ち上がってしまった叔父様にクリスが口を挟む。

「義父上、話が進まないから落ち着いてください」

「……うう。落ち着かなきゃいけないとはわかってはいるんだ。だけどなぁ、クリス。お前なら気持ちわかるだろう。カイルも。お前たちにとっても義妹《いもうと》だろう？」

「義父上の気持ちはよくわかってますよ。だけど、ソフィアがエミリアを泣かせるようなことすると思ってるんですか？」

「………しないな」

「だったら、まずは黙って話を聞いてください」

「わかった……ソフィア、説明を頼む」

クリスとカイルに説得されて、すとんと腰を下ろす。少しは落ち着いてくれたようでほっとする。

二人とも私の婚約者になった時点で叔父様の養子になっているが、形だけではなくきちんと交流していた。エディとエミリアは二人を兄と呼ぶし、叔父様と叔母様は二人を息子扱いしている。

家族というものにあまり縁のなかった二人だが、少しずつ仲良くなっていき、今では親子らしい会話をするようになっている。忙しいのでたまにしか会うことはないが、二人が叔父様の家族として会話をしているのを見ると、なぜか私もうれしい気持ちになる。

「叔父様が心配するのは当然です。でも、エミリアは喜んでいました。これを見てくれます？」

「エミリアが喜んでいた？？」

ルジャイルから来た書簡を渡すと、叔父様はすぐに読み始める。その顔がだんだん緩んで、最後はこらえきれないように笑いだしてしまう。

「叔父様？」

「ふはっ。ふははっ。あぁ、悪い。つい、笑ってしまって」

「イシュラ王子がエミリアの待っていた王子様なんですよね？　帰国する時に迎えに行くと約束していたそうなのですが」

「あいつ、そんなこと言ってたのか。なるほどなぁ」

「ココディアで知り合ったのですよね？」

確認のために聞くと、叔父様は真面目な顔に戻り説明してくれる。

「ああ。当時はルジャイルの第三王子とその家族だった。母国に王太子の兄と第二王子がいるからと、ココディアへ大使としてきていた。俺たちと同じだな、人質外交だ」

「第三王子、ですか？」

「そうだ。だが、途中で第二王子家族が亡くなり、帰国することになった。第二王子というのは兄ではなく、従兄弟だと言っていた。ルジャイルは王太子の子がそのまま国を継ぐのではないんだ。王族の子はすべて平等に扱われる。その中で一番優れている者が王太子となる」

「王族の子がすべて平等というのはめずらしいですね」

「そうだな。王太子以外の王子を王族に残すのはそれほどめずらしくないが、その場合は王太子に子が産まれたら俺のように王位継承権を放棄するのが普通だ」

「そうですよね。王位争いが起きかねないですもの。でも、ルジャイルではそうならないのですか？」

「いや、争う。といっても、優秀さで競うのが通常だ。今までソフィアにこの話をしなかったのは、ルジャイルの第二王子が亡くなった理由がひどかったからだ」

「ひどい？」

今までそれほど交流してこなかったルジャイルの話は、他国の王族である叔父様にはあまり知らされていないのかと思っていた。どうやら叔父様はルジャイル王家の事情を知るくらい親密らしい。だけど、ひどかったから私には言わなかったなんてどういうことなんだろう。

「第二王子に嫁いだ妃が自分の子を次の王太子にしようと、王太子の子を毒殺しようとしたらしい。とても優秀で、その子が次の王太子になると言われていたそうだ。幸い、毒を飲まされた子は無事だったが、それに気がついた第二王子が、責任を取ると言って、妃と子を自らの手で殺し自身も毒を飲んで死んだ」

「……………なんてことを」

「だが、王族殺しは発覚すれば処刑だ。死ななかったとしても毒を飲ませたとわかれば、免れないだろう。処刑されるくらいなら自分の手でと思うのもわかる」

今のユーギニスには王位争いというものは存在しない。けれど、エドガー叔父様やイライザは私を殺そうとしていたのだし、少し何かが違えば結果は変わっていた。

私が殺されていたとしたら、エドガー叔父様は一家で処刑されていたはずだ。

処刑の方法は国によって違うはずだが、重罪になれば見せしめのように苦しませてから処刑されることが多い。それを考えたら、苦しませないように自らの手でということなのかもしれない。

「そんなことが……それで第三王子の家族はルジャイルに戻ったのですね。イシュラ王子がどんな王子だったか覚えていますか？」

「そうだな。ココディアからルジャイルに戻ったのは、今から十年前だった。だから、その時のイシュラは四歳。エミリアは三歳。その時はただの仲のいい幼馴染だった」

「そんなに幼い頃にルジャイルに戻ったのですか？」

「ああ。だが、それからしばらくして、兄上たちは離縁しただろう？　そのおかげで俺たちはココディアから外に出られた」

お父様とお母様が離縁し、お母様がココディアに戻ったことで、人質だった叔父様家族はココディアに居続ける必要はなくなった。だが、それから数年はお祖父様の命令で他国をまわって外交していた。

「ココディアの代わりに魔石を輸入できる国を探していって、父上に言われて周辺国をいろいろと回った。魔石が取れる鉱山は秘密にされていることが多いし、同盟国でもないのに急に輸出してほしいとお願いしても断られる。貴重な魔石を自国だけで消費している国も多い。交渉しても何か国かダメで、ルジャイルにもダメもとで行ったんだ。イシュラの父、ダガルとは仲が良かったから、半分はただ会いに行くのが目的でな」

「そこで再会したんですね」

「そうだ。再会したのは二年半ぶりだったかな。イシュラのほうはエミリアを覚えていたが、エミリアは忘れてしまっていた。それでも二人は会ってすぐにまた仲良くなって、ずっと一緒にいたよ。エディとアルノーが嫉妬するくらい、二人は一緒にいたんだ。俺たちがユーギニスに帰る時、イシュラは本当に悲しそうにしていた。それでもイシュラも王族だ。帰らなければいけないのは理解していた。たった十歳の王子だが、とても賢い子だった。泣くのをこらえていたが、迎えに行くと約束したのはその時だろう。エミリアのほうは帰国するという意味をよくわかっていなくて、笑顔で挨拶していたがなぁ」

「あーなるほど。エミリアのほうは想像できます。先ほど王族の子はすべて平等で、そこから王太子が選ばれるといいましたよね？　できればイシュラ王子には婿として来てほしいのですけど、難しいでしょうか？」

「それについては大丈夫だ。私たちがルジャイルに滞在していた時にはもうすでに次の王太子が決まっていた。今の国王の息子だ。選んだのは前国王だったはず。イシュラは第三王子の子で、しかも第三子だった。イシュラが七歳の時に王太子はもう成人していたからな。比べようもない」

「それなら婿入りする方向で考えてもらえそうですね」

王太子になる王子だったとしたら、さすがに婿入りしてくれとは言えない。ルジャイルは今でこそ大事な取引国ではあるが、叔父様が王弟と仲良くなるまで、ほとんど交流したことがない国だった。そのため図書室で調べてもルジャイルの情報があまり出てこない。

これから書簡で条件を話し合っていくにしても、叔父様に間に入ってもらわなければいけなくなる。こちらが常識だと思って話すことが、向こうには非常識に思われてしまうこともありうるからだ。下手に怒らせて婚約話がなかったことにされたら、エミリアが悲しむことになる。

「婿入りか。私としてはありがたいんだが、エミリアを王族に残すつもりなのか？」

「いえ、エミリアは王族から抜けてもいいと思っているんですけど、今の状況だとそうもいかなくて」

「何か問題が？」

「……早くてあと一年、遅くてもあと二年で、私が即位します」

「もうそんな時期か……そうか、王位継承権の問題か」

「そうです。私が女王になったら、王位継承権を持つのは二人だけになります。継承権を持ったままエミリアが国外に嫁ぐのは認められません。エディとディアナに子が二人以上産まれるか、一人目の子が七歳になって王位継承権を与えられるまで待たなければなりません。その間にエミリアは成人してしまうでしょう。いつ嫁げるかわからないような婚約では、さすがに無理だと思います」

ユーギニスの法では、王位継承権を放棄できるのは、その者が放棄しても他に王位継承権を持つ者が二人以上いる場合のみだ。叔父様が問題なく放棄できたのは、私とエディとエミリア、王位継承権を持つ者が三人いたから。だけど、私が即位してしまえば王位継承権を持つ者は二人だけになる。

エミリアが放棄するには、エディたちに子が産まれ、七歳になって王位継承権を与えられるまで待つか、七歳未満の王族が二人以上いれば特例で認めてもらえる。

もしかしたらエディたちの子が続けて産まれ、エミリアの成人に間に合うかもしれない。だが、一人も子が産まれていない今の状況では、放棄できるのが何年後になるかわからない。

「そうだなぁ。何年も待たせてしまったら、その間に情勢が変わるかもしれない。婚約したらすぐにこちらの国に来いと言われる可能性だってある。……婿入りじゃなければ婚約そのものが難しいか」

「その話し合いを叔父様に任せてもいいでしょうか。こちらに婿入りしてもらうのに条件があるかどうか、聞いてもらえませんか？」

「……うーん。そうだな。俺としてもエミリアが他国に嫁ぐより婿入りしてもらったほうがいい。その方向でルジャイルと交渉してみよう。条件はあるかもしれないが、断られることはないと思うよ。イシュラなら、婚約そのものを断ったとしてもあきらめないだろうから」

「え？　そういう感じの王子なんですか？」

「ああ、かなり優秀だぞ。目的のためなら手段を選ばないという感じではなく、確実に手に入れるために策をこらす感じの奴だ。エミリアに執着していたから、いつかは来ると思っていたが予想よりはるかに早かったな」

「執着しているんですか……」

多少エミリアの相手に不安は残ったけれど、あとは叔父様に任せることにして話を終えようと思った時、慌てたようにデイビットが部屋に入ってくる。手には書簡が。目に入った紋章はルジャイル国王からのようだ。え？　昨日の今日でまた書簡が？

ココディアから毎日送られて来ていたから驚きは薄れるが、通常は一通送るだけでも大量の魔石が必要になる。重要なことでもなければそうそう他国に書簡を送ることはないのだが……。

「ソフィア様、ルジャイル国からです。お話し中なのはわかっていますが、関係することなのではと思いまして」

「ええ、そうかも。ありがとう」

書簡を受け取って中を確認すると、やはりルジャイル国王からだった。まさか婚約話を撤回するようなことはないだろうけど、続けて書簡を送るなんて。読み始めたら理解できない内容で、書かれているのが本当のことなのかと疑いたくなる。

「………は？」

「どうかしたか？」

「……………えーっと、ルジャイル国王からなんですけど。イシュラ王子がユーギニスに向かったからと」

「はぁ？」

良かった。あっけにとられたのは私だけじゃなかった。叔父様も口を開いたまま固まってしまった。ユーギニスに向かっていいかと伺いを立てるわけではなく、向かったからと。王族が他国に行くのに事後承諾なんてありえない。

「その国、大丈夫なのか？」

「義父上、どうなってるんですか？」

同じように呆れたクリスと、叔父様に確認するカイル。二人から冷たい目で見られ、叔父様もあたふたしている。

「わ、わからん。いったい何が起きているんだ？」

「あーもう、こうなってしまったら仕方ないです。イシュラ王子が来るというのなら待ちましょうか。どういう事情なのか、本人から聞くしかありません」

「あ、ああ」

叔父様は優秀な王子だと言っていたが、それにしては行動がおかしい。今はルジャイルとの間に問題はないけれど、これからも問題が起きないとは限らない。エミリアとの婚約話はとりあえずイシュラ王子が到着するのを待ってからとなった。


ルジャイル国の王都からユーギニス国の王都までは早くて十日。途中で海路があるので、風や波の状況によってはこれより長くかかる。通常は二週間前後でこちらに到着するとみていい。

イシュラ王子がユーギニスに入国したと報告が来たのは十一日後のことだった。報告の二日前に入港し、途中で宿に泊まりつつ王都に向かっているということだった。

「ルジャイルの王子が港に着いたって？」

「ええ。早がけで知らせが入ったわ。こちらが準備できるようにゆっくり王都に入ってくるみたいだから、三日後に到着する感じかな」

「急に押しかけて来た割にはそういうところはしっかりしてんな」

「ルジャイルの国王付きの文官たちも一緒に来ているらしいの。イシュラ王子の事情だけで動いているのではなさそうよ」

「国王付きの文官……うちと同盟でも結ぶつもりか？」

「そういう話なら書簡でやり取りして決定してからでもいいと思うけど……。やっぱりイシュラ王子と会って話してみないと何のために来るのかわからないわね」

エミリアと婚約したくて国を飛び出してきたのかと思えば、そういう感じではなさそうだ。もめごとで無ければいいと思いながら王子の到着を待って三日後。午後になって王都に着いたという知らせがきた。

「王子たちは旅支度のままですから、今日は屋敷のほうでゆっくり休んでもらって、明日の昼過ぎに王宮で話し合う予定になっています。それで問題はありませんか？」

「わかったわ。ゆっくり休んでくださいと伝えてくれる？」

「かしこまりました」

他国の王子とはいえ、簡単に王宮に滞在させるわけにはいかない。ルジャイルとは定期貿易しているので、文官たちが事務手続きのためにユーギニスに訪れることはよくある。他国の大使たちのために用意された屋敷が王宮から少し離れた場所にあり、その中の一つがルジャイルへと貸し出されている。イシュラ王子は文官たちと一緒にその屋敷に滞在するという話だった。

「ふうん。すぐにでもエミリアに会わせろとか言われるかと思ってたな」

「そうよね。叔父様がイシュラ王子はエミリアに執着しているって言っていたし」

「ああ、だけど、こうも言ってなかったか？　確実に成功するように策をこらすほうだと。これも何か考えがあってやっていると思ったほうがいいかもしれないな」

「そっか……やっぱり会ってみなきゃわかんないのかぁ」

次の日の昼過ぎ、謁見室ではなく応接室で会うことにし、私とクリスとカイルで向かう。叔父様には会うのを少し待ってもらうことにした。

応接室に入ると、ソファに座っていた少年がすぐに立ち上がる。長身細身で青みがかった銀髪。少し目が細めだが、整った顔立ちではある。緊張しているのか、微笑みがぎこちない。身体はたくましいようには見えないが、立ち上がった時の動きがぶれていないのはそれなりに鍛えているのかもしれない。近くまで行くと綺麗な所作で騎士の礼をする。

「突然の訪問で失礼いたします。ルジャイル国第六王子のイシュラと申します」

「ユーギニス国、国王代理のソフィアよ。イシュラ王子が第六王子？　王弟の第三子よね？」

「はい。王弟の第三子ですが、ルジャイルは王族の子はすべて年齢順に数えられます。国王の第一子が第一王子で、王族には六人の王子と一人の王女がいます」

「ああ。そういえば王族の子は平等なんだったわね」

「はい」

「とりあえず、座ってくれる？」

「あ、すみません。その前に魔術具を出してもかまわないでしょうか？」

「え？」

まずは座ってお茶を出してから話をと思ったら、王子は魔術具を出したいという。視線で示された場所には大小の箱が二つ置かれている。

「私と話す前に、ルジャイルの国王と直接話をしていただきたいのです。そうすればだいたいの事情がわかると思いますので……」

申し訳なさそうに言うイシュラ王子に、私たちはその内容に驚いた。直接ルジャイルの国王と話をする？　そんな魔術具が存在するのかと。

「その魔術具を使えば、ルジャイルの国王と直接話すことができると？」

「はい。許可していただけたら、すぐに組み立てます」

「わかったわ。用意してくれる？」

「はい！」

後ろに付き添っていた文官たちが、二人で重そうに箱の中身を運んでくる。テーブルに置かれたのは何か金属でできた長方形の箱のようなものだった。大きな引き出しと上部に小さな穴がいくつか開いている。これが魔術具？

「引き出しの中には魔石が詰められています」

「これが魔術具なの？」

「はい。この上に音をやり取りしやすくするために羽を取り付けます」

もう一つ小さめの箱の中から薄い金属の羽のようなものを何枚か出す。それを長方形の箱の上にある穴に差し込んでいく。羽が花弁《はなびら》のようになり、金属のラッパのような大きな花が完成する。

「この花の部分から音が聞こえてきます。こちらが話す時も花に向かって話しかけてください。むこうでは陛下が待っていると思うので、さっそくつなげてもいいですか？」

「ええ、お願い」

イシュラ王子が長方形の箱に魔力を流すと、ふわりと魔術式が浮かび上がる。ユーギニス国の魔術とも古式魔術とも違う形に興味がひかれる。

「陛下、イシュラです。聞こえていますか？　こちら準備が整いました」

「……………あ、あー。聞こえているか？」

「はい、大丈夫です。成功しました。今、目の前にソフィア国王代理がいらっしゃいます」

イシュラ王子がそう告げると向こうでガタンと大きな音がした。何か倒してしまった？　と思ったら、焦ったような声が響く。

「イシュラ！　それを先に言ってくれ。あー、突然の訪問ですまない。私はルジャイル国国王のエンゾだ。そちらにいるイシュラの伯父にあたる」

「初めまして。ユーギニス国の国王代理ソフィアです」

伯父と甥のやり取りに笑ってしまいそうになるが、向こうは正式な国王だ。王太子とはいえ、正式な国王ではない私とは格が違う。だが、お祖父様はルジャイルとのやり取りは私に任せると言ってくれた。これからつきあうのはお前だろうから好きにしなさいと。

「今回、急にイシュラを送ったのには事情がある。書簡で説明するよりもイシュラと文官を送り込んだほうがいいと判断した。と言っても、これは我が国の事情になる。話を聞いてもらえるだろうか」

「ええ、話してもらえますか？」

「事の始まりはユーギニスとココディアの国境に結界の壁ができたこと。それによって、ココディアでは食料不足になり、ルジャイルから食料を調達していた。これはそちらもよくわかっていることだろうと思う」

「そうですね。こちらが結界の壁を作り出しましたから」

どうやら事情というのはココディアが絡んでくるらしい。それならユーギニスに説明したいというのも理解できる。まさか結界の壁を解除してくれとは言わないだろうけど。

「ユーギニスからの要望通り、王家を通じてココディアに穀物を売った。通常よりも高値でな。これは陸路ではなく海路で運んできているし、手数料もある。そう説明すれば向こうは納得するしかない。ココディア側も一年ほどは文句を言いながらもおとなしく買っていた」

「高値で売ってほしいと要望したのはこちらですね。それで何か問題でも起きました？」

「……突然、ココディアの王女が送り込まれてきた」

「は？」

ココディアの王女？　それって、王妃が産んだ第一王女かな。食糧難で王女が送られてくるって話し合いのために？

「王太子の妃になってやるからココディアにただで食料を送れと」

「はぁ？」

「……そういう反応になるよな。安心した。ソフィア国王代理は私と同じ感覚のようだ」

あまりのことに淑女らしからぬ声を上げてしまったというのに、エンゾ国王はほっとしたように言う。

「たいていの王族なら同じ感覚じゃないでしょうか……？」

「それがなぁ、その王女というか、ココディアは違うようだ。ルジャイル国は王族が多いため、側妃というものは存在しない。無理に王族を増やす必要がないから、王族も一度しか結婚しない。王太子にはもうすでに妃がいて、王子と王女も産まれている。それなのに自分が正妃になるから、その妃は側妃にすればいいと言う」

「……王太子はもうすでに結婚しているのに割り込んできたんですか？」

「無理だからあきらめて帰れと言ったら、それなら私の妃に、王妃でもいいと言い出した。私にも妃はいるし、先ほども言ったように国王でも側妃は持たない」

「………………」

呆れてしまって何も言えない。ルジャイルに側妃が存在しないというのは初めて知ったが、王族の子がすべて王子として平等に扱われるというのなら、王太子の子でなくてもいい。側妃を娶ってでも王太子の子を、という考えはないのだろう。ココディアのように王妃と側妃がいる国からしたら、理解できないのかもしれないが……。

「すぐにでも国に帰れと言ったのだが、食料をただで送ると約束してくれなければ帰らないという。そんなわけにはいかないと何度説明しても聞いてくれない。同盟国の王女とはいえ王宮に置いておくのは妃たちに何かしそうで怖いと、王都の貴族が使わなくなった屋敷を買い上げて住まわせた。使用人と食事だけはこちらで面倒見るが、あとは自分たちでなんとかしてくれと」

「それは……たとえ王族だったとしても、招待したわけでもないのに王宮に滞在させることはないでしょうね」

実際にルジャイルから来たイシュラ王子たちにも王宮での滞在許可を出していない。それでもこちらで用意した屋敷をルジャイルに提供しているので、無礼には当たらない。エンゾ国王が王女にしたことは、ごく当然の対応に思える。

「ほうっておけばそのうちあきらめて帰るだろうと思っていたんだがな。あちこちの貴族を呼びつけては自分が王妃になるだの、敬《うやま》えだのと騒いで、ドレスや宝石を購入しては王家につけで支払わせようとするし……。もちろん、問題が起きたらすぐに対処しているが……困った存在なのは変わらなかった」

「無理やり馬車に乗せて帰国させるわけにもいかないでしょうからね……」

「そうなんだよ！　本当に困り果てていたんだが、ちょっと前に事情が変わった。ほら、ココディアの国王が代わっただろう？　どうせ前国王の息子で王女の兄だって言うから、似たような感じなんだろうと思っていたんだ。いつも通りに苦情を送ったら、すぐさま引き取りに来てくれた」

「ああ、レイモン国王は前国王とは違うようですね」

「私もそう思う。王女の苦情を送るまで、そんなことになっているのは知らなかったそうなんだ。ルジャイル王家に普通に嫁いだと思っていたようだ。前国王が王女はルジャイルの王族に嫁いだと話していたそうでな。違うと知るなり、すぐさま王女を引き取って賠償してくれたよ」

「……なるほど」

レイモン国王は前国王やサマラス公爵家だけでなく、自身の弟妹《きょうだい》にも苦労したようだ。第二王子はまともなようだが、それだけ周りに非常識なものばかりいたら大変だっただろう。

「そこでココディアのことも調べ直してみたんだが、ユーギニスがこれからどうするのかと。このまま結界の壁を続けていれば、我が国が影響を受ける」

「え？」

結界の壁でルジャイルに影響が？　それはまったくないとは思っていないけれど、わざわざ言うということは悪影響があると予想しているということだよね？

「ココディアの平民や貴族がこちらの国に流れ込んでいる。ココディアとは考え方や文化が違うし、貴族の亡命は受け入れられない。そう言っているんだが、たびたび揉めているのを見る」

「あーそうですね……申し訳ありません。そこまでは予想していませんでした」

「いや、ユーギニスのせいではないのはわかっている。だが、これ以上ココディアが荒れてしまうと我が国だけでなく周辺国に影響が続く。ずっと国交断絶し続けるというのはおすすめできない。だが、ユーギニスとしては結界の壁を解除した場合、またココディア側から戦争を起こされるのではないかと不安が残る。信頼関係ができるまで継続しようと考えているのではないかと思ったのだ」

「はい。来月にでも話し合いを開始するつもりではありましたが、実際に解除するにはまだ何か条件をつけなければいけないと思っていました。ココディアのレイモン国王は信用できそうですが、ココディア国内の問題をこちらに持ち込まれても困ります。それに、私がココディアの血をひいていることで、ココディア国民の間で私が助けるのは当然だと思われていることが問題なのです」

少なくとも、ココディアの国民がユーギニスに押し寄せてくるような事態は避けたい。しばらくは人の行き来は制限をつけるつもりでいた。

「ココディアの国民がそんな考えなのか。それは困るな……無条件でココディアを受け入れられると思われているのは」

「はい。ですが、レイモン国王はそれも対応すると。問題がなくなれば結界を解除する方向で話し合う予定でした」

ルジャイル国王も私と考え方が似ているようで安心する。これで助けるべきと言われてしまえば、価値観が違いすぎる。私が何を問題としているのか、説明しなくてもわかってもらえるのはありがたい。

「それでも不安は残るだろう。またココディアが裏切って戦争を仕掛けてくるのではないかと。ユーギニス国内でもそういうものは出てくるはずだ。このまま結界の壁を維持してもいいのではないかと」

「その通りです。もうすでにそういう声は聞かれます。このまま結界の壁があれば未来永劫《えいごう》平和だと」

そう考えてしまうのもわかる。だが、この平和は一時的なものだ。ずっとうまくいくわけではない。

「ココディアから魔石を買わなくても済むのはあと三年といったところか。戦争になるのを予想して買いだめしておいたのだろう？　ルジャイルから海路で送る魔石だけでは足りないはずだ」

「ええ。陛下がココディアと戦争になるのを予想していました。数年かけて買いだめしておいたものとルジャイルからの輸入で……もってもあと二年半くらいなものでしょう」

「だろうな。ルジャイルとしてもこれ以上魔石を輸出するのは難しい。ダガルに頼まれて輸出することを許可したが、ルジャイルで消費する分を減らすことはできない」

「それはもちろんです。ですので、レイモン国王と話し合って、まずは商人のやり取りだけ復活させる予定でした」

「同盟は結ばずに、だな？」

「はい。信頼関係を取り戻さずに同盟は結べません」

王太子妃をココディアから娶っても同盟関係を続けるのは難しかった。今後、両国の関係を改善するのは時間がかかる。

「そこでだ。ルジャイルと同盟を結ばないか？」

「え？」

「ルジャイルとユーギニスは陸路ではつながっていない。どう考えても戦争になる理由がないんだ」

「それはそうですね。飛び地を持つのは難しいですから、普通は欲しがらないでしょう」

確かにルジャイルと戦争になる可能性は少ない。ないと言い切ってもいい。海路で攻め込むほど欲しい理由が両国ともないだろうし。

「で、ココディアは両国の間に位置している。ルジャイルは一度ココディアと同盟を切るつもりでいる。王女の無礼によって貴族たちが怒り狂ってるんでな。だが、同盟を切れば戦争の可能性は高くなる。……そこで、ユーギニスと同盟を結ぶ。どちらかの国がココディアと戦争になったら参戦するという同盟だ」

「ココディアを挟み撃ちするのですか？」

「そう！　話が早くていいな。ココディアだって、二国から同時に攻められるのは嫌だろう。どっちか片方にちょっかい出したら、両国と戦争しなきゃいけない。これはかなりの抑止力になると思わないか？」

「思います！　ですが、いいのですか？　ユーギニスとしてはぜひお願いしたいですけど」

ルジャイルと取引するようになってまだ数年。叔父様とルジャイルの王弟の仲は良いが、それだけで同盟を結ぶことはありえない。ルジャイルの貴族が黙っていないのではないだろうか。

「だからこその婚約の申し込みだったんだ。イシュラをユーギニスに預ける。ただの同盟じゃない。王族同士の婚姻による同盟だ。これだったら同盟を結んでも他国から苦情は来ないだろう。同盟ありきの政略結婚じゃないんだしな。な、イシュラ？」

「もちろんです。このためにいろいろと根回ししたんですから」

「政略結婚ではなく、同盟のためでもなく、イシュラ王子がエミリアと結婚したいというのであればお受けするつもりでした。ですが、エミリアが王族から抜けるのは難しく」

「ああ、その辺のことはイシュラから聞いている。だからイシュラを婿としてそちらの国で面倒見てほしい。こう言ったらなんだが、イシュラは優秀な王子だ。この魔術具もイシュラが作り出したものだ。……この会談をさせるためだけに作り出したものだ。書簡では信用されないかもしれないと言ってな」

「え？　この会談のために作ったのですか？」

「そういう男なんだ。エミリア王女と結婚するために、自分の意見を通すためにずっと水面下で貴族に働きかけていた。これを邪魔するとルジャイル国がつぶされてしまいかねない」

「……つぶされて？」

「今は王太子よりも優秀なのを隠している。だが、邪魔するようなら王太子よりも優秀なことを周りに知らしめるだろう。それでまともな王になってくれるならいいんだが、おそらくならない。エミリア王女と結婚出来たら、国はどうでもいいとほっとかれる。優秀なんだが、そういう男なので な……。それなら素直に送り出して、両国の平和のために働いてもらったほうがいいと判断した」

「あぁ、そういうことですか。確かにそういう理由で国王になられても困りますよね」

若干呆れた顔してイシュラ王子を見たのに、真顔で力説される。

「はい、私は優秀かもしれませんが、国王には向きません。国よりも王族よりも貴族よりもエミリアが大事なんです。ですが、エミリアと一緒にいられるなら両国のために働くとお約束します。どうか、どうか、認めてもらえませんでしょうか」

言い切ると同時に深く頭を下げられ、あまりの潔さに笑い出しそうになる。うん、どれだけ変わっている王子なのかもわかった気がする。叔父様がイシュラ王子はエミリアに執着していると言っていたのも理解できる。

「イシュラ王子、頭をあげてくれる？」

「認めてもらえるまではっ……」

どうやらいい返事がもらえるまで頭を下げ続けるつもりらしい。

仕方なく国王との話に戻ることにする。直接イシュラ王子に返事をするわけにはいかないからだ。

「エンゾ国王、同盟をお受けいたします。親族として、これから両国の平和を守っていくためにも」

「おお、それでは！」

「はい。イシュラ王子とエミリアの婚約もよろしくお願いします」

その言葉を聞いて、イシュラ王子が跳ね上がるように顔をあげた。

「本当ですか!?」

「イシュラ王子、エミリアを泣かせないでね？　ちゃんと最後まで守り抜くって約束してくれる？」

「もちろんです！」

婚約を認めさせようと緊張していたのか、イシュラ王子の肩の力が抜けたように見えた。次の瞬間、うるうると泣きだしたイシュラ王子に、近くにいた文官がすぐさまハンカチを出して手渡した。その手慣れている様子に、イシュラ王子が泣くのはめずらしくないのだと感じた。

「……イシュラ、また泣き出したんじゃないか？　ソフィア国王代理、すまん。めんどくさいだろうが、悪い奴ではないんだ。よろしく頼む」

「いえ、これほどまでエミリアのことを思ってくれるのなら安心します。それにこの魔術具を作り出す才能には興味あります。婿として結婚してくれるのならユーギニスには利点だらけです」

「そうか。では、そのままイシュラはそっちに置いてくれるか？」

「え？」

そのままそっちにって、イシュラ王子はルジャイルに帰らないの？　まだ十四歳なのにもう婿入りするつもりなんだろうか。エミリアだって十三歳なのに。せめてイシュラ王子が成人するまではルジャイルにと言おうとしたが、それよりも先にエンゾ国王にお願いされる。

「実はこの時期にそちらに向かわせたのにはもう一つ理由がある。イシュラはルジャイルの学園は通わずに、エミリア王女と一緒にユーギニスの学園に通いたいと言っている。エミリア王女が学園に通う年齢になるのを待って入学したいそうだ。ユーギニスの学園は遅れて入学することができるとアルノーから聞いたと」

「はい、それは確かに遅れて入学するのは大丈夫です」

「ユーギニス語は話せるが、読み書きは少し不安らしい。一年遅らせれば入学までになんとかなるだろう。婚約しただけでは確実ではないが、婚約してユーギニスに移り住んだとなれば、この時点で親族関係のようなものだろう？　数年後に結婚すると約束した、だけでは同盟の理由としては弱いからな」

正式に契約を交わしたとしても、婚約しただけなら解消できる。両国の同盟が面白くない他国から横やりが入ることも考えられる。ユーギニスに来て生活しているとなれば、実質的に婿入りしたことになる。叔父様には確認していないが、婿入りしてもらうために譲歩するかもとは伝えてある。このくらいの条件なら問題ないだろう。

「わかりました。イシュラ王子をお預かりしますね」

「あぁ、頼んだ。と言っても、それほど手はかからない奴だ。王族ぶるようなことはなく、本を与えておけば静かになる。エミリア王女がそばにいるなら、穏やかに過ごすだろう」

「ふふ。わかりました。図書室の場所を早めに教えますわ」

「では、これから同盟国としてよろしく頼む。書類などの手続きは文官たちに任せてある。書類が出来たらこちらに送ってくれれば署名して返す」

「わかりました。早急に作成に取り掛かります」

「うむ。あぁ、そろそろ魔石が限界の時間だな……ではまたな」

「ええ、ではまた」

エンゾ国王の言ったとおり、すぐに魔術具の魔力が尽きたのが見えた。

時間を計りながら話していたのだとしたら、中に入れる魔石の量でどれだけの時間使用できるのか何度も実験したことになる。これを作り出したというイシュラ王子は天才なだけではないはず。

「イシュラ王子、もう落ち着いた？」

「…………はい。申し訳ありません。うれしすぎて……つい」

「ふふ。大丈夫よ、問題ないわ。じゃあ、さっそくで悪いけど、文官を連れて移動してもいいかしら。同盟の書類作成となると、応接室ではまずいの。執務室に案内するわ」

「わかりました、お願いします」

まだ目が赤いイシュラ王子を連れて執務室へと向かう。ルジャイルの文官たちも若い者が多く、どこか楽しそうにしている。デイビットに任せようかと思ったが、他の仕事を頼んでいることを思い出し、ダグラスを呼ぶ。

「ダグラス、急ぎだけど大事な仕事なの。手が空いてるかしら？」

「空いているわけじゃないけど、空けるよ。大事な仕事なんだろう？」

「うん、じゃあお願いする」

執務室の中にいくつかある会議室に入り、イシュラ王子にダグラスを紹介する。そういえばクリスとカイルも紹介していないのを思い出した。

会議室に全員が入るのを待って、お互いを紹介する。

「イシュラ王子、今後の事務手続きの責任者になるダグラス・テイラー。私の王配候補、婚約者よ」

「イシュラです。お願いします」

「イシュラ王子、ダグラスと申します。今は執務室で働いてますが、ソフィア様が女王になる際には王配になる予定です」

とりあえず、ダグラスはこの後で同盟の手続きをしてもらうことになる。一番先に紹介すると二人は固く握手を交わす。ダグラスには同盟についてはまだ説明してないけれど、ルジャイルの王子とエミリアが婚約する予定だというのは話してあった。

「ダグラス、イシュラ王子は婿入りしてくれることになったの。それで、王族同士の結婚を機に同盟を結ぶことになったわ。ルジャイルからはイシュラ王子だけでなく、すみやかに書類を作成するために国王付きの文官も同行してきてくれているの。同盟に関する書類を彼らと一緒に作成して、早めに同盟を結べるようにお願いできるかしら」

「あぁ、急ぎの仕事ってそういうことだったんだ。エミリア王女の婚約だけかと思った」

「あ、うん。そっちも同時にお願いするわ。イシュラ王子はこのままユーギニスに滞在して、こちらの学園にエミリアと一緒に通うことになったから。…………書類、大変だと思うけど、任せてもいいかしら？」

ずっと忙しい執務室で働いているダグラスにお願いするのは申し訳ないけれど、同盟に関する書類をその辺の者に任せるわけにはいかない。王配候補のダグラスが責任者になってくれれば、誰からも文句が出ないはずだし、何よりも信頼している者でなければ任せられない。

「あー大変だけど、それだけ信頼されていると思えばうれしいよ。イシュラ王子、これからよろしくお願いしますね」

「はい！　私たちのことでご迷惑おかけすると思いますが、よろしくお願いします！」

二人の顔合わせは問題なく終わり、この後事務手続きに入ってもらう前に、クリスとカイルもイシュラ王子に紹介する。

「イシュラ王子、第一王配のクリスと第二王配のカイルです。私が女王として即位したら、私と同等の立場になります。ダグラスも即位時には第三王配になる予定です」

「クリスだ。よろしく頼む」

「カイルだ。何か困ったことがあれば言ってくれ」

「…………」

二人を紹介したら、イシュラ王子は驚いたのか口が半開きになったまま返事がない。あまりに反応がないものだから、大丈夫なのか心配になる。

「イシュラ王子、大丈夫？」

「……あ、ああ！　大丈夫です！　すみません！」

もしかして夫が三人になることに衝撃を受けた？　ルジャイルは生涯一度しか結婚しないと言っていた。三人も結婚することに嫌悪感があるかもしれない。

……信じられない。王女って、そういう人なの？

見目《みめ》のいい男を侍らかすために三人も結婚するなんて！

あぁ、そういえばカイルの異母妹に否定されていたのを思い出す。アンナにはふしだらって言われたんだった。王族の男性なのに一人の妃しか娶らないルジャイルにしてみたら、信じられないくらいふしだらなのかもしれない。

「あ、あのね、イシュラ王子……三人も夫がいるなんて信じられないかもしれないけれど……」

「あ、そうじゃないんです！　すみません！　ぼうっとしてしまって。僕はこの国の人間になる覚悟で来ています。ちゃんとユーギニスについて調べてきました！　女王が即位するための条件もちゃんとわかってます！　それを否定する気はまったくありません！」

慌てたように否定されたけれど、気をつかわせてしまったんだろうか。まだ少年の王子に嫌な思いをさせてしまったのではないかと不安になる。

「そう……でも、何かあれば言ってね？」

「大丈夫です。というか、国によって文化が違うのはよくわかっています。何より、それを理解しないで暴れていた王女を知っていますから。僕はあのような礼儀知らずではないと思っています」

まっすぐ私を見て答えてくれるイシュラ王子に、ごまかしているような感じはしない。理解してくれているというのなら、本当にありがたいと思う。

「そう、ちゃんとこの国をわかろうとしてくれるのはうれしいわ」

「はい！　僕はこの国で死ぬつもりですから！」

「え、あ、そう？」

「はい！」

相当な決意で来てくれたのかと思ったが、それだけエミリアが大事なのだろうと思う。ここに移動する前にエミリアにも連絡するようにお願いしてあった。文官たちへの顔合わせが終われば会わせてあげられると思う。

「…………素では僕なんだな」

ぼそっとカイルがつぶやいたのが聞こえたのか、イシュラ王子が慌てた。

「あ！　すみません！　公式の場に出る時は私と言っているのですが……」

「あぁ、そういえば僕って。確かに公式の場では気をつけたほうがいいと思うけれど、今は普通にしていいわよ？」

「え？　ですが、今は公式の場では？」

「エミリアの婚約者としてこの国に住むのでしょう？　公式の場と言えるのは、陛下の謁見と夜会の時くらいなものよ？　それほど気にしなくてもいいわ。私とも義理の従兄弟になるのだし、クリスとカイルとは義理の兄弟になるのよ？」

「え？」

調べてきたとはいっても、この国の戸籍までは調べていないらしい。まぁ、そうそう他国の者が調べられるものではないけれど。

「クリスとカイルはフリッツ叔父様の養子になっているの。私と婚約する時に生家と縁を切るためだったのだけど、今では家族のように親しくしているのよ」

「ええ？　エミリアのお兄様なんですか？」

クリスとカイルを見て、また驚いているイシュラ王子にクリスはニヤニヤと笑う。

「クリス兄上と呼んでくれていいぞ？」

「あぁ、兄と思ってくれていい。エミリアは妹だと思っているからな」

おもしろがっているクリスとは反対ににこやかに答えるカイル。二人を見比べていたイシュラ王子だけど、意味を理解したのか真っ赤になって小声で言う。

「あの、クリス兄上、カイル兄上、よろしくお願いします」

「あぁ、何か困ることがあったらすぐに言えよ」

「手のかかりそうな弟が増えたか。まぁ、一人くらい増えても困らないけどな」

どちらもうれしそうだけど、クリスはいつも通り素直じゃない。どちらかといえば、慣れたら優しいのはクリスのほうだけど、これは慣れるまでは仕方ない。

エディとアルノーもいるし、イシュラ王子がユーギニスで暮らすのに困ることはなさそう。

「イシュラ王子、困ることがあったらこの三人に相談するといいわ。この国で一番頼りになる三人だから」

「はい！　ありがとうございます！」

「じゃあ、同盟の条件とかを確認して、あとはダグラスと文官たちに任せましょう」

「はい！」

同盟の条件はさきほどエンゾ国王と話していたこともあって、特に問題はなさそうだ。同盟を結ぶ時の条件を呑むかどうかは、相手国と親しいかで判断することが多い。お互いの価値観が似ていると感じたこともあるし、ルジャイルの文官があらかじめ用意してくれていた書類を見ても、ユーギニス側から同盟を求めたとしても同じ条件を出すと思われるものだった。

結果的にそれほど時間もかからずに合意し、そのあとの手続きはダグラスと文官たちに任せることになる。このまま会議室で書類作成に取り掛かると言うので、私たちは応接室に戻ることにした。


応接室に戻り、中に入ろうとすると警備していた近衛騎士に声をかけられた。

「中でエミリア王女がお待ちしています」

「エミリアが？」

そういえば授業が終わり次第、応接室に顔を出すように連絡しておいたんだった。

「イシュラ王子、エミリアが来ているみたいで…………あれ？」

エミリアが来ているようだと教えるために振り返ったらイシュラ王子がいなかった。その代わり、応接室の中から声が聞こえる。

「エミリア！　エミリア！　ようやく会えた!!」

なんで後ろにいたはずのイシュラ王子の声が、まだ扉を開けていない応接室の中から聞こえるんだろう……。

「……えええ？」

「あいつ、転移したな」

「まったく……他国の王宮で転移とか、ここじゃなかったら処罰もんだぞ」

カイルとクリスもイシュラ王子が転移したことに気がついて顔をしかめた。イシュラ王子ほどの魔術の使い手なら転移できることに疑問はないけれど、国によっては王宮内での魔術の使用は禁止になっているところもある。ユーギニスでも理由なく使用することは禁止にしている。

ため息をつきながら応接室の扉を開けると、エミリアに抱き着いているイシュラ王子に脱力しそうになる。

エミリアとイシュラ王子では頭一つ分以上に身長が違うので、身体の小さいエミリアがすっかり隠されてしまっている。

「もう、イシュラ！　わかったから離してってば。もう私だって子どもじゃないのよ」

「わかってるよ。すごく綺麗になったね。やっと会えたんだから、もう少しだけ」

「もう～ほら、また泣かないで。ハンカチで顔拭いて！」

「……うん。エミリア……そういうとこ変わってないね」

「それはイシュラがでしょ。泣き虫なんだから～。しょうがないなぁ」

二人の会話を聞いているとなんだか気が抜けてくる。さすがに王宮内での転移は注意しようと

思っていたのに、もういいかと思ってしまう。

「あ、ユナ。お茶を淹れてくれる？　あとお腹空いたから焼き菓子もお願い」

「ソフィア様、料理長が今日のソフィア様はお疲れに違いないと言って、氷菓を用意していました。氷菓もお持ちしますか？」

「本当？　うん、両方お願いね」

さすが料理長。イシュラ王子に初めて会っただけでなくエンゾ国王と話したことで精神的に疲れている。甘いものが欲しいなと思っていたところだった。

イシュラ王子も落ち着いてきただろうし、そろそろいいかなと思って声をかけようとする。

「ねぇ、二人とも……」

「あぁぁ!!　イシュラ！　お前は何をしてるんだ！」

私の声をさえぎるように叫んでエディが部屋に飛び込んできた。後ろからアルノーも入ってきたが、めずらしく怒り出したエディを止められずにいる。

「あ、エディ。アルノーも久しぶりだね！」

「いいからエミリアを離せ！」

「エディ、ちょっと落ち着けって」

エミリアを抱きしめたままのイシュラ王子を離そうと腕をつかんだエディに、穏便に止めようとしてアルノーがおろおろしている。

「お兄様、ちょっと声がうるさいです」

イシュラ王子の腕の中からエミリアが冷たく言い放ち、エディの動きが止まる。

「え、エミリア。だって、いくらなんでもこれはないぞ？」

「わかってます。イシュラ、いいかげん離して。これじゃあ落ち着いて会話できないわ」

「…………わかった。じゃあ、隣に座っていい？」

「いいわよ」

どうやら話はついたようで、イシュラ王子がエミリアを離した。それを見てエディもアルノーもほっとため息をついている。

「……もう、いいかな。ソファに座ってお茶を飲まない？」

「「「あ。ごめんなさい」」」

もう怒る気もなかったけれど、私の後ろではクリスが冷たい微笑みを浮かべている。カイルは苦笑いしているだけだが、二人を見て冷静に戻ったらしい。

「これからずいぶんと騒がしくなりそうね。ほら、料理長が氷菓を用意してくれたわ。みんなで食べましょう？」

第十六章 ココディア陥落

もうすぐ日が落ちるけれど、仕事は終わりそうにない。国王執務室に泊まり込んで仕事を片付けているが、一向に減りそうにないどころかまた追加される。増えていく書類の山を見て机に突っ伏したら、少し離れた机ではダニエルもぐったりとしていた。

「今日もお疲れのご様子ですね」

そこに入ってきたのはサマラス公爵家の当主となったエドモン。側近でもあるエドモンが来たことで、俺とダニエルは顔をあげた。

「エドモン、ルジャイルへの賠償はすんだか？」

「ええ、なんとか終わりそうです。と言っても、全部の被害がわかったわけではないので、後から訴えてくることも考えられます」

「それはある程度仕方ないだろうな。王族に何かされても泣き寝入りしていた貴族もいるだろう。公式に賠償していると知れば、うちもそうだったと言いやすくなる。しばらくは続くと思っていたほうがいいな」

「わかりました。ルジャイルに派遣している文官たちにもしばらく様子を見るように伝えます」

ただでさえココディア国内の改革で忙しいというのに、妹のマリアンヌ王女がルジャイルでしでかしたことが発覚し、謝罪と賠償の手続きに追われていた。

いつも遊び歩いていたマリアンヌが王宮で見かけなくなったとしても、またどこかに遊びに行っているのだろうとしか思っていなかった。しばらくして父上からマリアンヌがルジャイルの王家に嫁いだと聞かされ驚いてはいたのだが。

まさか、同盟国だからと妃にしろとルジャイルの王宮に押しかけて行っていたとは考えもしなかった。なぜならルジャイルはココディアとはまったく違う文化の国だからだ……。

「どうして男も女も生涯一度しか結婚しない文化の国に行って、側妃になれると思ったのか。あいつの頭の中が理解できない」

「ですよね。いくらなんでも同盟国の王族の結婚を知らないとは考えられない。マリアンヌ王女は王女教育を受けたはずでは？　何を考えて側妃にしてもらえると思ったのか」

王女教育を終えない限り、王女として公式の場に出ることは許されない。そのため、マリアンヌも王女としての教養は身につけているはずなんだが。隣の国でしかも同盟国であるルジャイルについて知らないなんてありえるのか？　どう考えても母上が王女教育をさせてなかっただろう。マリアンヌは素直で言うことを聞くかわいい子だなんて言っていたしな。マリアンヌとハイネスをお人形にでもしたかったのだろうか。

「それが、側妃ではなく正妃になろうとしていたようですよ？」

「は？　ルジャイル国王にも王太子にも正妃がいるだろう？」

「ええ、自分が正妃になるので、今いる妃は側妃にするようにと言ったそうです」

「信じられん……そこまでしでかしていたのか」

「あぁ、一応ですが、前国王は止めたらしいです。ルジャイルの国王も王太子も第二王子も結婚しているから妃になるのは無理だと。どうやら父上と伯母上がそそのかしたようです。王宮まで押しかけてしまえば娶らざるを得ないだろうと」

「はぁ？　また母上の仕業なのか。なんなんだよ、あの人は。本当に馬鹿なのか」

サマラス公爵家の三兄弟は優秀なはずなのに、なぜこういうことをするのか理解できない。自分が良いと思えば正義だとでも思っているのか、多少強引に進めても大丈夫だと思っている。下手に地位が高く行動力もあるせいで、周りへの影響はひどいものだ。

「私たちも国王交代するので精一杯で、交代する前の行動をすべて把握できていませんでしたからね。起きてしまったことは仕方ありません。ですが、おそらくルジャイルからの同盟は切られると思います。今、議会で検討されているそうです。非公開の議会ですが、同情した王太子が教えてくれました」

「王太子が同情して？　じゃあ、王族が怒ってというよりも、貴族たちが動いているということか。それでは同盟の継続は無理だと思っていたほうがいいな」

「どうやら、王女の件だけではないみたいです。亡命しようとしたココディアの貴族がルジャイル国での爵位を求めてきたり、ココディアの平民がルジャイルに移り住んだのはいいが、お金に困って王都の外に住み始めたようで治安が悪化しているようです」

ため息しか出ない。亡命した貴族は、前国王と前サマラス公爵の権力にすがって生きていたような者たちだ。亡命したとしても、その先の国で爵位をもらえることは少ない。よほど優秀なものか、亡命先から移住を誘われた時くらいなものだろう。それなのに自分から爵位を求めに行くとはなんという恥さらしな。

平民が移り住むのはある程度は仕方ない。ココディアに残っていても、食料がないのだから。だがルジャイルに移り住んでも、言葉が通じなければ仕事に就けない。持っている金が尽きてしまえば、もうどこにもいけない。そこから盗賊のような生活に落ちるのは早い。これは解決しようにも、ココディアの食糧難をどうにかしないかぎり何もできない。

「結局は…………ユーギニスとの結界の壁を解除してもらわなければ、ということか」

「その通りですね」

このまま何もしなければ、ココディアは終わってしまう。どこにぶつけていいのかわからない怒りで意味もなくソファを殴る。

「陛下、手を痛めますよ。その気持ちはわかりますが」

「はぁぁ。これほどまでされてもあいつらを処刑できないとは」

あれだけのことをしても、前国王たちを処刑することはできない。それはココディア王家の血に理由があった。ココディア国では、王家の血は信仰対象とされている。そのため、王家の血をひく王族や公爵家はどんな罪を犯しても処刑にはできない。関係している者全員を幽閉するのが最大の処罰だった。

「処刑すれば我々が非難されることになります。全員に魔力封じの首輪をつけたので、それで納得してください」

「ああ、そうだった」

魔力封じの首輪にも種類があり、処罰対象者につけたのは一番強い魔力封じだった。通常のものは魔力を外に出せなくするもので、これをつけたら魔術は使えなくなる。一番強いものは、体内にある魔力までも封じてしまう。

王族や貴族は魔力を持つために寿命が長い。それは体内の不調を魔力で自己修復することと、それにより老化が遅いことが理由だ。体内の魔力を封じてしまえばそれができなくなり、一気に老化が進むことになる。おそらく処罰対象者のほとんどは数年以内に老衰で亡くなるだろう。処刑はできなかったが、数年もすれば消える。そう思えば少しは今の状況も我慢できた。

「あとは、ユーギニスにどう対応するかですね。問題はココディアの者たちの意識ですね」

「ソフィア国王代理はそれほど甘い人間ではないのにな。結界の壁を作り出されたことを考えたらわかると思うのだが……」

問題はココディアの貴族、平民の間で、ソフィア国王代理は我が国を救ってくれるはずだという考えが根付いていることだった。これも王家の血を信仰していることが原因だ。

ソフィア国王代理はココディア王家の血をひいている。だからココディアを守る義務があるし、守ってくれて当然だと。これを変えるのは難しく、ココディアの貴族に聞かれれば否定するのだが、否定した言葉を向こうに否定し返されることが多かった。

「まだ若い王ですからね、わからないのも無理ありません」

なんてことを返され、微笑まれたことも多々ある。うっとうしいことこの上ないが、それ以上否定しても意味が無いとあきらめた。

「むしろ、ソフィア国王代理はココディアを恨んでいるかもしれないのになぁ」

そうだ。どう考えても、ココディアに良い思いはしていないだろう。サマラス公爵家からユーギニスに嫁いだイディア妃は産みの親とはいえ、ほとんど会話もしていなかったとユーギニスについていった侍女から聞いている。世話は乳母と女官に任せ、乳をあげたこともなく、名を呼んだことすらないと。その上、ココディアから連れて行った護衛騎士を愛人にし、その愛人が殺されたからと離縁してココディアに戻って来ている。一生の別れになるとわかっているはずなのに、ココディアに戻る際にも王女に会わずにいたと聞いて、親子の情などあるわけがないと思った。

その上、弟のハイネスは婚約を断られたというのに押しかけ、公爵令嬢を孕《はら》ませて帰ってきた。その際に夜会で自分が国王になると宣言したと聞いて、思わず殴ってしまった。この大馬鹿者と兄弟だなんて恥ずかしくて思いたくない。

それでも生まれてくる子どもはハイネスの子どもに間違いないようだし、父上たちから見たら初孫だ。子どもに罪はないと思い、大事に育ててやれと指示していたのもつかの間、その子にユーギニスを継がせろと書簡で送りつけたと聞いて、もうこの国はダメだと思った。

これでソフィア国王代理から恨まれないほうがおかしい。自分なら絶対に関わりたくない。そう思わないかと二人に同意を求めたら、エドモンが何かを思いついたようだ。

「それ、使いましょう」

「は？」

「その事情を隠さずに、ココディアのすべての者に公表しましょう。平民たちにも噂を流し、だからソフィア国王代理に助けてもらえるわけがないと伝えましょう」

「うまくいくと思うか？」

「わかりません。これは賭けです。今までココディアの王族に関する不祥事はすべて隠されていました。そのせいで王家の血を信仰するものが多いのも事実です。王家の絶対的な信頼はなくなりますが、変えなければココディアは消滅します」

「……そうだな。やってみるか」


結果が出たのは意外とすぐだった。十日ほどすると、王宮内にいる貴族たちが目に見えて落ち込んでいた。侍従に言って聞きだしてこさせると、あの噂を聞いてココディアが終わるかもしれないと不安になっているらしい。

「すごいな。もうこんなに噂が広まっているのか。公式に発表しても、信じないかもしれないと思っていた」

報告に来たエドモンにそう言うと、なぜか微妙な顔をしている。うまくいったのにその顔はおかしいだろうと言うと、苦笑いだった。

「実は、うまくいったのは私たちの策が成功したからではありませんでした」

「どういうことだ？」

「噂が広まるのが早いと思ったので調べたのですが、どうやら一年以上前から平民たちの間で噂になっていたようなのです」

「なんだと？　どういうことだ」

一年以上前から噂になっていたというのなら、今回の発表とは関係ない。王家の恥ともいえる事情を誰がもらしたというのか。

「ユーギニスの間者がいたようです。一年以上かけて、ゆっくりと噂を広めていました。噂が消えたら、またどこかから噂が広まる、そんな感じで。最初に聞いた平民たちは信じていなかったようなのですが、何度も聞いているうちに、どっちが本当なのかわからなくなっていたところ、今回の発表です。これにより噂は本当だったとあっという間に広がったのです」

「ユーギニスの間者？　結界の壁の前から入り込んでいたというのか？」

「いいえ。ユーギニスの間者はルジャイル側から入って来たようです」

「ああ！」

そうだった。ルジャイルとの国境には検問などない。入ろうと思えば誰でも通れる。ユーギニスとルジャイルが海路でつながっているのを忘れていた。ユーギニスとルジャイルは同盟国ではないが、海路で取引をしている以上、国交は成立している。ルジャイルは中立を宣言していたが、ココディアの迷惑を被っている立場だ。ユーギニスに手を貸してもおかしくないと思えた。

「これはソフィア国王代理の策でしょう。賢王に認められた孫娘と聞いて、優秀な女王になると思っていましたが、これほどまでだとは」

「そうだな。まだどこかで年下の王女だと思って侮っていたかもしれない」

これはもう完敗だ。結界の壁だけでもココディアにできることは何一つなかったのに。それだけでなく、ココディアの思想までも変えてしまうとは。

「ココディアでユーギニスに頼る考えがなくなったら、もう一度正式に謝罪して商人の取引だけでも再開してもらおう」

「それがいいと思います」

この時、ココディアは敗戦国になったのだとはっきりした。もうこれ以上失うものもないのだから王家の印象が悪くなったとしても、この国を守るためには仕方ないと。

もうそろそろユーギニスに打診してもいいかと思い始めた時、ユーギニスとルジャイルが同盟を結んだことを知らされた。同時にココディアとルジャイルが結んでいた同盟を破棄する旨の書簡も届けられ、ダニエルだけでなく、エドモンまでもが何も言えずに崩れ落ちた。

第十七章　本当に大事なもの

ルジャイルとの同盟も無事に結ばれ、嵐のような忙しさが終わっても、そのせいで後回しになっていた分の仕事がまわってくる。今日も忙しかったねなんて言いながら寝台に横になって、クリスから治癒をかけてもらう。

隣には同じように横になったまま難しい顔して報告書を読んでいるカイル。寝室に仕事を持ちこむのはあまりよくないけれど、何か気になるようで考え込んでいる。

「何か問題あった？」

「ああ。問題っていうか、建設のほうは順調なんだが、ココディアは本当に商人のやり取りだけという条件をのむと思うか？」

「その条件でしか結界を解除しないと言えば納得するんじゃないかなぁ」

カイルが読んでいたのは結界の壁の内側に建設中の門と商業地区の報告書だった。結界の壁を解除しただけでは、ココディアの平民が大量に流れ込んできてしまう可能性がある。ココディアの盗賊村は解体されたようだけど、国全体が食糧難になっている。飢えた平民が大量に押し寄せてこられたら対処するのが難しい。そうなれば、ココディアに近い領地は荒らされてしまうことが予想される。そこで考えたのは、結界の内側に門を作ることだった。

しばらくは商人以外の出入りは禁止することにし、商人のやり取りも二重に建てた門の中に作る商業地区だけで行わせる。ココディアから来た商人は商業地区を越えてユーギニス側に入ってくることはできない。

こうすればココディアは食料を買うことができ、ユーギニスも魔石を買うことができる。ココディア側からは商人も平民も入って来られないため治安も守られる。門と商業地区の出入りの管理は国境騎士団に任せることになっている。

報告書によればあと一週間もすれば完成し、一か月後にも商業地区で売買できるようになるとある。ユーギニスの商人にも通達はするが、まずは国の倉庫で保管してある食料を売ればいい。

問題はココディアと話し合いをして、その条件を承認してもらうことだ。ココディア国内の私に頼る思想もかなり弱くなったと報告が来ている。レイモン国王ならこの条件での取引しかないと理解してくれると思っているのだけど。

「そこまで心配しなくても大丈夫だろう。俺は向こうから言ってくると思うぞ」

「ココディアから？」

「多分、ルジャイルから食料を買いにくくなっているはずだ。同盟を切るということは、商人が離れるきっかけになる。高値でも売りたくないと断られてもココディアにはどうしようもない。ユーギニスの食料を買えるのであればどんな条件でも受けるだろう」

「そっか。これからココディアはもっと大変な状況になる可能性が高いってことだね。じゃあ、そろそろ結界の解除に行く準備もしなきゃ」

結界の壁を作る時には往復で六日間もかかってしまった。あれは塔を探しながらだったから大変だったとしても、やっぱり五日はかかると思う。今はお祖父様も元気だし、執務室のみんなにも頼れるけれど……それでも国王代理の私がいなくなるとなれば準備が必要になるだろう。

「ソフィア、結界の解除って難しいのか？」

「あ、俺も気になってた。あれって解除する魔術は効かないんだよな？　どうやって解除するんだ？」

「うん、結界を解除する魔術は使っても効かないよ。普通の結界とは仕組みそのものが違うからね。でも解除する方法は簡単なの。あの四つの塔の中にある魔石が尽きたら消えてしまうものだから」

「消える？」

「うん。何もしなくてもそのうち消えるんだけど、すぐに解除したい場合は、四つの塔にある魔石を全部外に出せばいい」

「四つ、全部を出さないとダメなのか？」

「あれは四つで共鳴しているから、どこか一つでも残っていれば消えない」

最初に魔術を発動する時は全部の塔に魔力がないと無理だけど、一度発動した後はどこか一つでも残っていれば継続できる。ただし、負担はその分増加するので、魔女が耐えられるように四つに分散してあるのだ。……一人の魔女が力尽きても、次の魔女が入るまで残りの三人で耐えられるように。そういう理由で数を増やさなくては無理だったとも言える。師匠だけは別格だけど、普通の魔女では数年しかもたない。いったいあの塔に送られた魔女は何人いたのだろうか。

「魔石を外に出すのか…………他には？」

「いや、それだけ。順番も関係ない。全部が空っぽになれば消えるから。解除する時は簡単なんだよね。まぁ、あの塔のことを知っていて、中へ入ることができなければ解除できないけど」

簡単だとはいえ、解除されたことは一度もないはずなんだよね。最後の一人だった師匠が亡くなって結界は消えてしまったのだから。私がそれを知ったのはかなり後のことだったけれど。

師匠のことを思い出しているとあの頃の記憶がよみがえって重苦しい気持ちになりそうになる。ぐっと急にクリスの魔力が強くなったのを感じた。

「……クリス？」

「疲れている時は早く寝たほうがいい」

「うん……そうだね」

いつもよりもクリスの魔力が温かくて身体がポカポカしてくる。気持ちいいなぁと思っていたら、カイルが手を伸ばして背中や髪を撫でてくる。どっちも気持ちよくて目を閉じたら、いつも間にか眠ってしまっていた。

私が眠ってしまった後、二人が相談していたことには気がつかずに。

ココディアから現在の国の状況の報告とともに、国交は再開できなくても商人のやり取りだけでもさせてほしいと要望が来たのは、二週間後で私たちの予想よりも早かった。

「クリスの予想通りだったね」

「思ったよりも早かったけどな。よほど食糧事情が悪くなっているんだろう」

「そうみたいよ。ルジャイルから流通しなくなったせいで、このままだと死者が尋常じゃない数になりそうだって。さすがに許してもらえるのを待つって言っていられなくなったみたい」

それでも書簡の最後には再度ココディアがしてきたことについて、レイモン国王の真摯な謝罪文が綴《つづ》られてあった。

「どうするんだ？　国境騎士団からの報告だと、商業地区が使えるようになるのは二週間後なんだろう？　それまでココディアはもつのか？」

「うーん。デイビット、できるかぎり急ぐように指示したら、少しは早くなる？」

「そうですね……急がせても十日後になると思います。ミレッカーの倉庫から穀物を運ばせなくてはいけないので、どうしてもそのくらいの日数はかかりますね」

「そうだよね……じゃあ、とりあえず急ぐように指示を出してくれる？」

「わかりました」

ミレッカー領には昨年度に収穫した穀物が大量に保管されている。アーレンスに売る分を残して、すべてココディアとの国境に運ばせる予定になっている。その後は騎士団が売るのではなく、商人たちに任せることになるとは思うが、軌道に乗るまでは国が主導で売買することになる。

「じゃあ、ココディアが条件に同意してくれたら契約しようか」

「契約書はできてるよ」

「そう？　じゃあ、それに十二日後から取引開始って書き加えて。急がせれば十日って言っていたけど、それから食料を倉庫に入れたりするから余裕をもたせないと」

「了解」

ココディアからはすぐに返答があり、条件はすべて承知したと書かれていた。ただ、ココディアから魔石を運んでくるのは騎士団がするらしい。商業地区には商人だけが入るという条件は守り、騎士団は商業地区の外で待機して買った食料を運ぶという。

「あーそれはあれだよ。今のココディアで食料を運んでいるとわかれば襲われる。商人たちだけでは危なくて運べないんだろう」

「そういうことね。国中に食料がいきわたるまでは仕方ないか」

できれば国境近くに騎士団を近づけたくはなかったけれど、事情を考えたら仕方ない。ここはレイモン国王を信用して騎士団が関わるのを認めるしかない。

「じゃあ、結界の壁を解除しに行く前に急ぎの仕事を片付けておかないと。ダグラス、一週間後に五日くらい王宮を留守にするから。私がその間いなくても済むように、仕事の計画直してくれる？」

「五日間か。わかった。エミリア王女にも手伝ってもらって大丈夫だろうか？」

「多分大丈夫だと思う。私からお願いしておくね」

「いや、エディ王子たちにも説明しておかなきゃいけないだろう。俺が行って説明してくる。ソフィア様はこのまま仕事しててほしい」

「ありがとう。お願いね」

前回、私たちが六日間いなかった時、国王代理の仕事をしてくれたのはダグラスだった。あの時はエディとアルノー、デイビットたち文官もかなり頑張ってくれていた。今回はディアナとエミリアもいるわけだし、前もって準備してから行ける。急に出かけなければいけなかった前回よりはましだろうと思う。

それから一週間、睡眠時間を削って仕事をこなしていた。少し疲れは溜《た》まっているけれど、明日から移動中に馬車で寝ればいい。多少睡眠が足りていなくても何とかなるだろうと思う。

「ソフィア様、出発は明日ですよね？」

「ええ。朝食を食べたらすぐに出る予定よ」

「では、今日はもう休んでください」

「え？　まだ夜になったばかりだけど？　早くない？」

「明日からずっと馬車での移動になります。体調を整えてから出発してほしいですから」

「うーん。それもそうね。わかった。今日はこれで終わりにするわ」

そういえば前回は帰ってきて倒れてしまったんだった。ルリにすごく心配かけてしまったし、またそんなことになったら困る。そういえば、今回は誰も行くのを反対しなかった。心配性のルリですら言わない。前回大丈夫だったから安心してくれたのかな。

「姫さん、今日はカイルと先に寝ててくれ」

「え？　何か用事あるの？」

「旅に持って行く薬を処方し忘れたのがあって。すぐ終わると思うから先に寝ててほしい」

「そうなんだ」

いつも薬を切らしたりしないクリスがめずらしい。クリスも睡眠不足でぼんやりしていたんだろうか。湯あみを終えてカイルと寝台に寝転がると、すぐに腕の中に包まれる。後からクリスが来るんだし、閨はしないと思うけど、この状態で寝るつもりなのかな。

「カイル、このまま寝るの？」

「ダメか？　今日はこうして抱きしめたくなって。嫌だったら手をつなぐだけにするけど」

「ううん。嫌じゃないよ。クリスがいる時にはめずらしいなって思っただけ」

「クリスが来るまでだけでもいいよ。俺が治癒をかけるわけにはいかないけど、こうして抱きしめてたら温かいかと思って」

「うん、そうだね。治癒の温かさとは違うけど、すごく温かい」

カイルの胸に額をあてると、頭の後ろを撫でられる。髪をとかしながら撫でられるのが気持ちよくて、そのままうとうとし始める。だけど、クリスがまだ来ない。先に寝ててと言われたけど、いいのかな。

「眠いなら寝ていい。ここのところちゃんと眠れてないだろう」

「うん…………」

結界を解除しに行くことが決まって、また少し怖くなった。あの塔にもう一度行くのが怖い。塔で暮らしていた時のことを思い出すのが怖い。だけど、行かなくちゃいけない。

もう夢の中で塔に戻ることはないけれど、それでも記憶はしっかりと残っている。心に沁《し》みついたように、怖いという気持ちは消えていなかった。

「大丈夫だ。俺とクリスがいる。みんなもいる。何も心配しないで眠って」

髪を撫でながらカイルが耳元でささやいてくれる言葉はどれも優しくて、何度もうなずいているうちに深い眠りに落ちた。


目が覚めたら、もう日が差し込んでいた。いつも起きる時間よりも明るい気がする。

「……え？　寝坊した？」

早朝に起きて準備して、朝食を食べたら出発する予定になっていたのに。

「あぁ、姫さん、起きたのか？」

「うん、起きた」

寝る時はカイルに抱きしめられていたのに、起きたらクリスになっていた。クリスも後から寝るって言ってたもんね。じゃあ、カイルは背中側にいるのかと思って振り返って見たら、そこには誰も寝ていなかった。

「カイルは？　もう起きて準備してるの？」

「……ごめん」

「え？」

「結界の解除にはカイルが向かった」

「……え？」

結界の解除にはカイルが向かった？　え？　言われたことを理解して、すぐに飛び起きる。

「ちょっと待て！　転移するな！」

「だって、なんで!?」

「もう間に合わない。すでに転移できる範囲にはいない」

「………どうして」

どうして置いていかれたのかわからなくて、悔しくて涙がでる。こんなふうにカイルが私を置いていなくなることなんて今までなかった。いなくなったことにも気がつかずに寝ていた自分に腹が立つ。いろんな感情がごちゃ混ぜになったようで、涙がぽろりと落ちた。

「悪かった。ちゃんと説明するから」

「…………うん」

寝台の上に座り込んで泣き出した私を、クリスが抱き寄せる。ものすごく悪いことをしたと表情に出ているのを見て、クリスを責めてももうどうにもならないのだと思った。

抱きしめられたまま気持ちがおさまるまで泣いて、少し落ち着いたところで着替えて遅めの朝食を取る。動きたくなかったけれど、クリスに抱き上げられて食事室に連れて行かれる。

「前回、結界の壁を作る時は姫さんがいなきゃできなかった。あの塔の存在も魔術式もわからなかった。姫さんがいたから、戦争を防げたのは間違いない」

ゆっくりとスープだけ口にする私に、クリスは食事に手をつけずに説明をしてくれる。私も食べたくはないけれど、食べないと説明しないと先に言われてしまった。クリスは説明を終えた後でも私よりも先に食べ終わるからいいと。

「あの時は本当に緊急事態だった。陛下が倒れているのを他国に知られるわけにもいかなかったし、ココディアと戦争しているような余裕もなかった。姫さんが危ないのも承知で行くしかなかった」

それはよくわかってる。みんなの反対を押し切っていったのだから。あの時だって、クリスとカイルが賛成しなかったら行けなかった。

「だけど、結界の解除方法を聞いてみたら、魔石を外に出せばいいだけだって言っただろう？　あの塔の場所を知っていて、入り口の開け方を知っていて、魔石を外に出すだけの力仕事ができればいい。俺かカイルが行けば問題ないと判断した」

「それは、そうだけど」

言われてみたらそうだった。私が行く必要性はどこにもなかった。あの塔のことはクリスもカイルもわかっているのだから。

「だけど、カイル一人に任せるなんて……」

「あの場所がわかるのは俺とカイルだけだろう？　俺とカイルが両方行くっていうのは最初から考えていなかった。姫さんを一人で置いていけるわけがない。じゃあ、どっちが行くかって話になった時に、カイルが自分に行かせてくれって言った。俺がいないと姫さんに何かあった時に診察できる者がいなくなるからって」

「確かに二人ともいなくなるのはもっと嫌だけど。どうして相談してくれなかったの？」

「言ったら最後まで反対しただろう？」

「……」

だって、それはそうだったと思う。心のどこかで塔に行きたくないって気持ちがあったから。そんな嫌な仕事を人に押しつけるようなことはできなかった。押しつけたら楽になるとわかっていても、押しつけた後で後悔する。こんな後ろめたい気持ちになるくらいなら自分でやればよかったって。

「そんなに心配するな。カイルは一人で行ったわけじゃない」

「え？」

「ウェイとフェルを一緒に行かせた。あいつらなら問題ないからな。それにあの時に足手まといだったのを気にして、あれからずっと非番の時にライン先生にしごいてもらっていた。完璧とは言わないが、そこそこ使えるようになってる。転移もできるはずだから、万が一の時は三人で逃げるって言ってたよ」

「そうなんだ。ウェイとフェルが一緒なの」

カイルが一人じゃないと聞いて、少しだけほっとする。あの二人はなんとなくカイルの部下のような扱いになっているし、三人一緒なら何かあったとしても問題なく対応できると思う。

「騙して悪かったよ。だけど、姫さんを旅に出させるわけにはいかないんだ。ココディアと商売を再開する今、それを面白く思わない奴も出てくる」

そのことには気がついていた。ココディアとつながっていた貴族を完全に排除したわけではない。中途半端に処分した結果、自分たちも処分されるのではないかと恐れ、私たちに知られる前に何とかしようとする者たちも出てくるはずだと。

だから、この旅は危険になるとわかっていた。それでも三人一緒だったらどんな敵が来ても戦えるはずだと。私は少し甘く考えていたってことだろうか。

「それに、今回も姫さんが出て行ったことがわかれば、結界の壁は姫さんが作ったことがバレてしまうかもしれない」

「それって」

「そう。また結界の壁が作られたら困ると思うものは多い。それを作った術者が誰なのか探られている状況だ。前回、姫さんと俺らがいなかったことはもう知られているだろう。一番疑われているのは姫さんだ。危ない旅だとわかっているのに連れて行ってるんだからな」

確かにその通りだ。王太子を理由なく危ない目にあわせるわけはない。クリスかカイルが術者なのだとしたら、私は王宮に残るのが普通だ。今回も三人で解除しに行ったら、私が術者だと確定させるようなものだ。

「だけど、それじゃ、カイルが狙われてしまうじゃない！」

「カイルはそれもわかった上で、自分が行くって言ったんだ。自分なら狙われたとしても返り討ちにできるからって」

「……理解はするけど、納得はしたくない」

私のためだってことはわかる。わかるけど、すごく嫌。私の知らないところで犠牲になんてなってほしくないのに。

「その気持ちはわかってる。俺だって残されたほうだ」

「……クリス」

「もちろんカイルがいない間、姫さんを守れるのは俺だけだと思ってる。もし、俺が行ったとしても、カイル以外に託すことはないだろうし。どちらか残らなきゃいけないとしたら、俺だろうと思った。それでも……カイルだけ危ない目にあわせるのは嫌な感じだ」

「……うん。そうだよね」

クリスも本当はこんなことしたくなかったんだと気がついて、これ以上クリスを責めるのはやめようと思った。置いて行かれたのは私だけじゃない。クリスもなんだ。

スープだけじゃなく、パンをちぎって食べ始めたら、クリスも自分の食事を始めた。

ゆっくりとした食事が終わると、執務室に向かう。私たちはいなくなるはずだったから昨日まで仕事を詰め込んでいた。少しくらいゆっくり行っても問題はない。

執務室に顔を出すと、デイビットとダグラスに挨拶される。二人とも気まずそうなのを見て、知らなかったのは私だけだったのだと気がついた。

「おはようございます……ソフィア様」

「ソフィア様、おはよう」

「……おはよう」

ため息をつきながら席に着くと、ダグラスから仕事の計画表を受け取る。そういえば、いない間の計画表も作ると言ってた気がする。見てみると、カイルがいない仕事の計画表だった。

「……そっか。抜けたのがカイルだけだとしても五日間は長いものね」

「ああ。その代わり助《すけ》っ人《と》を呼んである。そろそろ来ると思うけど」

「助っ人？」

そんな話をしていたからか、誰かが元気よく執務室に入ってきた。

「おはようございます！」

「え？　アルノー？」

「はい！　ソフィア様！　五日間、カイル様の代わりを務めに参りました！　と言ってもカイル様の代わりは無理でしょうから、クリス様の補佐をする予定です」

「あぁ、そうなんだ」

「おい、アルノー。甘いこと言ってるなよ。せっかく学園を首席で卒業したんだから、仕事を覚えて帰れ。エディたちの護衛だけしていればいいと思うなよ？」

「えっ」

「俺とカイルは姫さんの専属護衛騎士だって忘れてないか？　お前も仕事しながら護衛するくらいのことしろよ」

「わ、わかりました！」

さすがにクリスは厳しい。でも、エディとディアナの護衛は近衛騎士もいるわけだし、首席のアルノーを護衛騎士の仕事だけっていうのはもったいないのもわかる。エディの補佐として仕事できるようになればエディたちも楽になるし、私たちも楽になるんだよね。あ、あれ？

「ねぇ、エディたちの護衛はいいの？」

「今回、五日間だけ護衛を代わってもらいました。エミリア王女も王太子室で仕事をしているので、イシュラ王子が三人を護衛してくれることになっています」

「あぁ、そうなの。イシュラ王子が護衛してくれるなら大丈夫ね」

「はい。執務室の仕事をイシュラ王子に頼むわけにはいかないですから。本当はイシュラ王子がここに来たほうが助かるんでしょうけど」

「それはさすがに無理だよねぇ。他国の王子を王政に関わらせるわけにはいかないもの。わかったわ。五日間よろしくね」

「はい！」

昨日までできることはしておいたものの、ココディアとの取引の再開を前にして、直前で入ってくる余計な仕事というものもある。先にしておくことができない仕事もあって、やることは山ほどあった。カイルがいない分をアルノーが頑張ってくれたものの、やはり雰囲気はどことなく暗く、次第に会話も少なくなっていく。

それでも時間になって、今日の仕事は無事に終わった。

クリスと二人、私室に戻って夕食をとる。アルノーの仕事ぶりをクリスに聞きながら、明日以降の仕事を打ち合わせる。湯あみを終えて寝室に入ったのは、いつもと変わらないくらいの時間だった。

クリスから治癒をかけてもらっても、いつものようには眠くならない。ポカポカと温かくて気持ちいいのに、なぜか目はさえていく。

「……今頃、カイルたちどの辺かなぁ。またお魚を捕まえて食べたのかな」

「どうだろうな。今回は姫さんがいない分、休憩は最小限におさえるはずだ。あの魚は美味《うま》かったけど、焼いて食べる余裕はないんじゃないのかな」

「そうなの？　休憩しないで進んでるの？」

「ああ。できるかぎり人に知られないようにしなきゃいけない。時間がかかればかかるだけ、人に見られる可能性が高くなる。明るい時間は特に休憩しないで走るだろう」

「そっか」

おそらくまたウェイとフェルが御者になって、馬車を交代で走らせている。馬車の中、カイルは一人で眠っているんだろうか。

「そろそろ寝よう」

「うん」

昨日カイルにされたように、今日はクリスに抱きしめられたまま眠る。もやもやした気持ちのままでは少しも眠れる気がしなくて、クリスの胸に額をぐりぐりとこすりつける。それを落ち着かせるように背中をぽんぽん軽くたたかれると、小さい時からクリスはこうやって寝かしつけてくれたのを思い出す。いつもなら、嫌なことがあったとしてもそれで満足して眠りについていたのに。

クリスの腕の中は温かいのに、どうしても背中側が寒く感じられて。カイルの不在をさみしいと思ってしまう気持ちを消せなかった。

◇◇◇

ただ与えられた仕事をこなして時間は過ぎていく。日中は普段と変わらずに過ごすけれど、どうしても夜は眠れない。私だけじゃなく、クリスも眠れていないように思う。

カイルがいなくなって四日目。寝不足が続いて、こめかみの少し上がズキズキと痛みだす。もむように強く押すと少しは楽になるけれど、何をしても頭が重苦しい。クリスが心配そうな顔しているのはわかるけれど、そういうクリスもひどい顔をしている。

言葉少なく朝食を終えると、そのまま執務室へと向かう。今日も一日頑張らなきゃいけない。執務室に入ると、いつもと変わらず挨拶をされる。

「おはようございます、ソフィア様」

「おはよう」

いつもと変わらない挨拶ではあるが、執務室はどことなく雰囲気が暗い。普段無口なカイルがいないだけなのに、こんなにも影響が出るとは思ってなかった。

席に着くと、なぜかアルノーがこちらへと向かってくる。補佐しているクリスの席ではなく、私の席にくるのはめずらしい。私に確認してほしいことでもあったのだろうか。

「ソフィア様、少しよろしいですか？」

「どうかした？」

「イシュラ王子からソフィア様が時間に余裕がある時でいいので、少し話を聞いてほしいと伝言がありました。相談があるそうです」

「イシュラ王子が？」

イシュラ王子が私に相談って何だろうか。何か問題があったとしてもエディたちに伝えれば済むはずなのに、わざわざ私と話をしたいというのなら、ルジャイル国で何かあったのか。それともルジャイルの国王から私宛に連絡が来たのかもしれない。

「わかったわ。今日の休憩時間でいいかしら？」

「大丈夫だと思います。では、ソフィア様の休憩時間になりましたら、私が向こうに行って交代してきます」

「ええ、よろしくね」

そういえば、今はイシュラ王子がエディ達三人の護衛騎士をしているんだった。イシュラ王子がこちらに来る間、アルノーが護衛騎士に戻るのだろう。

いったい何があったのかと気にはなるけれど、やらなければならないことは多い。昼過ぎまで休憩する時間もなく働き、午後のお茶の時間になってようやく休憩することができ、アルノーがイシュラ王子と交代しに行った。

執務室の奥の部屋で休憩しているとイシュラ王子が入ってくる。誰か他にも連れてくると思っていたが、イシュラ王子だけだった。

あまり他に聞かれたくない話なのかもしれないと、部屋にはクリスだけ残る。三人分のお茶を淹れた後、リサも部屋から出て行った。

「時間をいただいて申し訳ありません」

「休憩時間だから大丈夫よ。イシュラ王子はそれだけ話したい事があったのでしょう？　他に聞かれたくないことなのかしら？」

「はい。そのためにルジャイルの者は置いてきました」

ルジャイルの者は置いてきた。それは、母国の人間には聞かれたくないこと？　隣に座るクリスの雰囲気がピリッとしたものに変わる。

「それは、ルジャイルには聞かれたくない話なの？」

「聞かれたくないというよりは、文官たちに聞かれたらいい顔はされないと思ったのです」

「何かまずいことなの？」

まだルジャイルの王位継承権を無くしたわけではないイシュラ王子が、ルジャイルに聞かれたくない話とはどういうことなんだろう。

もし何か嫌なことがあって亡命したいとかいう話も、結婚してユーギニスに住むことが決まっているイシュラ王子にはあるわけもない。二国間で揉めているわけでもなく、今後も揉める要素があまりない。それなのにルジャイルにいい顔されないようなことってなんだろう？

「……僕はエミリアを幸せにするためなら何でもします」

「うん、それは知っているわ。そのために婿になってくれるのでしょう？」

普通は王位継承権も持っている王子が他の国の王族に婿入りしてくれることはない。国を継ぐ王女にならまた話は違うだろうが、エミリアに婿入りしてくれる王族はほとんどいないと思う。同盟国だったココディアだとしても考えられないのではないだろうか。

エミリアは王族を外れる予定で、その夫になったとしても政略結婚の意味がないからだ。そういう状況でも気にせずに婿入りしてくれるイシュラ王子は、エミリアと結婚したいからユーギニス来てくれたのだとわかっている。

「ソフィア様、僕と誓約魔術を交わしてもらえませんか？」

「は？」

誓約魔術？　他国の王族であるイシュラ王子と？　どういうつもりなのかと聞く前に、イシュラ王子が勢いよく話し始めた。

「僕はこの国に婿入りすることを決めた時、これからの人生は僕の才能をなかったものにしようと決めました。ルジャイルにあのままいたとしたら生み出していただろう魔術具も、新しい法案も、国を変えていく政策も何一つできないままで終わったとしても仕方ないと。僕はユーギニスのために利用される気なんてなかったからです」

「私たちはイシュラ王子の才能を利用するつもりなんてないわよ？」

「ええ、今になればわかります。ですが、エミリアが帰国してからずっとユーギニスのことは調べていました。次々に生み出される魔術や改良される作物。きっと僕のことを知られたら利用されるに違いないと思い込んでいました」

「あぁ、それは確かにそう思うかもしれないな」

新しい魔術や作物と聞いて、クリスが思い当たることがあるのか納得し始めた。

「どういうこと？」

「これほど短期間で新しい魔術を生み出すのなら、この国は魔術の研究に力を入れていると思うだろう。そんな時にイシュラ王子のような天才が来たら、ユーギニスのために研究するように命令されると思ってもおかしくない」

「そんなこと言われても、それほど魔術の研究に力を入れてはないよね？　まだ研究室らしいものもできてないんだし」

「え？　そうなんですか⁉」

まだ誤解は続いているのか、この国に魔術専門の研究室がないと聞いてイシュラ王子は驚いている。

「研究室を作りたいとは思ってるの。そのために人も集めているし。だけど、集まったのが騎士団の後方支援担当だった者たちばかりで。身分が低いから自分には無理だって、誰も代表を引き受けてくれないのよ。だから、まだ研究室として運営できていないの」

騎士団に入団するには魔力があって二属性以上使えるものという規定がある。その騎士団の中でも魔力は多いが攻撃魔術は苦手としている者を引き抜いて、私が作った魔術や作物の研究を手伝ってもらっている。

誰も代表になってくれないのは、引き抜いた者たちが下位貴族ばかりだったからだ。上に立つことに慣れていないのでお願いしても無理だと断られてしまう。温室の世話や新しい魔術を試してくれるだけでもありがたいとは思うけど。本当は誰かが代表となって運営して、私がいなくても研究し続けてくれるようになってほしい。

「僕がこの国のことを誤解していたと気がついたのは昨日です。エミリアに王宮内を案内してもらっている時に中庭の奥にある温室を見ました」

「あぁ、温室に入ったの。何人かお世話していたでしょう？」

「はい。まだ市場に出回っていない新しい作物が育てられていました。そのすべてにソフィア様の魔力が見えました。新しい魔術や作物を生み出していたのはソフィア様自身ですね？」

「魔力が見えた？」

「はい。僕は人の魔力が見えます。市場に出回っているものには、ソフィア様の魔力が見えなかったので気がつきませんでした。まさか開発のほとんどをソフィア様が一人でしていたとは」

うかつだった。市場に出回る物は私以外の者が魔術をかけて出荷している。だけど、研究中のものは私の魔力しか使われていない。魔力を見ることができる者が見たらすぐにわかってしまう。私だって魔力を見ることができる側なのに、イシュラ王子が見える可能性を考えもしなかった。

「イシュラ王子も見える人だったのね」

「おそらくソフィア様もそうですよね。僕が見えることを秘密にしていたのは申し訳ありません。僕を利用されることがないように黙っていました」

「ううん、それは仕方ないわ」

魔力が見えることを公表する必要などない。イシュラ王子の才能を知れば利用しようと思う者も出てくる。この国にはいなくても、広まれば他国が欲しがるかもしれない。

「実はルジャイルでも秘密にしていました。あまり僕の価値が高くなると他国に出してもらえないかもしれなかったので」

「それは、そうなるでしょうね。そっか、ルジャイルでも秘密だったんだ」

魔力が見えたのなら、私が作物にかけている魔術も見えただろう。寒さに強い作物はどこの国でも欲しがる。イシュラ王子なら再現することも可能だろう。そのことに気がつかれたら、今からでも戻って来いと言われるかもしれない。

「だから僕と誓約魔術を交わしてもらえませんか？」

「誓約魔術……」

それはイシュラ王子の才能を利用しないとか、秘密にするとか？　そのくらいなら誓約しなくても守れるけれど、信用できないかな。

「僕は利用されるのは嫌だけど、本当は魔術の研究をしたいんです。この国は僕を利用しようなんて少しも思ってない。それに、ソフィア様はルジャイルとの同盟だとか、政略結婚とかよりも、エミリアと結婚したいのなら許すと言ってくれました。国の利益よりもエミリアの気持ちを優先させてくれた。誰かを使って魔術を生み出すのではなく、ソフィア様自身が生み出していた。この国なら、ソフィア様の国なら信じても大丈夫なんじゃないかと思いました」

「そう思ってくれるのはうれしいけれど、何を誓うの？」

「ユーギニスの不利益になる言動はしないと血の誓約をすることで、僕はユーギニスを裏切ることはできなくなります。そうしたら他国の王族であっても、仕事や研究をすることは可能になりませんか？」

「ええ？　ユーギニスを裏切らない？　いいの？　そんなことを誓って。ルジャイルに知られたら止められるのではないの？」

だからここにルジャイルの文官を連れてこなかったんだ。そんな誓約しようとしたら間違いなく止められるだろうから。こんなこと、ルジャイルの国王や王太子に知られたらどうなるのか。さすがにその誓約を勝手にするのはまずい気がする。

「国王とはルジャイルを出る時に誓約しています。ルジャイルに不利益な言動をしないと。ですので、ユーギニスでの仕事や研究は戦争に関わらない分野に限ります。その他の行動は好きにしていいと許可されています」

「あぁ、ルジャイルにも敵対しないと誓約しているのね。ねぇ、クリス。ルジャイル国王の許可があれば大丈夫かなぁ？」

「イシュラ王子がいいと言っても、もう一度確認したほうがいいな」

「そうだよね。イシュラ王子、もう一度私からルジャイル国王に確認するわ。許可が出たら誓約してもらってもいい？」

「はい！　お願いします！」

確認して許可が出ればの話にはなるが、こちら側は了承した形になる。イシュラ王子はほっとしたように笑った。身体は大きくても十四歳。こうして笑うとやっぱりまだ幼い感じもする。

「あの温室を見たら、僕も研究したくてたまらなくなりました。それにエミリアが王族の一人としてこの国のために、ソフィア様を支えるために頑張りたいと言ってたんです。僕はそれを見ているだけなんてさみしいなと思いました。僕が手伝えたら、エミリアがしたいことを二倍できるのにって」

「ふふ。エミリアがそんなことを言ってくれてたの。そうね、イシュラ王子もエミリアと一緒に、エディたちを支えてくれるとうれしいわ」

「なぁ、姫さん。イシュラ王子だったら、研究室の代表を任せられるんじゃないか？」

「え？　あぁ、そうね！　できるのならお願いしたいわ」

「僕にできるかはわかりませんが、研究室には興味あります。あの温室の作物も。ルジャイルから許可が出たら、その時は頑張らせてください」

今まで中途半端な状態だった魔術の研究だが、イシュラ王子が加わってくれるのなら頼もしい。私が女王になったら研究している余裕もなくなるし、どうしようか迷っていたところだった。もちろんすぐに任せることはできないと思うが、将来的にはイシュラ王子がしたいように研究してくれたらいい。

「ソフィア様、騎士団から連絡が届いています」

話が終わったと思ったのか、デイビットが部屋に入ってきた。国境騎士団から連絡が届いたようだ。

「……今日の昼前に結界の壁が解除されたそうよ。そのあと騎士団が見回りして、問題ないことも確認している。明日、予定通り商業地区の運営準備を終えたらココディア側の門を開けると」

「あぁ、間に合いましたね」

「報告が遅かったのは騎士団が確認していたからか。予定では解除している時間なのに連絡がないから少し心配していたよ。……まぁ、あとはカイルが帰ってくるのを待つだけだな」

「そうね……」

とりあえず結界の壁が無事に解除されたと聞いてほっとする。あとは何事もなくカイルたちが戻って来るのを待つだけ。デイビットは報告を聞いて文官たちに知らせるために部屋から出て行った。

「あの、お二人とも大丈夫ですか？」

「ん？　何が？」

イシュラ王子に心配そうに聞かれても、何の話なのかわからなくて首をかしげそうになる。

「僕がソフィア様を最初に知った時、王配が二人いると聞いて驚きました。いえ、王配が三人必要だというのは知っていたのですが、それはソフィア様が苦しいだろうなと思っていたんです。だけど、ソフィア様とクリス様とカイル様が三人そろっているのを見た時、魔力が少しも濁っていないことに驚いたんです」

「魔力が濁る？」

「ルジャイルの者が生涯一度しか結婚しないのは、魂は対になっていると考えられているからです。結婚するというのはお互いに唯一だから、それ以外のものと魔力を混ぜると濁ると言われています。ルジャイルでは魔力が濁るというのは魂が濁るのと同じ意味です。生まれ変われなくなるので、二人以上娶ることは王族でもしません」

「そういう考えなら側妃は娶れないわね」

ユーギニスとは違うルジャイルの考え方に驚いたが、だからココディアの王女を側妃にと言われても固辞したのかと思う。生まれ変われないと思うのなら、よほどのことが無ければ娶らないだろう。

「ええ、ですので、ソフィア様は大変だなと思っていました。それなのにソフィア様たちは三人で同じ魔力を持っているのに、三人ともまったく濁っていない。三人で対《つい》になることもあるのだと……こういう運命もあるのだと驚きました」

三人で同じ魔力？　そんなことあるのかとクリスと顔を見合わせる。クリスも心当たりがないようで首をかしげた。

「ですが、今のお二人は魂の輝きが弱っているように見えます。カイル様の不在が影響しているのでしょう。早くお戻りになるといいですね」

「ええ、そうね。ありがとう」

魂の輝きはわからないけれど、私とクリスが弱っているのは事実だった。眠れない上に日に日に食欲は落ちている。九歳で出会って、ずっと三人でいるのが当たり前だったから、こんなにもカイルがいないと私たちがダメになるとは思わなかった。

休憩時間が終わり、イシュラ王子が部屋から出て行くのを見送って、隣に座るクリスの肩に頭を乗せる。仕事に戻らなきゃいけないけれど、立ち上がる気力がない。

「無理しなくてもいいぞ。私室に戻るか？」

「ううん……カイルも頑張ってるんだから、私も頑張らないと」

そういったものの、小さな声しか出ない。クリスの手を借りて立ち上がると執務室に戻る。

静かな部屋で書類をめくる音だけが聞こえる。カイルが戻ってくるまで、あと一日半か二日。ほんの少し待つだけなのに、この一秒も長く感じられた。

ルジャイルの国王から返事が来たのは次の日の昼だった。書簡を送ったのが前日の夕方過ぎだったにもかかわらず、一日しないで返事が来たことに驚く。

「こちらは何の問題もないので、イシュラの好きなように。ユーギニスが豊かになれば、その恩恵を我が国も受けることになるだろう。イシュラの才能を存分に発揮させてやって欲しい」

との返答で、イシュラ王子が私と誓約魔術を交わすことを認めるものだった。

イシュラ王子から国王と王太子に許可をもらっているとは聞いていたものの、これほどまで早く返事が来るとは思っていなかった。

ルジャイルの国王はイシュラ王子が王太子よりも優秀だから、あのままルジャイルに置いておけないと言っていたが、イシュラ王子の才能は応援したいらしい。王族の子は皆王子扱いというくらいだからイシュラ王子のことも息子のように思っているのかもしれない。

返事が来たことをイシュラ王子に伝えると、それならば早いほうがいいと、その日のうちに誓約魔術を交わすことになった。

私とクリスとイシュラ王子で話し合い、決めた誓約はただ一つ。ユーギニスの不利益になる言動はしない。どういう行動が不利益になるかわからない時の判断は、私と王配三人の許可が出たら行動していいということになっている。つまり、イシュラ王子が新しい魔術を生みだそうとした時に、その術式がどう影響するか私たちが判断するということになる。

王政には今のところ関わらせず、王太子と王太子妃の仕事は、エミリアと共に行動している時のみ許可する。これにたいしてイシュラ王子は条件をつけることなく従った。

執務室の会議室で血の誓約を交わした後、今後の行動について話し合って決める。研究室の代表もお願いすることになり、温室の鍵もすべて任せた。どちらにしても即位後は研究する時間など取れそうになかった。研究が中途半端になってしまう作物もあったので、それに関する術式もすべてイシュラ王子に引き継いでもらう。

「じゃあ、この辺の研究は全部任せるわ」

「わかりました！」

「ごめんなさいね。中途半端なものが多くて」

「いえ、何をどう変えたいのかはっきりしているのでやりやすいです。研究からしばらく遠ざかっていたので、わくわくします」

今までどんな研究をしていたのか話を聞いてみたら、魔術具を開発するよりもルジャイルとユーギニスの取引を開始させるのが大変だったらしい。

他国に魔石を輸出したことのないルジャイルの王族と貴族を説得し、法整備をし、鉱山の出荷量を増やし、輸送経路を確保し、ありとあらゆる面でイシュラ王子が暗躍していたという。この辺りの話も誓約を交わすまで話すことが難しかったと聞いて、それもそうだと納得していた。

「一応は全部父上の名前になっていますけどね。父上は剣術しか頭にないような人なので書類は一切書けません。陛下がわかっていて自由にやらせてくれていたので、助かりました」

「あーだから。王太子よりも優秀だと周りに知られたら困る、だったのね。そこまでイシュラ王子が関わっていたのが知られたら、間違いなく王太子にしようとするものが出てくるもの」

「ええ、その辺の力関係はとても難しいところでした。うまくいってほっとしてます。僕としても王太子を落としたいわけではないので」

ココディアから帰国した後、フリッツ叔父様が魔石を輸入したいと周辺国をまわっているのを知って、どうにかしてルジャイルと取引させようと幼いころから頑張ってくれていたらしい。それもこれも全部がエミリアと婚約するためだったのがイシュラ王子らしいけれど。

……あれ。ココディアと国交断絶できたのって、イシュラ王子のおかげ？　知らないうちにイシュラ王子に助けられていたのだと知って、今後も好きなように研究してくれたらと思う。エミリアと結婚して幸せになってくれたら、少しは恩返しになるだろうか。

「ああ、この誓約のことなんだけど。申し訳ないけれど、公表することになるわ」

デイビットに相談というか、報告をした際に注意されていた。絶対に国内だけじゃなく他国にも公表してくださいと。

「僕は構いませんけど、何か問題がありましたか？」

「うーんとね、他国の王族に私の王配になりたいと言われていて。他国の王族は王政に関わらせることはできないからって、断っているのよ」

「他国の王族……チュルニアですか？」

「うん。王弟と第三王子から申し入れが来ているの。ずっと断っているんだけど、しつこくて」

チュルニアは王族が多いのか、他国へ婿入りさせることも多いという。今までユーギニスの王族と結婚したことはないはずだけど、ココディアと同盟を破棄した今がねらい目だと思われているのかもしれない。女王の王配になれば、この国を乗っ取れると考えているようだ。

四十歳の王弟と十九歳の第三王子。二人から申し入れが来ていて、なんなら両方婿入りさせてもいいとチュルニアの国王から言われている。もちろん、両方ともお断りしているのだが、あきらめてくれない。

「なるほど。血の誓約をしなければ婿入りできないとわかれば、王配になっても意味がありません。さすがにあきらめてくれるでしょうね」

「そういうこと。これでチュルニアがあきらめてくれるといいんだけど。これは私の問題であって、イシュラ王子は関係ないのにごめんね。他国の王族なのに誓約をさせたことがわかれば、イシュラ王子を侮るものが出てくるかもしれない。そういう愚かな貴族がいたらすぐに教えてくれる？　こちらできっちり対処するから」

実際にはユーギニスだけでなく、ルジャイルとも誓約を交わしているのだが、見方によってはイシュラ王子がユーギニスに従属されたともとれる。ユーギニスの貴族に見下されるようなことは絶対に避けなければいけない。

そう思って謝ったのだけど、イシュラ王子はうれしそうに笑った。

「いいえ。僕は隠すつもりなんてありませんでしたから」

「え？」

「エミリアの婚約者の立場というのは確実ではありません。だが、ユーギニスと誓約を交わしてまで婿入りしてきたとなれば、もう婚約を解消させることはできません。僕とエミリアは誰も引き離すことができなくなります」

「そう言われてみたら、そうかも？」

ルジャイルから婿入りしてくれる約束で、もうすでにユーギニスに移り住んでいるけれど、婚約は婚約。邪魔しようと思うものは必ず出てくる。ましてやエミリアは身内から見ても可愛らしい。

学園に通うようになれば、貴族令息たちから狙われる可能性が高い。

二人の関係が政略結婚ではなくただの婚約だと知られたら、イシュラ王子に寄っていく令嬢もいるかもしれない。今、この国に未婚の王子はいない。王子にあこがれる令嬢がイシュラ王子を狙っても不思議ではない。

「血の誓約を交わしてまで婿入りした僕を、今さらエミリアと別れさせるようなこと、ソフィア様がするわけがない。そう思えば手出ししてくる貴族はいないでしょう」

「そうじゃなくても引き離したりはしないけど、貴族が思うかどうかで言えば、そうね」

満足そうにうなずくイシュラ王子に、もしかしてこれも計算のうちだった？　と少し思ったけれど、それでもいいかと思い直した。イシュラ王子はエミリアと幸せになれるし、私は研究室をイシュラ王子に任せられる。お互いにいい結果になったことで、満足して話し合いは終わる。イシュラ王子は笑顔のままエミリアのもとへ戻っていった。

◇◇

いつも通りの時間まで執務室で仕事をし、クリスと二人で私室に戻る。食欲がなかったから先に湯あみをしたけれど、それでもお腹はすきそうにない。

いつもなら会話しながらの夕食も黙ったまま。時折、スプーンが食器にこすれるような音が聞こえる。ひとすくいずつスープを口に運び、何とか飲み込む。軟らかく煮こんだ野菜スープは美味しいはずなのに味がわからない。スープ以外は飲み込めそうになくて、いらないと下げてもらった。

「姫さん、氷菓なら食べられるか？」

「ううん、いい。今日はいらない」

「そうか。じゃあ、そのスープだけでも食べろよ？」

「うん……わかった」

クリスにそう言われたら食べるしかない。なんとか最後の一口を飲み込んで、スープの皿を下げてもらう。同時に食べ終わったのか、クリスも席を立った。

「寝室に行こうか」

「うん」

眠れないけれど、身体はすごく重い。動くのも億劫《おっくう》なくらいだるくて……頭がずきずきと痛む。動きたくないと思っているのに気がついたのか、クリスに抱き上げられて連れて行かれる。

「もう、おとなしくしてろ。顔色が悪い」

「……うん」


寝室の扉を開けようとした時、私室の外からざわめきが聞こえた気がした。

近づいてくる人の気配。この魔力………。

「クリス！」

「わかった。連れて行くから、勝手に飛ぶな」

止められなかったら、そのまま転移していた。クリスに抱えられたまま、私室の入り口に近づいていく。私室の扉を開けて入ってくる人影が見えた瞬間、待ちきれずにクリスから下りて走り出した。そのまま飛びついたら、受け止められて、きつく抱きしめられる。

「もう！　馬鹿！　カイルの馬鹿！」

「……ごめん」

「なんで置いていったの！　ひどい！」

「……悪かった」

「もう……もう！」

この五日間、ずっと我慢していた怒りが爆発するように表に出てくる。悔しい、悲しい、置いていかれた。何を言っても、カイルはただ謝るばかりで……。

「カイル、さっさと湯あみしてこい。姫さんはもう限界だ」

「あ、ああ。わかった。すぐに戻る。ソフィア、すぐだ。すぐに戻るから、一度離して」

「……やだ」

「姫さん、そのままだとカイルと一緒に寝れないぞ」

「それもやだ。……今日は三人で寝る」

「わかってる。だから、カイルを湯あみに行かせよう。大丈夫だ、すぐに戻るから」

「…………」

何も言わなかったから私が納得したと思ったのだろう。クリスが私をカイルから引きはがして抱き上げる。カイルが護衛待機室へと転移したのを見て、クリスは私を寝室へと連れて行く。

「すぐに戻るよ。笑っちゃうくらい、すぐに来ると思うぞ」

「ほんとう？」

「ああ。数えて待っていようか」

「うん」

冗談だと思っていたら、寝台に私を寝かせた後、クリスは数え始める。カイルが寝室に転移してきたのは、百二十秒を超えた時だった。慌てて湯あみしてきたのか、髪からはぽたぽたと水が落ちてくる。

「……待たせた」

「遅ぇ。百三十も数えただろう」

「ああ。すまん」

「ほら、とりあえず髪を拭け。そのままだと姫さんも濡れるだろう」

「ああ」

クリスが布を投げると、カイルがそれを受け取ってガシガシと髪を拭いている。それほど長くない髪だから、すぐに拭けるのにその時間すらも惜しんで戻って来てくれたらしい。

「……かいるぅ」

「あぁ、すぐに行くよ」

クリスがいるのとは反対側にカイルが入ってきて寝転がる。左手にクリス。右手にカイル。離れていたのはたった五日間だけだったのに、ようやく戻って来たと感じる。

「……やっと帰って来た」

「うん、ごめん」

「…………もう、置いていかないで」

「わかった。もう離れないから、安心して」

「…………ぜったい、だよ。……かいる、おかえり……なさ……い」

「うん、ただいま」

やっと日常が戻って来た。二人がそろって、ようやく安心できる。

両手に温かさを感じて、やっぱり三人でいるのがいいなと思っていたら、夢も見ないほど深く眠りに落ちていた。

◇　◇　◇

「……寝たか。あっという間に眠ったんだな」

「ああ。姫さん、この五日間ほとんど眠れてなかったからな」

「クリスが疲れてるのはそのせいか」

「まぁ、そうだな。姫さんが魔力で補おうとするから、俺の魔力を流してたんだが。魔力量が違いすぎて補い切れなかった」

クリスは悔しそうに言うが、それは仕方ないだろう。ソフィアは王族にしても魔力量が桁違いだ。

クリスの魔力だけでは足りないのも仕方がない。ソフィアの顔色も悪かったが、クリスもやつれて見える。睡眠だけでなく、食事もちゃんとしていたんだろうか。

「治癒かけるか？」

「いや、今日はいい。寝たらそれなりに回復するだろうから。回復しきれなかったら頼むかもしれない」

「わかった」

普段はクリスがソフィアに治癒をかけ、たまに俺がクリスに治癒をかけている。魔力に差があるために、ソフィアに治癒をかけすぎるとクリスに不調がでる。ソフィアが寝た後で、こっそりクリスに治癒をかけているのは、知ればソフィアが気にするだろうと思ってのことだった。

「ところでなぁ、カイル。なんでお前もボロボロなんだ？」

「…………」

「いくら馬車の旅を強行してきたとはいえ、そういう感じじゃないよな。お前も寝てないんじゃないのか？」

やっぱりクリスにはバレるか。まぁ、これだけ寝不足だったら見てわかるよな。

「五日前、王宮を出た直後はソフィアが怒ってるんじゃないかと思って。気になって仕方がなかった」

「あぁ、めちゃくちゃ怒ってたな」

「二日目からは……泣いているような気がした」

「実際には泣いてはいなかったけど、ずっと泣きそうだったよ。こんなにカイルと離れたのは初めてだからな。仕事はしてたけど、食事はスープだけだった」

やっぱりか。置いていったこと怒るだろうとは思っていたし、こんなに長い間離れることなんて一度もなかったから。俺がいなくて泣いているんじゃないだろうかと心配していた。

「それでカイルは心配し過ぎて眠れなかったと？」

「ああ。ソフィアがどうしているのか気になって、ずっと眠れなかった。でも、置いていったのは仕方ない。あの塔にもう一度近づけるのはどうしても嫌だった」

「わかってるよ。だから俺も許可したんだ」

結界の解除方法を聞いた時には、またあの塔に行かなきゃいけないのかと思った。

ソフィアはもう塔にいる夢を見ないと言っていた。だけど、またあの塔に行くことになったら、嫌な記憶を思い出すことになる。

塔の中から魔石を取り出すだけなら、俺かクリスにもできる。わざわざソフィアを危険な目にあわせてまで嫌な思いをさせる必要なんてない。だが、責任感の強いソフィアが俺たちに任せるなんてありえないのはわかっていた。だからクリスと相談した結果、ソフィアには黙ったまま俺が一人で行くことにした。

そのこと自体は後悔していないけれど、こんなにやつれた顔になるまで悲しませてしまった。ぐっすり眠っているけれど、ソフィアの目の下にくまができている。クリスが魔力を流してもここまで影響が出るなんて、どれだけ不調を無理して仕事していたんだろう。

「それで、塔のほうは問題無かったか？」

「ああ。塔の周辺も見てきたが、誰かが中に入り込んだ様子はない。ココディアは結界の壁自体は調べただろうが、塔までは気がつかなかったようだ」

「まぁ、壁から少し離れた場所にあるしな。塔に気がついたとしても見張りの塔だと思うだろう」

それはそうだろう。塔を発見したとしても、中には入れない。小さな窓が二つあるだけの古い古い塔。あたりに人の気配もない。人が通っているような小道すらない。もう使われていない昔の見張りの塔だと思うに違いない。

「何か変わりはあったか？」

「いや。ソフィアが塔の夢を見なくなったって言うから、もしかしたら変化があるかもしれないと思ったんだけどな。あの時の状態とほとんど変わらないように見えた」

「そうか。姫さんの精神的な問題だったのかもしれないな」

「かもしれない」

夢の塔から出て行ったというリリアはどこに行ったのだろう。ただ消えてしまったのだろうか。

ソフィアから聞いた話では、どこかに向かったように思うのだが。

ようやく解放されて自由になったリリア。願わくば彼女も幸せになっていてほしい。

「……もう、結界の壁に頼らないで済むようにしなきゃな」

「そうだな。今回のようなことはもうごめんだ。姫さんを一人で支えるなんて、どうやっても無理だ」

「次は、もうない。俺だけじゃない。ソフィアには俺とクリスが必要だって、改めて感じたよ」

俺の不在でソフィアがこんな顔するのはつらいけれど、どこかうれしい。それだけ俺の存在が大事だって思ってくれている証拠だから。でも、いなかったのが俺じゃなく、クリスだったら。

泣きそうになりながらも仕事をして、日に日にやつれていくソフィアを支えるのは、俺だけの力ではやっぱり無理なんだと無力さを実感したことだろう。

どちらか片方じゃダメだ。俺とクリスと、二人でいなければソフィアは支えきれない。それだけ大きなものをソフィアは抱え込んでしまっている。

「わかっているよ。俺は最初からそうだと言っているだろう。俺だけじゃダメだ。だが、お前だけでもダメだ。姫さんには俺たちが必要で、俺たちにも姫さんが必要だ」

「あぁ、そうだな」

しっかりと二人の手をつないだまま離さないソフィアに、両側から寄り添うように三人で眠る。

朝になったら、もう一度謝ろう。二人を置いていってごめんって。そして、もう二度と一人でどこかに行くような真似はしないと約束するから。

第十八章　未来へ向かって

いつものようにお祖父様へ報告をしようとお祖父様の私室に入ったら、何かが違う。少しだけ考えて、いつもいるはずのレンキン先生がいないのだと気がついた。

「お祖父様、レンキン先生はどうしたのですか？」

「ああ、ディアナのところに行っている。すぐに戻るだろう」

「え？　ディアナ？」

「ああ、ディアナ付きの侍女から報告が来たのでな、レンキンが診察に行っている」

ディアナ付きの侍女からの報告でレンキン先生が診察に行くって。……それはもしかして。

「お祖父様、それは身ごもったということですか？」

「侍女からの報告だとそうかもしれんと。だが、ディアナは子がなかなかできないことを不安に思っているようだ。他の医師に診せて違ったら落ち込んでしまうかもしれないと。だから、レンキンに診に行ってもらったんだ。レンキンなら治癒をかける間に診察ができる。もし違っても、そのまま体調不良を治しただけだと言えばいいからな」

「そうですか。身ごもっていればいいですが、違ったらよけいに不安にさせてしまいますものね」

エディとディアナは結婚してまだ二年たっていない。本当ならばそこまで気にすることはないのだけど、王太子である私に妊娠する兆候がないことから、どうしても王子妃であるディアナに期待する声が出てしまっている。

まだ若いのだしそこまで気にする必要はないのだけど、真面目なディアナは期待に応えられないことに落ち込んでしまっている。ここのところはあまり体調がすぐれず、普段の仕事に差し支えはないのだが、軽いめまいがするらしいとは聞いていた。それが身ごもったことによる不調なのだとしたら、喜ばしいことではあるが……。

身ごもったと確定するまでは騒ぐわけにもいかない。

「……ソフィアはやはり子を産まない選択をしたのだな」

「はい」

「儂があの時ココディアとの同盟の条件を変えていたら、こんな風にお前を困らせることはなかったのかもしれないな」

眉間のしわを深くして、困ったように笑うお祖父様の手を取る。大きな手もしわだらけで、ここまで一人で苦労してきたのがよくわかる。

「いいえ、お祖父様。きっと私でも同じ条件で同盟を結んだと思います。その時はそれが最善だったのです。そして、今も私の選択が最善だと思っています」

「ソフィア……お前は幸せか？」

「はい！　もちろんです！」

「うむ。そうか。それならいいんだ」

力いっぱい返事をしたら、やっと満足そうに笑ってくれた。お祖父様が後悔しなければいけないようなことは何もない。ココディアとの同盟がなかったら、きっと私はここにいない。お祖父様にも、クリスとカイルにも会えなかった。

「お前に王位を譲るまであと三か月か。あっという間だろうな」

「そうですね。もう三か月しかないんですね。まだ実感はないですけど……」

「もうすでに実権はお前にあるんだ。大丈夫だから、自信を持ちなさい。お前なら王配たちと力を合わせてこの国を守ることができるだろう」

「はい」

あと三か月。私が二十二歳になるのを待って戴冠式が行われる。もうすでに実務的なものはすべて引き継いでいるので、特に問題はないはずだ。だが、仕事と戴冠式の準備に追われ、あらためて女王になることを考える時間もなかった。

「お前に王位を譲った後、半年くらいは王宮に残るが、その後はラシャンの離宮に移るつもりだ」

「ラシャンですか？」

「ああ、最後は妃たちと一緒に過ごそうと思う」

ラシャンは王都から一番近い王領で、王家の墓がある場所だ。お祖父様の妃だったお祖母様と側妃様もそこに眠っている。

「お祖母様と側妃様も喜びますね」

「どうだろうな。今さらだと思われるかもしれん。儂は国を立て直すのに必死で、妃たちを大事にできなかった。子を産んでくれた時も、よくやったと声をかけただけだった」

「それは……仕方ないことだと」

お祖父様が即位したころはまだ戦争が終わっていなかった。妃を娶った頃はおそらく戦争が終わるかどうかの頃。そんな時期に妃を優先するような余裕はなかったはずだ。

「儂は、お前を抱き上げた時、初めて幼子とは愛しい存在なのだと知った。あんなにも壊れそうで壊したくない存在があるのだとわかった。……こっそり耳打ちされた時は顔に出さないようにするのが大変だったがな」

「ふふ。あの時のお祖父様、驚いたはずなのに平然としていました。さすが国王陛下なんだと思っていましたよ」

初めてお祖父様に抱き上げてもらった日。私がソフィアとして目覚めた日だ。ハズレ姫だった私がこんなにも愛されるなんて思いもしなかった。

「儂はお前と過ごして、愛するという感情を知った。人に優しくすることも抱きしめてやることも大事なんだと」

「お祖父様、私もです。大事な孫姫だと言ってもらえて、本当にうれしかった。お祖父様がいてくれたから、お父様たちがいなくても平気だった」

「うむ、そうか」

お祖父様は私の言葉に満足そうにうなずいた後、何かを思い出そうとするように遠い目をした。

「儂は、お前を大事に思うのと同時に、今まで大事にできなかった者たちのことを考えるようになったんだ。王宮は、この国は、お前に任せても大丈夫だ。残りの人生は妃たちに毎日花を手向けて過ごそうと思う。向こうに行ったら責められるのを覚悟しながらな」

「お祖母様も側妃様も怒っていないと思いますよ？」

「そうか。まぁ、少しのんびりしてから向こうに行くつもりだ」

「まだお祖父様には、いてもらわなくては困ります。何かあったらラシャンに早馬を出しますから戻って来てくださいね？」

「わかった。いつでも頼ってきなさい」

ラシャンは王都からそれほど遠くない。馬車でも半日もすれば着ける場所だ。王家の墓もあることから、これまでも一年に一度は行っている。少しだけ離れてしまうけれど、これからも会いに行けると思えば大丈夫。

二人で笑い合っていたら、ディアナの診察に行っていたレンキン先生が部屋に戻って来た。入ってきた時の表情で何も聞かなくてもすぐにわかる。

「レンキン先生！」

「ああ、間違いないでしょう」

「あぁぁ。良かった！」

侍女の報告は思い過ごしではなかった。さっそくディアナにお祝いを言いに行こうかと思ったら、レンキン先生に慌てて止められる。

「まだダメですよ？　ちゃんと体調が安定してからの公表になります。本当なら陛下にもソフィア様にも報告されていない時期なんですから。ソフィア様も知らないふりしていてください」

「あ、そうよね。わかったわ」

そういえば身ごもってもちゃんとお腹の子が育っているか、大丈夫だと医師たちが確認して、それから公表になるのだった。待っていればディアナからきちんとした形で報告がくるはずだ。それまでは言わないようにしないと。

「お祖父様。言いはしませんけど、どうしてもうれしくて顔が笑ってしまいます」

「まぁ、笑っている分には問題ないだろう」

「ソフィア様は笑っていたほうが周りは安心します。そのままで大丈夫ですよ」

◇◇◇

その日はからりと晴れ、どこまでも青い空が広がっていた。

昼過ぎに行われた戴冠式の後、王宮の外壁の上に立ったソフィアは目の前に広がる光景に言葉を失う。

王宮の外園はその日のみ平民でも立ち入れられるように開放されていた。ソフィアが女王になることを祝おうと、たくさんの民が外園いっぱいに詰めかけ、こちらを見上げている。今か今かとソフィアの登場を待っていた民たちは、戴冠した女王の姿を見た瞬間、歓喜の声をあげた。

「…………こんなに人が？」

「皆、姫さんが女王になるのを待っていたんだ」

「そうだな。ソフィアがこの国の平民たちの生活を変えたからだ。冷害で苦しむこともなくなり、魔獣に襲われる心配も減った。これから、ますます良くなると期待しているんだろう」

「えっと、手を振ればいいの？」

「ああ。笑顔で手を振ってやればいい」

おそるおそる手を振ると、ひときわ大きな歓声があがる。その声の大きさに驚いて後ろに下がりそうになると、クリスとカイルに背中を支えられる。

「はは。そんなにびっくりしなくても」

「だって、こんなに反応されると思わなくて」

「もっと堂々としていればいいのに。ほら、あそこで小さな女の子が必死で手を振ってるよ。ソフィアが笑ってあげたら喜ぶと思うよ？」

「う、うん」

本当に小さな女の子まで私を見るために来てくれている。赤ちゃんを抱いているお母さん、支えられてようやく立っている老婆まで。こんなにも期待してくれているんだと思うと、少しだけ不安になる。

大丈夫かな。間違えていないかな。本当に私が女王になって、この期待に応えられるのかな。

「ソフィア様、そんな顔しているとみんなが不安になる。もうすでにあなたは女王になったんだ。不安になる気持ちはわかるが、それはこの場では見せてはいけない。……愚痴は後からいくらでも聞くからここにいる間だけでも頑張れ」

「ダグラス、そうだね。……わかった」

女王になる時には三人の王配がいなくてはいけない。そのため、昨日のうちに婚姻式を行い、ダグラスが第三王配になっている。

クリスとカイルが私の両側に立ち、ダグラスはカイルの隣にならぶ。その後ろにエディとエミリア、イシュラ王子。安定期に入ったとはいえ、心配なのでディアナは休ませている。外壁の上には、他にもデイビットやセリーヌ、執務室の文官や女官がたくさん。近衛騎士たちも見慣れた者ばかり。私が一人でここに立っているわけじゃない。私を支えてくれる人がこんなにもいる。この国を、この人たちを守るために女王になったんだ。

この光景を忘れないでいよう。歓声の声にこたえるように何度も手を振った。

◇　◇

戴冠式の次の日、王宮で女王即位を祝う夜会が開かれた。前国王の即位を祝う夜会が行われたのは五十年以上前のこと。貴族家の当主となっている者たちが生まれる前のことだった。

通常の夜会よりも盛大に祝うらしいとの噂を聞いて、多くの貴族は当主夫妻だけではなく令息令嬢も出席させていた。夜会に初めて出席する者も多く、落ち着かない様子の令嬢が多く見られたが、その理由は……王配の二人が原因であった。

「ねぇ、お父様。クリス様って本当に素敵なのよ」

「それは何度も聞いた。だが、愛人というのは許可できないぞ」

「でも、家はお兄様が継ぐのだし、婚約者もなかなか決まらないし。愛人と言っても王配の愛人はちゃんとした身分になるって聞いたわ。ねぇ、いいでしょう？」

「……ううむ。仕方ないな」

「カイル様の愛人になるのは私よ。お姉様、邪魔しないでもらえます？」

「何を言ってるの。カイル様があなたみたいな小娘相手にするわけないでしょう？」

「ええ？　でも、ソフィア様だってカイル様とは年が離れています」

「……カイル様があなたなんて相手にするはずがないわ」

「やだ、お姉様こそ、相手にされないからって私の邪魔ばかりして」

「違うわよ！　いいかげんにしなさい！」

「もう話しかけないでください。カイル様はきっと私を選んでくださるわ」

そこかしこで王配のクリスとカイルを狙う声が聞こえていた。

クリスとカイルは人気が高くても仕事が忙しく、お茶会の招待状を送ったとしても断られる。普段は国王の執務室にいるために、令嬢たちは話しかけるどころか会うことすらできない。

だが、夜会ともなれば自由に話しかけることができる。今日こそは手紙ではなく直接訴えかけることができると、愛人になりたい令嬢たちは意気込んでいた。

もう一人の王配ダグラスは、婚姻式と同時に公妾の存在も公表されている。数年前に跡継ぎとなる息子ルーカスを出産済みであるとの報告に、ダグラスの公妾を狙っていた令嬢たちはあきらめざるを得なかった。

エディ王子にも側妃希望の者たちはいたのだが、少し前にディアナ妃の妊娠が公表されたばかり。三年子ができなければ側妃を娶るに違いないと待っていた令嬢たちも、正妃のディアナが身ごもったことでその希望を絶たれている。

そのせいもあって、愛人のいないクリスとカイルに人気が集中しているのだが、その中には何度も愛人希望の申し出を断られている令嬢も多かった。

クリスよりも綺麗な令嬢、カイルよりも強い令嬢でなければ愛人にはしない。そう断られたものの、結婚して三年以上たつのに子ができていない状況なら、考え直してくれるのではないかと思っていた。


夜会の開始時間になり、クリスとカイルにエスコートされたソフィアが入場してくる。当主たちと違って、令息令嬢はソフィアに会う機会がない。同じ学年だった者以外は学園でも顔を見る機会すらなかった。

女性よりも美しいと言われるクリスと理想的な騎士と言われるカイル。その二人に手を取られ、ソフィアが入場してくる。小柄で華奢《きゃしゃ》だが、光り輝く銀色の髪に青く澄んだ瞳。真っ白な肌とは対照的な赤く熟んだ唇。クリスとカイルだけじゃなく、ダグラスやエディを従えて入場する様は自信に満ち溢《みあふ》れている。

一歩ごとに光をふりまくようなソフィアの美しさに誰もが黙ってしまった。そして、令嬢たちは、私ならクリス様を、カイル様を手に入れられる、そんなことを言ってしまったと恥じた。

「皆、私の即位を祝ってくれてありがとう。この国を守るために私は女王になるの。だから、皆もこの国のために尽くしてほしい」

穏やかな声だが、広間の奥まで響くように伝わる。ソフィアの呼びかけに誰ともなく深く臣下の礼をし始める。広間にいたものすべてが深く深く頭を下げ、ソフィアに従属する意を伝える。

「ありがとう、顔を上げてちょうだい」

満面の笑みを浮かべるソフィア女王に、この貴族のすべてが従った瞬間であった。

◇◇◇◇◇

風が少しだけ強く吹くと、湖面が揺れて波立っている。それを眺めている間に、東屋《あずまや》のテーブルには食事が用意されていた。いつも通り、私の好きなものばかりだ。

「何を見ているんだ？」

「ん？　湖の上が揺れてるなぁって。今日はちょっと風が強いね」

「ああ、明日あたり雨になるかもしれないな。帰るまでは大丈夫だと思うが」

女王の仕事が忙しくても、年に一度か二度、クリスとカイルを連れて、三人で王家の森にピクニックに来る。ここに来る時だけは三人でゆっくりと過ごすことにしている。

カイルからサンドイッチを渡されると、クリスはスープを器に注いでくれる。いつものように甘やかされることに幸せを感じながら、サンドイッチにかじりつく。

……もうあれから二十二年が過ぎたのか。

魔力が多いせいで、私とクリスとカイルは老いるのが遅い。私は三十歳を過ぎたくらい、クリスとカイルは三十後半くらいに見えているだろう。年々、私たちは年齢差をあまり感じなくなっていく。その一方、周りは揃って年老いていく。高齢になって王宮の仕事を辞めていくものも多くなった。

「ねぇ、そろそろいいと思うんだ」

「いいって、退位するのか？」

「そう。ジュリアンももう少ししたら二十二歳。私が即位した歳になるもの。レオンも支えてくれるし、アニエスの婚約も済んだし。もう私たちがいなくても大丈夫なんじゃないかと思うの」

「そうかもしれないな。もう手を離してもいいかもしれない」

エディとディアナの子、ジュリアンは十六歳で王太子になった。エディに似た大きな身体と身体能力、ディアナに似た責任感の強さと聡明《そうめい》さ。王太子になるかは本人に選ばせるつもりだったが、ジュリアンのほうから申し出があった。私を後継者に選んでください、と。学園の卒業時に妃を娶り、もうすでに王子が二人産まれている。

二歳下のレオンは最初から王弟となってジュリアンを支えるつもりだったらしく、学園はルジャイルに留学し、昨年帰ってきている。ユーギニスのためにも他国を見てきたいという希望だった。帰国してからはジュリアンの側近として仕事をしている。結婚はジュリアンの子が少し大きくなるまで待ってからするつもりだという。

レオンから四歳離れた妹、アニエスは婚約を決めるまでに一苦労あった。アニエスの婚約相手はダグラスの息子ルーカスだ。今年二十六歳になるルーカスと十五歳のアニエスは十一歳も離れている。

王女だとはいえアニエスにも政略結婚させるつもりはなく、年頃になったら選ばせるつもりでいたのだが、六年前、二十歳になって王宮を出て侯爵家に戻ることになったルーカスに、九歳だったアニエスが離れたくないと泣いて嫌がったのがきっかけだった。仲の良い兄がいなくなることを悲しんでいるのだろうと思っていたが、アニエスの想《おも》いはそうではなかった。まだ九歳であっても、生涯を共にする相手としてルーカスを選んでいたのだ。

ルーカスはその想いに気がついてはいたが、降嫁を申し出るのは自分の立場では無理だと思っていたらしい。そして、ルーカスの考えていた通り、貴族たちから反発が相次いだ。王配になったダグラスのテイラー侯爵家に王女が降嫁するのは、テイラー侯爵家の力が強くなりすぎるというのが理由だった。

だが、王配となっても女王である私は子どもを産んでいない。王配が力を持つのは、次代の国王の父となるからである。それができないのだから、侯爵家にアニエスが降嫁することも問題ない。そう貴族たちを説得するのに六年もかかってしまった。

ようやく先月ルーカスとアニエスの婚約がまとまり、王族の子で残されているのはエミリアとイシュラ王子の子コリンヌだけだが、コリンヌは結婚には興味がないと報告が来ている。どうやらコリンヌはイシュラ王子に似て、魔術具の開発に興味があるらしい。それならそれで好きに研究してくれたらいいと思う。

……もう次の世代に任せても大丈夫だと自信を持って言える。

あの時お祖父様が私に譲位した後、半年で離宮に行った理由も今ならわかる。心配だから見守りたいけれど、次の王の邪魔になってはいけない。

「少しずつジュリアンに国王の仕事を引き継いで、譲位したらどこかに移り住もうと思うの」

「……なぁ、もういいんじゃないか」

「え？」

「ソフィアはこの国のためにずっと生きてきた。だから、譲位した後はもう好きに行きたいところに行って、自由に生きてもいいと思う」

「私の行きたいところ？」

「姫さんのしたいことを言えばいい。俺たちはそれについていくよ」

「そっか……ありがとう」

もう好きにしていい、国を、民を守るために生きなくてもいい。お祖父様から受け継いだ王位、ちゃんと責任は果たせただろうか。目を細めて柔らかく笑うクリスと子どもの時と変わらず頭を撫でてくれるカイル。三人で、好きなように、自由に。

「……リリアに会いに行きたい」

「リリアに？　どこにいるのかわかるのか？」

「ううん、わからない。どこにいるのか、もういないのかもわからないけれど。だから、いろんなところに探しに行きたい」

「旅に出たいのか。それもいいかもな。姫さんの知らない魔術を探しに、他国をまわってもいい」

「あぁ、それは楽しそうだ」

「じゃあ、決まりね？」

これからしばらくは忙しくなる。引継ぎや戴冠式の準備、私たちが退位した後に住む屋敷の手配。

さすがに他国に旅に行くから屋敷を持たないというのは止められてしまうだろうから、国内で住む場所は決めておかなければいけない。

いろんなところに行って、またユーギニスに帰ってきて、たくさんの報告を王家の墓で眠っているお祖父様やお父様にしよう。いつか私がそこで眠る日まで、何度も何度も。

こんなにも私は幸せです、と。

◇◇◇◇◇

世界最大の魔術国と言われるユーギニス国は最初から魔術大国ではなかった。

転機は小さな賢王と呼ばれたソフィア女王が治めた時代、ルジャイルのイシュラ王子と共同で行われた研究は他国にない進化を遂げた。

だが、ソフィア女王に関する歴史書の記述は少ない。ソフィア女王の次の国王が従弟王子の子だったことから、本当は女王は存在しなかったのではないかとする研究者もいたほどだった。

その説が覆されたのは、近年になってから。

ソフィア女王の王配ダグラス・テイラー侯爵の孫娘が遺《のこ》した日記が発見されたことによる。

お祖父様から聞く話はどれも面白かったけれど、一番面白かったのはソフィア女王の話だった。

ソフィア様は退位した後、王家の森に小さな屋敷を建てて、王配のクリス様とカイル様と一緒に住んでいたらしいけれど、気がついたら三人ともいなくなってしまっていた。

お祖父様が言うにはソフィア様たちは旅に出たんだろうって。

いつだったかソフィア様が会いたい人がいるって話していたのを覚えているからって。

ソフィア様はとても綺麗な方で、退位する時は五十近かったのに、その時もまだ少女のように若く美しかったって。

さすがにそれは嘘だろうって思ったけれど、お祖父様も最期まであまり老人には見えなかった。魔力が多いと老化が遅くなるっていうのなら、きっと私もそうなるに違いないわ。お父様もお母様もまだまだ若いんだもの。

あぁ、でもうらやましいな。

クリス様とカイル様の絵姿を見たことがあるけれど、本当に美しい男性だった。

その二人から唯一と愛されたソフィア様の絵姿もまた美しかったけれど、三人で一つなんてことが本当にあるのかと疑ったのも事実。本当にそんな風に争わずに愛し合えるものなのかな。

お祖父様は第三王配だったけれど、ソフィア様の夫ではなかったってこっそり教えてくれた。お祖父様の唯一はお祖母様だったから問題なかったらしいけど、それも素敵よね。

きっと今でもソフィア様の隣にはクリス様とカイル様がいて、三人で幸せに暮らしている。

それを想像するのは楽しくて、何度もお祖父様に話を聞いたの。お祖父様もソフィア様の話をする時は楽しそうだった。懐かしそうに、とても優しい目をしていた。

そして、お祖父様の話の最後はいつも同じ言葉で終わっていた。

「今頃は、どこを旅しているんだろう」って。

もしかしたら、いつかユーギニスに戻って来てくれたら会えるかしら。

誰からも愛された素敵な女王様に。

(アンリエット・テイラーの日記より抜粋)

「お祖父様のところに来るのも久しぶりだね」

「三年ぶりくらいか」

「久しぶりすぎるって、怒ってないといいけど」

「陛下がそんなことでソフィアを怒らないよ」

王都から馬車で半日ほどのところにある王領のラシャン。ここには歴代の王族が眠る王家の墓がある。本当なら許可を取って入らなければいけない場所だが、私たちが帰っていることを知られると騒ぎになってしまうので、いつもこっそり忍び込んでいる。

ユーギニスに帰ってくると、まずはここに来てお祖父様たちに旅の報告をする。今回の旅は長かったので、それだけ報告することも多かった。またそんな無茶をしたのか、ソフィアは相変わらずだなって、お祖父様が呆れて笑っているような気がする。

他国をまわる旅は楽しくて、こうして終わって戻って来てもまたすぐに違う場所へ行きたくなる。今回も王都でのんびり数か月も過ごせば、またどこかに行きたくなるに違いない。

「久しぶりの王都だけど、また騒ぎにならないといいね」

「あれはカイルが失敗したからだろう」

「いや、クリスが目立ったからだよ。髪色を変えたところで美形なのは変わらないからな」

「それは俺に限ったことじゃないだろう」

他国をまわる間は揉《も》め事《ごと》を避けるためにもユーギニスの貴族出身だということにしているが、ユーギニスで貴族だと名乗るのは難しい。かと言って平民だとするには目立ちすぎる。三人とも魔術で髪と目の色を変えているのに、どうしても目立ってしまい貴族に連れて行かれそうになったり、女性に囲まれたりで苦労することが多い。

「姿そのものを変える魔術か魔術具があるといいんだけどね」

「それは新しく作り出すしかないな。王都にいる間に研究するか？」

「……そういえば、チュルニアの向こうにあるレガール国の王都には魔術研究所があると本で読んだな。魔力がなくても使える魔術具を作り出しているとか。平民が相手でも要望に応じて新しい魔術具を作ってくれるらしい」

「それ、何年前の本だ？」

思い出したように言うカイルに、クリスがいつの話なのかを確認する。

「おそらく、百三十年くらい前かな」

「百三十年？」

「ああ。アーレンスにいた頃に読んだチュルニアの本だったからな」

なるほど。アーレンスがチュルニアだった頃の本か。それなら百三十年前だとしても納得する。

「平民相手に魔術具を作るなんてすごい国だね。まだ魔術研究所あるのかな」

「そこに行ってみるか？　次、どこに行くのか決めていなかっただろう？」

「いいの？　チュルニアの向こうって、また数年は帰ってこれないと思うけど」

せっかくユーギニスに帰って来たばかりなのに、また数年帰ってこれないところに旅に行くなんていいのかな。そう思ったのに、クリスとカイルは笑って私の頭を撫でてくる。

「行きたいって顔してる」

「まったくだ。姫さん、行きたいんだろう？」

どうやら顔に出てしまっていたようだ。だって、チュルニアの向こうの国の話なんて初めて聞いた。百三十年も前に平民向けの魔術研究所ができたような国。そのまま残っていたとしたら、どれだけ魔術は進化しているだろうか。想像したら見てみたくなってしまった。

「じゃあ、その国に行きたい！」

「あぁ、そうしよう。王都に行ったら旅の準備をするか」

「そうだな。またここに来るのは数年後か」

今度の旅はどんな出会いが待っているんだろうか。旅の間は楽しくて、あっという間に時間が過ぎてしまう。それでもやっぱりここに帰りたくなって、こうしてお祖父様のところに来るとほっとする。

「それじゃ、そろそろ行こうか？」

「うん。お祖父様、また来ますね。……また旅に行くのかって呆れてないかな」

「大丈夫だよ、きっと陛下は笑ってる」

「そうだな。陛下だったら、儂も行きたかったたって言ってくれるよ」

クリスとカイルが言うなら、きっとそうなんだろう。それなら、また報告にくればいいかな。

「それじゃあ、お祖父様。行ってきます！」

どこからか風が吹いて、お祖父様が気をつけて行っておいでと言ってくれた気がした。

あとがき

初めましての方も、いつも応援してくださっている読者様も、上巻に引き続き下巻まで読んでいただいてうれしいです。ありがとうございます。

『ハズレ姫』は本当に長い物語でした。私の作品の中では初めての上下巻です。改稿作業をするために読み返した時に、こんなに長いとは思っていなくて驚いたくらいです。

当初の予定ではソフィアとカイルが恋人になって終わる短い物語のはずでした。側近のイメージで登場させたクリスが、いつの間にか二人にとっていなくてはならない大事な人になって、結果として三人でひとつという形に落ち着きました。

おそらく最初から三人の恋愛物語として書いていたら違ったストーリーになっていたと思います。ですが、そういう風に書いていたら不自然なものになっていたかもしれません。作者ですら気がつかないうちにクリスがもう一人の主人公になっていて、かけがえのない存在となりました。

プロットを書いてから小説を書くのではなく、頭の中で映像になったものを書き出しているので、最初の予想とは違うものになることはよくありますが、『ハズレ姫』については本当に予想外としか言いようがなく、自分でもよく書けたなと思っています。クリスがいたからこの作品が出来たと感じているので、クリスへの思い入れは強いです。

そんなクリスですが、珠梨《しゅり》やすゆき先生が描《か》かれたクリスがすごく好きで、毎回クリスの絵を見てはうれしくてにやけています。もちろんソフィアとカイルも大好きですけど、やっぱりクリスは特別です。下巻のちびキャラたちも可愛くてお気に入りです。三人で幸せになるということがその絵に表れていて、珠梨先生に描いていただけて本当に良かったです。たくさんの素敵な絵をありがとうございました。

下巻のラストシーン、Ｗｅｂ版ではなかった場面です。余計な付け足しになってしまうかもと悩みましたが、物語が終わった後も三人で旅を楽しんで幸せに暮らしていることをお伝えしたく、短いですが書いてみました。上下巻で作者運を使い切るつもりで頑張りましたが、これからも別の作品を書いていきますので、またどこかでお目にかかれることを祈っております。

最後に、改稿作業中インフルエンザに家族全員がかかってしまい、頭がまわらないまま何度もやり取りをさせてしまった担当様。いつもありがとうございます。担当様が頑張ってくれたおかげで無事に刊行できます。あこがれのＫＡＤＯＫＡＷＡから本が出せるとは思っていませんでしたが、良いご縁があったこと感謝しています。ありがとうございました。

gacchi《ガッチ》

書き下ろし
番外編

穏やかな日々

つい先日、ダグラスが三人目の王配に決まったことで、今までずっと悩んでいたことがなくなったからか、姫さんはますます仕事や勉強に集中するようになった。そのこと自体はいいのだが。よほど疲れているのか、夕食のスープを飲んでいた姫さんの動きがゆっくりになる。眠くなって食べるのが面倒になっているんだろう。仕方なく、姫さんを俺のひざの上に抱きかかえて座り直す。スープをひとさじすくって口元に運ぶと半分だけ口を開ける。

「ほら、スープだけでも食べておかないと、お腹空いて途中で起きることになるだろう」

「ん……」

「はい、口開けて」

「……」

なんとかスープを最後まで食べさせると、お腹いっぱいになったのか、姫さんがくたりと力を抜いて身体をもたれさせてくる。これはもう無理だな。

「リサ、湯あみはいいから、姫さんを着替えさせて」

「わかりました」

寝室に連れて行って、寝台に寝かせたら一度部屋から出る。俺が着替えさせてもいいんだが、リサとユナにまかせて、その間に俺とカイルも護衛待機室に戻って着替える。

寝室に向かうと着替えが終わったのか、リサとユナが出てきた。二人と入れ替わるように俺とカイルが寝室にはいると姫さんは寝台の上でぐっすり眠っていた。

「これだけぐっすり眠っていると、おそらく泣いて起きるな」

「ああ、最初から一緒に寝ておいたほうがいいな」

姫さんが疲れて寝ていると、夜中に泣いて起きることが多い。婚約しているとはいえ、俺たちが寝室で一緒に寝るのは良くないんだろうけど、咎められたことはない。それだけ陛下から信頼されているのか、泣いて起きる姫さんのことを影が報告しているからなのかはわからない。

姫さんを真ん中にして、左右に俺とカイルが寝転がる。両側から手をつないで、肩や頭を撫でていると、寝ているはずの姫さんがへにゃりと笑ったのが見える。

どうやら寝ている間でも俺たちがいることをわかって、安心したようだ。これなら今日は泣いて起きることはなさそうだ。

「なぁ、クリス」

「ん？　どうかしたか？」

姫さんの向こうからカイルの声がする。まだ寝ていなかったのか。めずらしいな。

「クリスって寝相悪いのに、ソフィアのことはつぶさないのな？」

「は？」

「いや、たまに俺の上に足とか頭とか乗っかってくるのに、ソフィアにはそういうことしないだろう？」

言われてみればそうだな。寝相が悪いはずなのに、姫さんの上に転がっていったことはない。

「……多分、姫さんの上に乗ったらつぶれそうだと思うからじゃないか？」

「寝ている時にそんなことわかるのか？」

「寝る前にそう思うからじゃないか？　カイルなら俺が転がって行っても平気だろう」

「……お前な。けっこう重いんだが」

「俺のほうが小さいだろう。大丈夫だって」

「そんな変わらないだろうに」

真面目に考えたことはないが、俺とカイルは身長差よりも体重差が大きいと思う。護衛待機室の寝台が小さい上に二つ並んでいるせいで、寝相が悪い俺がカイルの方に転がっていくことは多い。

だが、姫さんと三人で寝る時はそんなことはない。

「まぁ、安心しろよ。姫さんをつぶすようなことはない」

「ならいいが……なんか納得いかないな」

そう言いながらも一応は答えを聞いて満足したのか、すぐに寝息が聞こえてきた。聞かれたほうの俺は本当になんで姫さんには転がらないんだろうなと思いながらも、姫さんの手を握る。

あぁ、なんとなくわかる。こんなに小さくて細い手とつないで寝ていたら、これは壊しちゃいけないってわかるよな。

◇◇

「じゃあ、明日はよろしく頼む」

「ああ。弟のところか。そろそろ落ち着いたのか？」

「落ち着いてはいるんだろうが、まだ使用人の数が足りない。明日も面接する予定なんだ」

「魔術での誓約をさせるって条件さえなければすぐに決まるんだろうけどな」

「そんなことをしてみろ。公爵家の情報を知ろうと各貴族家から侍女が送られてくるだけだ」

「まぁ、そうだろうな」

カイルもわかっているからか、一応言ってみただけなんだろう。バルテン公爵家の両親がココディアに大使として送られて、弟のデニスが公爵を継ぐことになったのは二年前の話だ。

当時のデニスはまだ学生だったために、陛下に許可をもらって俺が公爵家の残っている負の遺産を片付けることになった。母親が所有していた大量のドレスや宝石は残らず売り払い、父親の愛人には金を渡して別宅から追い出すことにした。愛人たちは渋っていたようだが、父親が横領の罪に問われたことを説明すると逃げるように出て行った。おそらく愛人たちも架空の工事をでっちあげて補助金を騙《だま》し取《と》っていたことを知っていたのだろう。愛人たちが出て行った後の別邸もすべて売り払い、必要のないものは片付けられたが問題は使用人たちだった。

お茶会とドレスと宝石、他の夫人たちの上に立つことしか考えていなかった公爵夫人と愛人を囲うことだけが楽しみだった公爵。仕事はすべて使用人や領主代理に任せっきり。それでも文句をいうことなく仕えていた者たちばかりだった。当然、腐った当主夫妻に喜んで仕えていたような者はいらないと、退職金を持たせて暇を出した。もちろん文句をいう者はいたようだが、新しい当主になる際には俺が魔術で誓約させると聞くと途端におとなしくなったという。

おかしな話だ。俺を公爵家から追い出したことを覚えているものなのだろうが、復讐されるとでも思っているのだろうか。俺としては追い出された後のほうが幸せだったのだが。

次の日、いつも通り学園まで姫さんを送り届けた後、護衛はカイルと影に任せてバルテン公爵家の屋敷へと向かう。玄関前で馬車が着くと、デニスと家令のジニーが待ち構えていた。

「兄様！」

「クリス様、お待ちしていました」

俺よりも頭一つ分以上もでかくなったくせに、飛びついて来そうなほど喜んでいるデニスに落ち着くように言う。ジニーも本当ならとっくに引退している年齢なのに、デニスがこうではしばらくは無理だろう。

「中庭にお茶の準備をしたんです。さぁ、兄様行きましょう」

「わかったから、落ち着け」

腕を引っ張って連れて行かれそうになって、慌てて歩き始める。使用人を採用するための面接をしに来たわけではあるが、こうして顔を出すのは兄としての役割でもある。あの時、子爵家の屋敷を出る時に約束してしまっている。一緒には暮らせないが、たまには顔を出しに来ると。

もうすでに俺は公爵家の籍から抜けて王族になっているわけだが、約束は約束だしと思い、こうして二か月に一度はデニスの顔を見に来ている。

中庭のテーブルの上にはもうすでにたくさんのお茶菓子が置かれていて、どれだけ楽しみに待たれていたのかわかると嫌な顔もできない。おとなしく席に着くと、見慣れた顔の侍女がお茶の準備を始める。新しく雇った使用人のほうが圧倒的に多いのに、俺が来るときには子爵家の屋敷にいた者しか見ない。ジニーとデニスがわざとそうしているのだと思うが、気の使いすぎだと思う。

「なぁ、デニス」

「なんですか、兄様」

「この屋敷で新しく雇った使用人は魔術で誓約させているから、信用しても大丈夫なんだぞ？」

すべての使用人を辞めさせた後、子爵家からデニスに仕えていた使用人たちを呼んだが、十人程度しかいなかった。公爵家の屋敷の規模ならその数倍は必要になってしまう。領地の経営を手伝わせる領主代理も新しく選ばなくてはいけない。そのために俺が使用人を集めることにしたのだが、二年もかけてようやく八割確保できたところだ。

今日の面接が終われば、使用人の問題はなくなる予定なのだが、使う側のデニスが信用できないのであれば意味がない。

「いえ、兄様が誓約させたというなら大丈夫なのはわかっています。だけど、兄様が来た時は昔からいる人間をそばに置いておきたいんです。ほら、昔はこうやってよく中庭でお茶したじゃないですか」

「そうだな。昔からいる人間ばかりにしたのはそういうことか。デニスが困っているんじゃなければばいいんだ」

そう言われてみれば、デニスは中庭でのお茶が気に入っていたな。あの頃はまだデニスは小さくて、膝の上に乗せてお茶をしていた。離れて暮らすのがかわいそうで、会える時には甘やかしていた気がする。

さすがに成長して俺よりも大きくなったデニスを膝の上に乗せるのは無理だが、少しくらいは甘やかしてやるか。

「ほら、口を開けろ」

「え？」

聞き返したデニスの口に焼き菓子を突っ込んで食べさせる。驚いてはいたようだが、うれしそうなのでもう一枚差し出したら喜んで食いついてくる。もうすでに公爵家の当主なんだよなと思いつつ、俺にだけ甘えるのであればこのくらいはいいか。

気がついたら皿に乗っていた焼き菓子はなくなっていた。

「デニス……いくらなんでも食べすぎじゃないか？　太るぞ？」

「兄様が食べさせたんじゃないですか!?」

「それはそうだが」

「兄様、もしかしてソフィア様にもこんなことしているんじゃないですよね？」

「……たまにな？」

「やっぱり。ダメですよ、ソフィア様にこんなに食べさせたら」

「姫さんはこんなに食べないから大丈夫だ。たまに疲れている時に食べさせているだけだし」

焼き菓子を食べさせたこともあるけど、さすがにこんな量を食べさせたことはない。ちょっと三枚くらい口元に運んで食べさせただけだ。

そう思って答えたのに、デニスは疑うような目をしている。

「はぁ。でも、兄様が変わりなさそうで安心しました」

「変わりなさそうって？」

「前に言ってたじゃないですか。カイル様は平気だけど、三人目の王配ができたらわからないって。だから、兄様のこと心配していたんです」

「あぁ、そうか。そういえば言ってたな」

あの時は誰が三人目になると思っていたんだろう。おそらくデイビットかな。あれだけ姫さんのために働くデイビットなら王配に選ばれても仕方ないと思っていたけれど、デイビットだったとしたら、形だけの王配だなんてことはなかっただろう。

三人で姫さんを愛する、なんてことになったら、俺はどう思ったんだろう。さすがにそれは嫌だと思ったに違いない。

「テイラー家の令息って、ソフィア様の学友だった彼ですよね。大丈夫なのですか？」

「あぁ、そうだな。問題はない。そういう意味では心配しなくていい」

「何か事情があるんですね……わかりました。これ以上は聞きません。僕は兄様が幸せならそれでいいんです」

「そうか」

あいかわらず、デニスは俺が幸せならそれでいいと笑う。

本当なら屋敷の使用人だけではなく、デニスの婚約者も考えなくてはいけない時期なのだが、後回しにしている。あの両親のせいで女性が苦手になっているデニスに、無理に結婚させたくはない。俺だけがこの家から逃げて、デニスに責任を負わせている。せめて結婚相手だけでもデニスが受け入れられる相手が見つかってくれるといいのだが。


「クリス様、デニス様、使用人の面接の準備ができました」

「あぁ、さっさと終わらせるか」

「はい！」

俺の面接を受ける前に技能はジニーが確認している。公爵家で働くような使用人は侯爵家あたりで使用人として雇われていたものが多い。紹介状を持って公爵家の使用人募集に応募するのが普通なのだが、そう簡単に仕事を変えようとしている侯爵家の使用人など見つかるものではない。それなのに募集をかけると大量に応募してくるというのだから、当主が命令して自分の使用人をこの屋敷にもぐりこませようとしていると考えたほうが早い。

さすがにジニーの試験を潜《くぐ》り抜《ぬ》けた者たちは、俺が現れても動揺したりしない。皆、乱れることなく一列に並んで待っている。

「最後の面接になるが、魔術で誓約をしてもらうだけだ。公爵家に利のない言動は慎む。仕事で得た情報を他には話さない。当主や客人に色目を使ったり色仕掛けをしない。ただし、逆にされた場合は拒否してもよい権利を与える。これらを魔術によって誓約してもらう。情報を話さないことだけは仕事を辞めたとしても一生守ってもらうことになる。以上だ、何か聞きたいことがあれば答えよう」

条件を言っていくうちに何人か顔色が変わっていく。どれに引っかかったのか。侍女が多いから、色仕掛けかな。若い公爵だから押し倒して言うことを聞かせてこいと命令されているのかもしれない。もちろん、デニスにそんなことをするような侍女を雇うわけはないが。

質問はあるかと言うと、一人の男がおそるおそる手を挙げた。領主代理に応募してきたものか。

「なんだ？」

「その誓約を破った場合、何が起きるのでしょうか？」

それについては聞かれなかったら答えるつもりだったが、ちょうどいい。全員が知りたいという顔をしている。

「破ったらか、今のところ誓約して破った者がいないのでな。確実なことはわからないが、おそらく身体の一部が欠けることになる」

「か、欠ける？　ですか？」

欠けるという意味がわからなかったのか、数名が首をひねっている。もっとわかりやすく言うと嫌がると思うんだが。

「たとえば、情報を話そうとすれば口が落ちる。もしくは舌が溶ける。色仕掛けで当主に襲い掛かろうとしたら、ふれようとした腕が無くなるかもしれないな」

「は？」

「誓約するというのは、そういうことだ。そう約束しても大丈夫だというものでなければ公爵家は雇わない。十秒待とう。誓約して働きたいというものは残ってくれ。そうでないものは必要ない。誰に言われてここに来たのか追及されないうちに出ていけ」


結局、面接した半分も残らなかったが、それなりに使用人は確保できたからよしとしよう。また時間が取れるようになったら顔を出すと約束して、公爵家を後にする。

馬車の窓から見える景色は暗くなり始めている。姫さんはもう王宮に戻って、仕事を終えて私室に戻ってくる頃かな。約束していた時間よりも遅くなってしまった。遅かったら先に食事してくれと言っておいたものの、姫さんに謝らなくちゃいけないな。

王宮に戻った時にはもうすっかり日は暮れていた。姫さんの私室の扉前にはいつも通り近衛騎士が数名立っている。俺の顔を見ると何も聞かずに、大きな扉を開けてくれる。

私室に一歩入ったところで姫さんが飛びついてきたのを受け止める。どうやら俺が帰って来たのに気がついて、転移して迎えにきたらしい。その後ろから姫さんを止めるのに間に合わなかったのかカイルが追いかけてきた。

「食事中じゃないのか？」

「まだ！　クリスも帰ってくると思ってたから待っていたの。お腹すいた？」

「ソフィア、もう少し待っていれば来るって言ったのに」

目を輝かせている姫さんと仕方ないなって顔しているカイル。ちょっと出かけていただけなのに、さっきまでデニスと一緒にいたはずなのに、ようやく帰って来たと感じる。

もうとっくにここが俺の家で、姫さんとカイルが家族になってしまったんだってわかって、心の中でデニスに謝る。

ごめんな、デニス。兄さんはいつまでもお前の兄でいるけれど、一緒にいるわけにはいかないんだ。こうして俺の帰りを待っていてくれる二人がいるから。

電撃の新文芸

ハズレ姫《ひめ》は意《い》外《がい》と愛《あい》されている？〈下〉

～前世《ぜんせ》は孤独《こどく》な魔女《まじょ》でしたが、二度目《にどめ》の人生《じんせい》はちょっと周《まわ》りが過保護《かほご》なようです～

著者／gacchi《ガッチ》
イラスト／珠梨《しゅり》やすゆき

2024年3月17日　初版発行

発行者／山下直久
発行／株式会社ＫＡＤＯＫＡＷＡ
〒102-8177　東京都千代田区富士見2-13-3
0570-002-301（ナビダイヤル）
印刷／図書印刷株式会社
製本／図書印刷株式会社

【初出】……………………………………………………………………………………………

本書は、「小説家になろう」に掲載された『ハズレ姫は意外と愛されている?』を加筆・修正したものです。
※「小説家になろう」は株式会社ヒナプロジェクトの登録商標です。

ISBN978-4-04-915171-8　C0093　Printed in Japan

ファンレターあて先
〒102-8177
東京都千代田区富士見2-13-3
電撃の新文芸編集部
「gacchi先生」係
「珠梨やすゆき先生」係

この物語はフィクションです。実在の人物・団体等とは一切関係ありません。